U0599211

清水洗尘

迟子建

作家出版社

目录

跳荡的银扣

赵路发这个人脾气的古怪在安水小镇是尽人皆知的。比方他吸烟用鼻孔，饮茶时要把茶叶末儿都吃尽。寒冬腊月时他光着头在凛冽的风中走来走去，冻得两只耳朵像柿子一样红；而到了春天，他却戴上了毛发光亮的狗皮帽子，有滋有味地走在泥泞的小路上，令人瞠目结舌。

赵路发是安水镇苗圃的一名锅炉工。冬天时他总是蓬头垢面地工作在锅炉房里，有时他推着冒着热气的煤渣从里面出来，不期遇见领导，就慌了手脚，弄得人仰马翻的，满满一车的煤渣银河一样白亮亮地泻了满地。他有怕见领导的毛病，所以苗圃一开大会他就找借口躲起来。

他老婆是个比较有文化的人，长相也不俗，常常教训他："领导也是人嘛，又不是虎和豹，你怕啥？"

他就用鼻孔吸着烟瓮声瓮气地说："领导怎么能是人呢。"

赵路发所理解的人就是他自己，他的老婆、孩子、老娘以及同他一样靠卖力气吃饭的人。这种旁门左道的思想使他在单位永远受不到重视，冬天最苦最累的烧锅炉的活儿总是他的，而夏天他则进了茶炉房烧水。领导从来都是派公务员来打水，所以他心安理得地待在茶炉房里，他不怕见百姓。

赵路发还有一个怪癖是怕过年。但他在腊月里忙年的热情却丝毫都不比别人差。杀猪、宰鸡，买鱼、买蛋，粉刷墙壁，糊灯笼。他还是白案上的一把好手，会做许多有图案的面食，鲤鱼、老虎、荷花、云雀之类。腊月二十九的这天他通常还是兴致勃勃的，到了晚上还像小孩子一样将新衣放在枕边，预备除夕的时候穿。然而一觉醒来，到了过年的这一天，他却茶饭不思，愁眉苦脸，将新衣裳扔在炕角，穿上最脏最破的衣裳，不洗脸刮面，也不与人搭话，只是掉了魂似的用鼻孔一支一支地吸纸烟，看上去像是阎王殿里放出来的一个小鬼。几乎年年如此。到了夜晚，家家张灯结彩，赵老太太也将儿子做好的灯用滑轮车摇到灯笼杆顶上。赵路发心灵手巧，做的走马灯非常漂亮，灯笼有节奏地旋转着，走马灯各壁上的图形就频频展现了：蝴蝶、桂树、侍女、胖头娃娃等等。然而赵路发通常是在鞭炮声浓烈的时候，一家人烧旺柴火预备煮饺子时，他悄悄起身，来到院子将灯笼杆的绳索解开，然后头也不回地再回屋去。他的背后传来了灯笼坠地的碎裂声，不做完这个破坏举动，他会更加心乱如麻。家里人也不训斥他，只是重新拾起灯笼，看看破绽不大便又挂上去，若是已经破烂不堪了，就弃到仓库里。子夜时分，一家人围在桌前热气腾腾地吃饺子时，他却舀一捧苞米面，打一碗金黄色的糊糊粥，喝下了事。初一初二是拜年串亲戚的时刻，赵路发挺尸般地躺在炕上，不为所动。来给赵老太太拜年的人对此也不介意，赵路发就是这么个人。

然而到了初四，别人都因为过年而精疲力竭时，他却像冬眠的蛇一般苏醒过来，并且活跃起来。他穿上新衣裳，将摔破的灯笼复又糊好，在厨房里煎炒烹炸，好不和气。看着家人疲倦了，提不起兴致，他就从白墙上取下那把枣色的二胡，咿咿呀呀地拉着，身子一耸一耸，看上去有板有眼的。为了不败坏他的兴致，全家人又得笑意盈盈地再陪他过一回年。所以，在安水镇，赵路发的家人最怕过年。

可以想见，赵路发的朋友并不多。而能被他看上的人几乎绝无仅有。在单位，他看上的人就一个，叫王同川。有一次王同川来打水，问赵路发怎么没去领劳动保护（王同川是后勤的），赵路发便说领导刚才打发人来，叫他不要领劳保了，在茶炉房用不上劳保。赵路发心怀不满地说："其实胶鞋和手套都用得着。"

王同川骂了一句："这帮狗日的领导！"

王同川打回水后就用报纸裹着一个包来到茶炉房。王同川放下包说："你就放心用吧，别人问起，就说我王同川给的。"

王同川一脸麻子。都说麻子不好惹。赵路发感激涕零地打开包，见手套、胶鞋、棉袜、毛巾、肥皂、白糖一应俱全。从此他就把王同川看成一个朋友，一个可以推心置腹的朋友。

这年的冬天异样寒冷，雪又大，三天两头便下一场。年近五十的赵路发看着炉膛里燃烧着的猩红的煤块忽然老泪纵横。他的大儿子刚刚参了军，早上他偶然听到广播里说有一个地方起了战火，已经打死了三个兵。他来到单位问王同川，王同川哈哈一乐说："老赵，今早那消息说的可不是咱中国的事，是国外的，离咱这儿十万八千里呢。"

赵路发虽然安了心，但一想当兵总是一件危险的事，便钻牛犄角吓唬自己。他的想象力说来也极丰富，在他的精心设计中，刚刚当兵的儿子已经开赴前线，并且被一颗流弹击中，在后方医院紧急抢救着。这一天他心事重重，下巴上那缕泛黄的山羊胡子看上去又滑稽又可笑，被烟熏黑的鼻孔像隧道一样阴森森的，他的两只嘴角下垂，满面悲哀。到了上夜班的人来接岗时，他的悲哀仍艳如落日。

赵路发穿上旧棉袄，光着头走出锅炉房时，天已经黑透了。雪花弥漫着，他在由篱笆隔起的小路上慢吞吞地往家走。然而只走了十几米远，就碰见了单位的领导。这位领导姓苏，靠挑拨离间和溜须拍马上来的。他人高马大的，豁唇，工人们背地叫他"苏豁子"，也有叫他"苏坏水"的。苏豁子有一个奇丑无比的女儿，十五六了，年年为家里挣得不少压岁钱。

赵路发本来就心存悲哀，遇见领导，就有种透骨的寒意了。他光着头，垂着双手，站在风雪中，等待苏豁子开口。

苏豁子说："老赵，下午开职工大会你没去，有些精神得向你传达。"

赵路发拨弄了一下耳朵，说："有事你快说。"

"你最近听广播了吧！中央号召精简机构，很多单位都裁员。就拿咱们单位来说吧，也用不了这么多人了，你看你也快五十了，又有其他手艺，回家干点啥不都比单位挣钱？"苏豁子在整人时还以救世主的面貌出现。

赵路发是个聪明人，他明白领导这是撵他回家呢。他终于听到了非人的声音。他的勤勤恳恳和吃苦耐劳换来的就是这种声音。他站在雪地上看着面目模糊的领导，不由冲口而出："你妈怀你时真的吃过兔肉？都说三瓣嘴的人是吃兔肉后弄成的。"

苏豁子气得说了一句："明天你就不用来上班了，每月给你百分之七十开支，记住是基本工资的百分之七十！"

苏豁子走了，带着受挫的不快，也带着发号施令的愉悦走了。赵路发回头看了看锅炉房，在心底算了算基本工资百分之七十的数额，垂头丧气地回家。进家门时正赶上停电，一家人都忙着找火柴和蜡烛。他在黑暗中听着女人寻东西时絮叨的嘀咕声，不觉心中暖意融融。后来他老婆终于在花盆架上摸到了火柴，"嚓"的一声，一抹橘黄色的光亮闪现了，女人连忙用它点亮蜡烛。烛光缓缓升起，并朝四壁弥漫，满室就被这温柔的光所笼罩着。猫咪窜来窜去，狗在他脚边亲切地嗅来嗅去，饭桌上小米粥的醇香扑鼻而来，他那穿红毛衣的丰腴的女人看上去更加容光焕发。赵路发先前在雪地上一瞬间产生的自尽的念头立刻烟消云散了。这么好的生活环绕着他，他为什么要去死，给安水镇的人增加笑料呢？

开始闲在家里的日子并不难打发。赵路发修理猪圈鸡舍，将仓房的陈芝麻烂谷子清理出去，还给鹅圈添了许多有香味的干草。挑水、劈柴、打扫院子，他也全部包揽。然而一个星期过去后，他发现麻烦大了，该干的活儿都已干完，他只能无所事事地盘腿坐在炕头吸烟、喝茶。他心想，男人要是能生孩子，他这个冬天非要怀上一胎打发光阴。

赵路发想到了打猎。虽然政府明文规定禁猎，但是偷猎的人仍然络绎不绝。赵路发用细铁丝线编了不少圈套，趁一个大雪即来的黄昏上山下了十几个套。兔子套下在白桦林的边缘，而狍子套则下在有枯败蒿草的灌木丛中。第二天下起了大雪，雪住后，天更加冷了。赵路发到山上溜套，真是收获不浅，他套住了一只狍子一只兔子。赵路发连夜进城，将猎物卖给一家私营饭店，揣着暖烘烘的六十元钱回家。老婆孩子跟着欢喜了两天，又是喝烧酒又是吃肉的，赵路发觉得前程似锦了。然而这种好日子并没有维持多久，刚进腊月门，赵路发到深山去溜套，忽然看见一只灰色的兔子正在他下的套上打哆嗦。也许它已挣扎许久，没有丝毫力气了，见到猎人只是痉挛一下。兔子那美丽的红眼珠哀哀地盯着赵路发，他心痛了：将一只活兔子杀死卖掉这太残忍了！兔子惹着他什么了？他给兔子下套不跟领导一样了吗？他是兔子的罪人！难道他惹不起人，就得拿兔子出气吗？赵路发突然良心发现，他解下兔子套，放那只活兔归山。那只兔子似乎不相信枷锁已除，仍然战栗不止。赵路发便把所有下的套子收起来，将一摞套挂在一棵老朽的松树上，然后踏着零散的星光回家。他回到家就病了，高烧了两天两夜后，人从炕上爬起来就像只纸老虎一样，他有气无力地吸烟，呆呆地望着窗外的雪景。他还打碎了一个他亲手绘制的玻璃风景画，画面上有绿松白鹤、粉荷绿柳，不同环境的风景置于一处，当时笑煞许多人，如今连这笑料也杳无去向了。

就在这种万般无聊的紧要关口，赵路发收到了一封雪中送炭的来信。远在哈尔滨的侄子给他来了一封信，说他承包了一家啤酒批发部，正缺人手，盼他去帮助照应一下。赵路发看完信高兴得跑到户外的鹅圈前，冲着那几只雪白的大鹅尽诉衷肠："到底还是亲戚哪，有俏活儿还惦记着我，真是错怪了他。"

原来侄子前年结婚回故里时，赵路发送了八百元礼金给他。侄子看也不看将八百元塞到衣袋里，连声"谢谢"也不说。而那钱是他卖土豆、枸杞、大蒜、鲜蘑的所得。赵路发伤心了，认为侄子在城里学得唯利是图了，为此他酩酊大醉过一场，发誓不再理这个侄子。

安水镇一进入腊月就开始忙年。赵家当然也不例外。赵老太太整日在灶房里蒸馍，弄得满屋哈气缭绕，玻璃窗上水珠纵横。赵路发的爱人同其他女人一样爱逛供销社，但她今年不比往年，只是买些简单的彩纸、挂钱、一小帘的鞭炮和几斤皱巴巴的苹果。她抱怨东西的价格膨胀得像遭了伏雨的猪屎，家里那点可怜的积蓄所剩无几了。赵路发就是在那一瞬间做了立刻动身的打算。

"眼瞅着就要过年了，大腊月的你去哈尔滨做什么？"赵老太太口齿不清地训斥儿子。

老婆也说："就是上那儿工作，也得年后吧。离家这么远，你吃住怎么办？咱也穷不着，开春时多养些鸡。"

赵路发决定的事是永远改变不了的。家里人只得给他准备行装，由着他掮着行李进城搭火车。赵路发离家时光着头，光泽浮动的狗皮帽子掖在行李里。他穿着一件黑色拷花呢子大衣，搪瓷缸带着长年累月的茶垢被拴在旅行包的带上，被赵路发快捷的步幅给震得咣咣直响。

结果赵路发在一个中转站换车时上错了车。车开了两小时后，听乘务员报站名时，他才知道自己朝着飘着酥油茶香味的内蒙古而去。这一错可非同小可，不仅白白扔了旅费，还耽误了时间。赵路发只得蔫头蔫脑地折回中转站，先前的票已经过期，只得再买一张去哈尔滨的。赵路发这回上车后问了四个人，邻座的人都说这车是去哈尔滨的，他才放下心来，将一支香烟塞进鼻孔，大模大样地抽起来，许多人惊讶地望着他，就像打量一只动物园溜出来的黑猩猩一样。

赵路发到达哈尔滨是上午十点多钟。一出站台，就被川流不息的车辆和鳞次栉比的高楼大厦给吓了一跳。城市原来这么不着边际，他侄子究竟在哪里呢？有几位着鲜艳服饰化了浓妆的女人殷勤招呼他去住店，还有的干脆要抢过他的旅行袋挟持他走，赵路发被这阵势吓坏了，他心慌意乱地将一颗烟塞进鼻孔，没承想这一招倒救了他的驾，女人们像躲避麻风病人一样离他而去，只当他是一个怪物。

他抽完一颗烟，平静下来后就掏出侄子的那封信。信封上的地址写得很详细，只是那地址在他看来跟去天堂一样费周折。一个出租车司机看出赵路发是初次来城市找人的异乡人，便上前说可以用车把他带到该去的地方。

"你能按照信皮上这个地址，把我送到那地方？"赵路发不信地问。

司机说："没问题，你上车吧。"

赵路发喜滋滋地跟着上了车。车子从繁华的市区穿过，各种店铺的招牌比比皆是，街心广场的巨幅广告上有硕大的皮鞋，带着洋字码的背心和女人又白又长的腿。赵路发心想，这城市要比安水镇大上几万倍呢。如果安水镇也有了茶楼、酒肆、衣铺、钟表店、首饰店，那该如何风光啊。赵路发怀中抱着旅行袋，有点心潮起伏。心想城市人就是觉悟高，知道别人有困难就出来帮，还用小轿车送他到侄子那儿。如果是在安水镇，他一定会把司机让到家宰一只肥鹅，打一斤烧酒款待他。

然而他的美好愿望很快就化为泡影。抵达目的地后，司机朝他要二十元钱，说是乘车费。赵路发大惑不解，他说："我在你这车里坐了一屁时就二十块钱？敢情你们这车烧的是人油？"

司机不愠不火地说："我这是出租车，就吃这碗饭的，你要是实在没那么多钱，给十五块也行，算是我学习雷锋了。"

赵路发大叫上当地从兜里掏出十五元钱递给司机，"早知道我走着来，我的腿又没那么值钱。"

赵路发的突然出现令侄子大吃一惊。他想不到叔叔会这么快就来。问他是如何跟单位领导请的假，他支吾不答，将自己被精简下来的这一尴尬事实敷衍过去。啤酒批发部门面并不算很大，但看上去生意兴隆。侄子满面春风地忙着，看来是财源广进了。中午赵路发就在批发部同侄子吃了两斤热包子，侄子也不客气，下午就让他上工了。他的工作是负责卸酒，每天有三辆大卡车载着满车啤酒从一面坡总厂而来，批发部共有三名卸酒工，得马不停蹄地将酒一箱箱背进酒库里。另外三人均是郊区民工，都是面如土色，黄牙齿，头发很焦燥。只要从总厂来的天蓝色卡车一到，他们就把帆布褡裢甩到肩头，扛活的一样一声不吭地忙起来。赵路发一下午共背了一百五十箱酒，就已累得腰酸背疼，看夕阳时就有七八个。那三名背酒工，都住在酒库旁边的一间小屋里。屋里自东向西盘了一铺炕，炕大概并不烧，所以上面铺着木板和纸盒。南窗前放着几袋米、案板、土豆、白菜、萝卜、粗粉条等，看来他们自己单独开伙。刚刚卸完酒，两辆手扶拖拉机就突突突地开进了院子，这是各个食杂店、酒店又来批发零售的，他们还要负责往车上装酒。原来侄子这儿充其量不过是个中转站。他低价从一面坡总厂将酒批发来，然后再卖给比他低一级的部门，这些部门卖给顾客时再把价提起来，钱就是这么赚的，倒霉的却总是顾客。赵路发明白这个浅显的道理后，就觉得侄子干的并不是什么大事业，甚至有些不光彩，心底就有些泄气。

当晚侄子把他领回家中。侄媳妇淡淡打了个招呼就进卧室了。侄子脱下皮衣就到厨房做饭。赵路发坐在客厅软绵绵的沙发上看着屋顶悬挂的水晶珠片灯，以为每一个珠片都值不少钱。看完灯、各式的壁挂、组合柜里的小摆设，赵路发有些生气了，侄媳妇怎么连碗水都不倒？而且女人为什么不下灶房，他侄子在家里原来就这么受气？

侄子很快做好了晚饭。一盘香肠，一个熘豆腐，一小盆西红柿蛋汤，五个白面馒头。赵路发很饿了，原来以为侄子会七碟八碗地招待他，他还自作多情地两次打开厨房的门对侄子说："别弄那么多，又不是外人，四五个就够吃了。"

赵路发坐在饭桌前便有些躁得慌。他吃了个半饱，望着所剩无几的菜，可怜巴巴地放下了筷子。

侄子问："吃饱了？"

赵路发说："饱了饱了。"

赵路发由侄子给领到另一间屋子。大约七八平米的样子，只有一张床和一个矮柜。侄子对他说，头年就住在这里了，等春节一过，他会辞了卸酒工中的一个，那时赵路发再去住他的铺位。每月给他三百五十元的工钱。赵路发便问："你辞了人家干啥？"

侄子说:"上个月他偷喝了两瓶啤酒,还说那酒瓶嘴坏了报废了。"

赵路发说:"我看他们干活都挺卖力的,不能饶了他,给人个活路吗?"

侄子说:"我写信请你来,就是让你在酒库那边帮我盯着点。自己的亲戚住在那儿,他们就不敢胡作非为了。"

赵路发心想:"我这么大岁数,千里迢迢来这里,原来就是做探子的?"

那一夜赵路发因为饥饿和不快通宵未眠。第二天凌晨六时,他便起来了,天还灰蒙蒙的,他朝一家刚刚开张的油条铺走去,足足吃了二斤油条,两海碗豆浆,才使一颗空落落的心托了底。

很快就是大年三十了。赵路发已经和另外三名背酒工混熟了。一大早赵路发就在侄子家把旅行包收拾好,预备去酒库那儿住。他以为侄子会劝阻他过了年再走,然而侄子却说:"正好今天我想让你过去呢。大家都回去过年了,酒库那儿没个人不安全,我给你带几斤冻饺子,晚上煮了吃。"

赵路发咬牙切齿地说:"不用了。"

晚上的时候,三名背酒工干完了一天的活儿,预备回家过年了。他们的家离哈尔滨都很近,乘短途火车两三个小时就到。赵路发想看哪一个是被辞退的,结果他发现没有一个人背行李走。他心下暗喜,侄子一定是听从了他的话,放人一条生路了。可这个人不走,他住在哪里呢?其实那铺炕住四个人是绰绰有余的,而他带来的褥又很窄。赵路发便把三套行李往一起推,腾出一块地方,将自己的被褥放下。窗外传来隐约的爆竹声,隔壁的值班室有人在哗啦哗地搓着麻将。赵路发有些伤感地躺在冰凉的铺上，想着安水镇过年的情景。家家的门楣上都贴着朱红的对子，灯笼在院落里飘飘荡荡。小孩子们穿着新衣提着玻璃灯走东家串西家，有手艺的人家的玻璃窗上还贴着红纸剪成的窗花。

赵路发来到酒库。一摞一摞的啤酒箱冷冷清清地靠在一起，昏黄的灯光使阴暗的四壁更加冷森森了。赵路发点起一支烟，将钥匙揣好，锁上门到街上去。他不敢走远，他怕迷了路回不来。批发部门前有一条斜巷，两侧的房屋大都很破败，平素开着的几家餐馆和食杂店都关门了。十字路口原本是该有一些小摊贩卖烙饼和馄饨的，如今却拥着一些烧纸的人。一团一团的火光舔着茫茫黑夜，使这嘈杂的凡间又有了几缕冥间的消息。在这世界上，活着的人少，死去的人多，因为活着的人总要死去，而死去的人永不再来。所以烧纸的气息在以后的岁月中只会越来越浓。赵路发见烧纸的人大都没有悲哀，火光映着他们平静的脸，他们烧完纸就急匆匆地往家走，家里一定一团喜气。一股风袭来，十字路口的纸灰纷纷飞起来，眯了赵路发的眼睛。他想，大城市过年也不过如此，就是灯火更盛一些罢了。

赵路发垂头丧气地回到住处，抽了一刻烟，就闭灯歇息了。

初一的早晨，赵路发被一阵敲门声惊醒。起来开门后见到侄子提着一些吃的来看他。塑料袋里有一只猪蹄，两只鸡腿，几块豆腐干，还有瓶玉泉白酒。侄子的孝心使他眼睛热辣辣的。

侄子说："叔，昨晚没吃上团圆饺子，今天给您补上。"

赵路发说："我年年都不吃那饺子。"

侄子说："本来明天才开张的，可丽源大酒店节间缺啤酒，一会儿他们就来取酒，叔您一个人装车行不？大过年的没外人雇了，酒也不多，一共五十箱。"

赵路发心里不悦，但他还是答应了。侄子分派完活儿，说该去一些人家走动走动拜拜年，就告辞了。走前他还嘱咐赵路发，说是丽源大酒店欠的五百元钱今天就还，让他代收一下。

侄子走了一刻钟，赵路发还未将一只猪蹄啃完，丽源大酒店的拉酒车就来了。司机跳下车，就风急风火地吆喝："快来人装车呀！"

赵路发连忙将帆布褡裢甩到肩头，扛起一箱酒就往外走。司机叉着腰站在一旁吸烟，见赵路发是生人，就问他是从哪里来的。赵路发说安水镇。"安水镇？"司机不信地说，"大老远跑这儿来遭这洋罪？一个月给你几千呀？"

赵路发说了句："三百五。"就去酒库背第二箱酒。

他将第二箱酒背到车上时，司机拍拍他的肩头说："老哥，一个月三百五，这么个干法，全哈尔滨你可是头一份！"

赵路发心想，他这不是挑拨我与侄子的关系吗？不管怎么说，侄子都是他的亲戚。赵路发不理他，只是加快背酒的速度。毕竟不年轻了，五十箱酒整整耗了他两小时才算完事。司机已去什么地方逛了一圈回来。赵路发想起侄子的嘱托，就说："还有该还的五百块钱呢。"

司机说："这哪能忘呢。"说着，就从上衣口袋掏出一沓钱递给他，"点点吧，五张，每张一百，一共五百。"

赵路发仔细点过三遍，见分厘不差，就放心地收回兜里。

初一侄子再就没有上门来。赵路发午饭饱饱地吃喝了一顿，然后透彻地睡了个午觉。晚上他到一家街心广场看灯，挤在熙熙攘攘的人流中，仰着脖子观赏那些吊在铁丝下的莲花灯、鲤鱼灯、龙灯、白菜灯、南瓜灯，总觉得没有自己做的走马灯受看。索然无味之余，也就慢吞吞地沿着街面，踩着薄薄的爆竹碎屑回去。

初二一大早，背酒工就回来上工了。回来了两个，而不是三个。赵路发才明白自己判断错了。那个矮瘦的满脸长黑痣的人没有回来。可他为什么不把行李扛走呢？

其中的一个背酒工说："他看你大老远来的，被子太薄，先让你用着，反正这一段也没找着别的活儿干。等他有了新主顾，会来取行李的。"

原来被子竟是留给赵路发先用着的！这么样的好心人怎么也给辞了呢？侄子真是大逆不道！整整一天赵路发都不开心，侄子傍晚时来了，告诉赵路发以后要在酒库这边吃饭了，每个月多给他补助一百元的伙食费。侄子悄悄拉他到一旁说："别跟他们说，他们没有伙食补助，你没看他们天天吃土豆白菜吗？那都是从乡下背来的。"

赵路发将那五百元钱给了侄子，侄子将每一张都在灯下照过，然后突然惊叫着指着其中的一张说："这张是假币嘛！"

赵路发说："一模一样的钱，怎么有假呢？造假钱可是杀头的罪呢！"

侄子说："假币现在多着呢！你收钱时怎么不对着太阳照照？要是里面透出毛主席的像，才是真的。"

赵路发说："造钱的人怎么把毛主席给藏在里面？直接印在外面不就得了？"

侄子一气之下拨通了丽源大酒店的电话，让销售部主任找来了司机。司机哈哈一笑说："赵总啊，咱们可是鱼水关系的买卖呀，我怎么能骗你呢？至于拿张假币蒙你吗？还不够一条烟钱呢！我猜被那收钱的小子给掉了包了！这不是栽赃陷害我吗？"

假币事件只能不了了之。这给赵路发的心灵蒙上了一层浓重的阴影。

赵路发每天兢兢业业地背酒，然后到街上的小馆吃风味小吃，便宜而快捷。正月十五这天，侄子给背酒工发半个月的工资，每人得到了一百七十五元钱。赵路发很喜欢半月一发工资的做法。这样很接济人。揣着一百多元钱，赵路发去了小商品市场。那里卖什么的都有：木雕、贝壳、拐杖、澡盆、首饰。赵路发穿着那件拷花呢子大衣，东张西望着，被一家卖扣子的主顾给叫住了。

"先生——"那个面上施着厚厚脂粉的中年女人咬着舌尖指着一枚闪闪发光的扣说，"要银扣吗？真正的银子做的，又值钱又美观，你的大衣要是换上这种扣子，肯定很漂亮喽。"

赵路发摆摆手说："我可买不起银扣。"

女人面上的表情更加活跃了，似乎每一块肌肉都像云彩在飞动，"你要诚心要，我可以便宜一些给你。大衣镶上银扣，很风光喽。银子是值钱的，钉在自己的大衣上又丢不了，等于是存款呢！"

赵路发有些心动了：如果自己穿一件钉满银扣的大衣回到安水小镇，不知羡煞多少人，苏豁子肯定会嫉妒得兔子嘴乱颤。想到这儿，他说："给我便宜点，我要把这大衣换上银扣！"

中年女人的眼神简直有点柔情万种了，她说："原来一只卖三十块，给你每只二十块，你的大衣一共五个纽扣，一共是一百块！"

于是，赵路发心甘情愿地掏出一百块钱，让中年女人给他的大衣换上了五颗又白又亮圆圆润润的银扣。女人在用针线为他钉扣子时，他一再嘱咐："钉结实点，多缭点线。"

正月十五，赵路发将他半个月的工钱别出心裁地悬挂在大衣上，他垂着手，穿着黑色拷花呢子大衣，自上而下的五颗扣子像美丽的流苏在飞，像清亮的小河在流淌，像一株月光下的白桦树发出的跳荡的光芒。他陶醉了，他从来没有像现在这么陶醉过。他也过上了镶银扣的日子。许多人对他侧目而视，并且发出忍俊不禁的笑声，看来他们是嫉妒他有那五颗灿烂光洁的银扣。他这时才明白黑大衣镶上银扣子有多么打眼，黑白分明，强烈的对比使整件大衣变了一种风貌，怎么说呢，帝王穿的衣服也不过如此吧。

赵路发就穿着这件大衣快活地又去街心广场观灯。十五的灯比初一那天可要多得多了，除了龙灯、鲤鱼灯、莲花灯外，还有球形灯、国字形灯、黄鹂灯、宝瓶灯，光焰使五颜六色的彩纸透出璀璨的光，令赵路发眼花缭乱。看足了灯，他在街角热气腾腾的小吃摊前要了串炸鸡脯，吃毕后心满意足地回酒库了。

另外两名工友已经煮好了热汤圆等他。想起自己每月要比他们多一百元的伙食费，而自己却要吃他们的，赵路发有些不自在。他一再推托说："刚才在外面吃了一大海碗呢。"

那个年轻的小李说："一碗汤圆，还这么客气，我们是看你是经理的亲戚，也和我们一样干活，心里挺——"

赵路发像小孩子一样不经事地冲口而出："我每月比你们还多挣一百块呢。我有伙食费。"

年纪稍长的老张笑了，"我们也有一百元伙食费呀。为了再省下点儿钱，我们不到外面吃，土豆白菜都是自己家种的，自己开伙能省点儿是点儿。"

赵路发发蔫了。原来侄子是在哄骗他！另外两名背酒工每月也收入四五百元！侄子这不是捉弄他吗？

晚上又来了一辆批发酒的车。侄子也跟来了。从酒库往外出货的时候，赵路发将侄子拉到一旁说："把这一个月的饭钱给我吧。"

侄子递给他五十元钱。

赵路发又说："我头年就开始在你这儿干活了，今儿十五，正好是一个月了，头年的饭费和工钱都一起给我吧。"

侄子很平淡地笑笑说："叔，我只能给你半个月的饭钱。头年那半个月你不是在我那儿吃住吗？而且初一那天我买的那些吃的也花了不少钱。"

赵路发只觉得浑身透凉，"原来是这样。在你那儿吃住就免了工钱，你小子有种！"

侄子却不急不躁地说："叔，时间长了你就习惯了，做生意可是一是一，二是二。"

赵路发没有再去酒库往外背酒。他看着另外两名同伴弓着身子一声不吭地劳作着，像两只漆黑的蚂蚁。他真想将侄子暴打一顿，让他残废了，后半生躺在医院里。可他忍耐下来了。他就是在那一瞬间决计回安水镇的。

正月十六一大早，赵路发趁另两位同伴还沉睡着，背着他的旅行袋悄悄上路了。他将自己的行李捆好放到炕角，上面掖一张便条：

这床被子给那个被开除了的老弟他的被子帮了我大
忙使我不冷我记住他一辈子。

　　正月十八的黄昏，安水镇的路上出现了一个为人们所熟悉的身
影。赵路发穿着带有银扣的黑色拷花呢子大衣，戴一顶毛发光亮的
狗皮帽子，鼻孔下塞着烟，快活地走进安水镇。见到他的人都诧异
地说："你不是去哈尔滨了吗？这么快就发财回来了？"
　　他就指着自己大衣的纽扣逢人便说："见过这种扣子吗？是银
的！是真银的！"
　　于是一夜之间安水镇的男女老少都知道赵路发镶着一排银扣
子回来了。许多人都好奇地跑来看，他的那件大衣于是就成了展
览品。有人用牙齿去咬，试试它的纯度；也有的人将耳朵凑到
扣子上，试图听到嗡嗡的回声。王同川也来看了，咬了一下扣
子，被硌了牙，他还是善意笑笑，"不容易啊。只是怎么少了一个
扣子？"
　　赵路发仔细一瞧，果然发现大衣最下面的纽扣没了！不是五颗
纽扣赫然站在大衣上，而是四颗！那一颗丢在哪里了呢？路上？哈
尔滨？赵路发心慌意乱了半晌，认定他的纽扣丢在酒库了。他记得
正月十五晚上他和侄子谈话时，因为生气而使劲拽了一下衣角，一
定是把纽扣掉在酒库里了。这个发誓不再理睬侄儿的人迫不得已坐
在灯下连夜给侄儿写了一封信。这封信错别字满篇，没有一个标点
符号，充满了意识流的色彩。

侄儿

　　我离开哈尔滨没有打召乎给你不要生气这次我能荣
性上大成市多亏了你人活一世很快很快不要太贪才才这
个东西多了也害人人不能没有凉心

　　今去信特有一事相求我离开的前一天晚上和你在酒
库说话把一个银扣子给整没了你帮我找找收好将来有空
回老家邦我稍回来我的大衣缺这个扣子就不好看了叔就
求你这一件事

叔叔

　　赵路发的侄子在一周后的某个上午收到信后捧腹大笑了半晌。
过后他来到酒库，果然发现一颗闪闪发光的扣子安静地待在地上。
他捡起扣子，在手心掂了几下，认定是一只不值几毛钱的铝扣子，
就站在门口，发出一串轻蔑的笑声，将那枚纽扣抛了出去。

　　那枚扣子在门前的水泥地面上快活地跳荡着，并且发出清脆的
回声，而后它一头栽到水泥地尽头的排水沟里，随着初春污泥浊水
的推动而无声息了。

1994 年

盲人报摊

一

吴自民和王瑶琴是一对如胶似漆的盲人夫妻。吴自民是在十六岁的一场大病后失明的，而王瑶琴则先天失明。为了弥补王瑶琴的更大不幸，吴自民常常向妻子讲解颜色。树是绿的，天空是蓝色的。由于久违于这些颜色，吴自民把绿说得更绿，红说得更红，而王瑶琴对那变幻多姿的颜色仍然困惑不已，她企图驾驭想象使这些淘气的颜色各就各位，结果她一想象起来就有失重的感觉，索性也就不管人间的紫白红黄了。

这对盲人结婚一年了，他们的房子位于巴陵街西侧的原满洲省委旧址的后面，是青砖房，红瓦铺顶，门前有几丛丁香和桃红。那房子是典型的四合院风格，住着八户人家，院中有个大水池，许多人家把煤、越冬的菜蔬、木箱、垃圾桶等摆在那里，所以院子就是一个大杂院了。如果这院子只住着一户人家，可以说是气派典雅、人见人羡；但住了八户人家，各种气息混杂其中，气氛就不大相同了。老人瘫痪在床的哼唧声和婴儿的哭闹声和着夫妻间纠纷斗嘴的声音，使这院子充满了嘈杂的声音和流俗的味道。

他们家是一个一室一厨的房子，没厅。屋子里陈设简朴，一张双人床，一个永远支起的圆形饭桌，两把栗色木椅，此外还有一台冰箱。每天清晨，王瑶琴都坐在椅子上梳头，吴自民会听见屋子里回响着的梳子安慰头发的声音，簌簌簌簌的，仿佛是在落叶。

早饭后他们像以往一样手牵手走出家门。吴自民背着报夹和几百份形形色色的报纸，王瑶琴则挎着两只水壶，提着两个帆布马扎，他们到长虹街口卖报去。是秋天的时令了，他们闻到了早霜的味道。霜是什么颜色的？蓝色？使人发凉的颜色是白色的，王瑶琴想起了吴自民的话，便明白霜是白色而非蓝色。水、空气、铁皮、雪、瓷砖，这些让人感觉到凉的东西都是白色的吗？

王瑶琴听见汽车喇叭一个比一个恶劣地高声大气地鸣叫。自行车的铃声也毫不示弱，人们在赶路，疯狂地赶路上班，然后在黄昏时疲倦地归来。

这对盲人熟练地穿过闹市区，来到长虹农贸市场门口，在围栏前面支起了报架，将报纸一一摆好。《晨报》和《晚报》卖得飞快，王瑶琴准确地把一份份报纸递给买报的人。几年的卖报生涯，已经使她能够从容地凭手感认出对方递过来的钱的面值，她飞快地将零钱无误地找给对方。作为长虹街唯一的盲人报摊，他们生意一直不错。

报纸无非写着最具刺激性的一些话题。由乞丐摇身一变成为富翁的秘诀呀，炒股票蚀了本的人跳楼自尽呀，巩俐被评为世界十大美人之一呀，周润发的影迷害了相思病，童安格的歌声使一所中学的十二名少女发誓终身不嫁，银行发生特大抢劫案等等。报纸上的文字犹如一头头怪兽，越嚣张就越引起公众的注意。王瑶琴虽然看不到那些字，但她能闻到它们散发出的恼人的气味。

他们夫妇坐在马扎上，感觉到阳光正从四面八方涌来。一家食品店开张了，爆竹声响了足足有五分钟。从乡下来卖菜的农民穿着沾满泥巴的胶鞋从市场门口经过，他们的脚步声是那么杂乱无章、拖拖沓沓的。一个穿高跟鞋的女人走过来了，她带来了一股浓郁的香水味，听脚步声可判断出这是个矫揉造作的女人。吴自民向摆烟摊的老头打听今天都有什么新闻。老头每天可以免费看吴自民报摊的任何一份报纸，但他承担着为这对盲人传达新闻的任务。

老头说："前几天贵州不是来了一个斗牛团吗？昨晚冰上体育场演出了这个节目，有一头牛你猜怎么着，它撞破了围栏冲上观众席，撞倒了一个摄影记者。"

"后来怎么了？伤着人了吗？"吴自民用巴掌拍着膝盖问。

老头说："人倒是没伤着，但吓晕了三个心脏病患者。斗牛士赶了上来，将这头牛用尖刀刺了一下，结果肠子就冒了出来，可牛还瞪着眼睛满场跑。"

"哦。"王瑶琴低低应了声，有点不胜寒意。

"牛？牛怎么样了？"吴自民依旧用巴掌拍着膝盖。

"牛能怎么样？牛还不是死了！斗牛士胜了，牛就得死。肠子都出来了，活得成吗？亏了当时还是从贵州坐飞机来的，不然这牛不就死得更冤了吗？我还没坐飞机呢，可牛坐了，它死得值！"老头啐了口痰，"你老买我的烟，搭你一盒火柴吧。"

吴自民知道有人来买烟了，老头在招呼生意了。牛死了，人还活着。秋天的风动静可真不小，飒飒的。天空肯定又高又远。该买白菜了，还有土豆、萝卜、大葱。腌上一缸酸菜，再封上窗，冬天就快来了。吴自民不再用巴掌拍膝盖，有人买报来了。

中午时他们已经将报卖了一大半，王瑶琴到附近食杂店买了两个不知存了多少天的面包，又买了根香肠，回来后拧开水壶和吴自民吃了起来。王瑶琴刚咽下一口面包，便觉一口酸水顶上来，她连酸水带面包一起吐了。

"你怎么了？"吴自民吞了口香肠。香肠一点也不香，里面充满了淀粉。

"我泛酸水，不想吃东西，早晨时就这样子了。"王瑶琴放下面包，她在想，那头牛死前会流泪吗？听说牛挺爱动感情的。

"兴许昨夜的糯米糕伤了胃了。"吴自民并不很介意地说，"我跟你说那东西不好消化，你偏要使劲吃，吃伤食了吧？"

有个中年妇女来买《家庭生活报》，王瑶琴收过钱后麻利地将报递上去，口中说的却是与报相反的话题："黄瓜落价了吗？咱家该腌一坛咸黄瓜，冬天吃着清香爽口。"

"你看着报摊，我问问价去。"吴自民喝了几口水，将壶盖拧好，挂在王瑶琴的脖子上，趁势捏了一把她的脖子，王瑶琴咯咯地笑起来。

二

盲人夫妇不到黄昏就卖完了报，他们提早赶到西岗邮局上第二

023

天要卖的报。上完报，他们手牵手回到家中，邻居阿三夫妇又在吵架，阿三骂媳妇："我一看你就腻歪，文眉、文眼线，今天又多了个唇线，你说你像什么？鬼！青面獠牙，吓死人！"

阿三媳妇的声音亦十分高昂，"你看我不顺眼，我看你还不顺眼呢！"

"花那个冤枉钱进美容院，还不如把钱给我，我用焊枪给你焊个铁唇！"阿三是个电焊工。两个人越吵越欢，摔锅掷碗的，最后阿三的媳妇骂："你是蛤蟆！"阿三回敬说："你是绿豆！"双双由怨而亲，一笑释前嫌了。

吴自民和王瑶琴吃罢饭早早就躺下了。黑暗温存地包围着他们。王瑶琴想，吴自民的棉裤该新絮些棉花，一个冬天站下来，膝盖处的棉花又轻又薄了。不容她多想，吴自民的嘴唇贴近了她的鼻翼和脸颊，热烘烘的气息萦绕着她，有股三伏天的热烈劲，她响应着，两个人情深意切，不觉已是月上屋脊的时分。他们听见了刘奶奶清理肺腔的声音，刘奶奶是这院中最后一个睡下的人，每天睡前她都要站在院中的水池旁大声地咳嗽不休，把积滞一天的痰一吐而空，无论春夏秋冬，无论风雨霜雪，从不间断。刘奶奶的痰一吐尽，长夜才真正笼罩着八户人家。

王瑶琴失眠了。盲人的失眠同沉睡没有什么区别，她又想起了死去的斗牛，牛死了之后，它的肉也会被人吃掉吗？肉究竟是什么颜色的？她将头搁在吴自民的胳膊上，缠着他讲故事，吴自民胡乱编了一段，连他自己都不知所云，实在是又困又乏，就先睡下了。

第二天早晨王瑶琴坐在饭桌前一个劲儿地打干嗝，吴自民喝完了两碗粥，问她为什么还不吃，这时她忽然觉得一条热辣辣的虫子从胸腔跑了出来，她呕了一口酸水。吴自民慌忙上来为她捶背，又倒了杯水让她漱口。

"这两天你怎么了？"吴自民说，"老是吐酸水，去医院看看吧。"

"昨晚我没睡好，我老想那头牛。人把牛弄死了，人还成了英雄。"王瑶琴说。

"今天你就不要跟我卖报去了。"

"在家里憋得慌，我不能待着。"王瑶琴收拾了碗筷，依旧将两只水壶灌满开水背在身上，夫妇二人像以往一样相携来到长虹街口卖报。农贸市场铁围栏后面站着许多出劳务的农工，刷大白的、油漆的、贴瓷砖的、扛煤气罐的，还有打家具的等等。有两个农工为了受雇于一家雇主而吵了起来，一个说自己有力气，另一个说自己少要钱，结果雇主挑中了那一个少要钱的。有力气的农工破口大骂雇主是个吝啬鬼。

买报的人接二连三地走来，脚步声有疾有缓。有人带来蒜味、葱味、韭菜味，还有的人带来一股浓浓的烟味，王瑶琴根据他们呼吸出来的气味能判断出他们早餐吃的是什么。有人不断地打嗝，一股湿热的萝卜味就弥漫出来。

吴自民又向摆烟摊的老头打听每日新闻。

老头说："你知道印度这个国家吗？那里发生大地震了，现在已经发现死了两万多人了。"

"那国家有那么多教徒，还多灾多难哪？"吴自民喃喃自语，"印度每年都发生大水灾，怎么又来了地震？"

"嗨，天塌地陷，谁也挡不住。"摆烟摊的老头说，"你看咱太平？不准哪一天来场龙卷风，把人都给扔到大海喂鳖夫了。"

王瑶琴忍不住打了个寒战。地震是什么感觉？人像灰尘一样在半空中飞舞？地震时满世界都回荡着碎裂的声音吗？她和吴自民的手握得再紧，也会被地震给分开，是吗？一股悲哀从王瑶琴体内升起，回荡周身，她觉得乏力、恶心，有些支持不住了。

"我头沉得厉害，我要回家了。"王瑶琴说。

"跟你说今天不要来，你就是不听。"吴自民说，"我送你回去。"

"看你的报摊吧，我又不是不认路。"王瑶琴把装满零钱的布兜递给丈夫，拈起竹竿上路了。吴自民能听见竹竿探路的笃笃声，他知道妻子没有走岔路，也就放心了。

阿三的媳妇王恩美恰好这天休假，她正站在大水池子前收拾擦拭酸菜缸，看见那个清秀苍白的盲人王瑶琴走了过来，便直起腰殷殷地打招呼："这么早就回来了？自民呢？"

王瑶琴吁口长气说："我身体不舒服，先回来了，自民在那儿看报摊呢。"

王恩美是个热心人，她马上用毛巾擦了湿乎乎的双手，解下花围裙问："我给你做点吃的吧。你哪里不舒服？"

"我恶心。"王瑶琴走向自己家门，她掏出钥匙。

"你一定是怀孕了。"王恩美笑嘻嘻地说。

"怀孕？"王瑶琴一时语塞，"怎么会怀孕？"

"怎么就不会呢？"王恩美说，"你们不是天天睡在一起吗？"

王瑶琴只觉得心七上八下的，慌极了。阳光笔直地落在她肩头，快是正午的时光了。王恩美说午饭后可以陪她去医院检查一下，忧郁的盲人觉得这是个必要，就答应了。

三

黄昏时分吴自民像一只甲壳虫无声无息地回到家。推开门，没有闻到饭菜的气味，厨房里冷冷清清的。他心里紧张了一下，放下报夹和报纸就召唤妻子的名字。王瑶琴泪盈盈地在床上答应了一声。

"怎么哭了？"吴自民抚摸着妻子的脸颊，大概是泪流得已经很多的缘故，先前粗糙的皮肤变得有些滑润了。

"我怀孕了。"王瑶琴委屈地说。

吴自民用手拍了一下膝盖。他一时无法承受这个事实。怀孕？这么说他要有孩子了？他有点紧张，又有些兴奋。就好像有一个突发同情心的鱼贩子陡然递给他一条活鱼，他不知如何是好。但他是懂得安慰妻子的，"怀孕是好事，为什么要哭？你是怎么知道怀孕的？"

"阿三媳妇陪我去了医院，医生告诉我，我已经有了。"王瑶琴抽抽噎噎地说，"医生说这孩子现在比蝌蚪大不了多少，现在流产正是时候。"

"为什么要去做流产呢？我们好不容易有了自己的孩子。"吴自民凄楚地说。

"我担心这孩子生下来是个瞎子。"王瑶琴的眼泪又纷纷下来了，"我不能让他失明。"

"医生说这病遗传吗？"吴自民说，"我是后天失明的。"

"可我是先天失明。医生说是不遗传，可现在哪有不遗传的病？"王瑶琴说，"我们不能造孽啊。"

吴自民用手指揩干妻子的泪痕，就到厨房做饭去了。他打开煤气，熟练地划着火柴，掀开阀门，"嚓"的一声，火苗起来了。他仿佛看见了天蓝色的火苗在勃勃燃烧。他想起了十几年前可以尽情享受光明的日子，金黄色的菠萝、碧绿的油菜、猩红色的晚霞、天蓝色的轮船等等。他不能想象他的孩子会永远看不见这些颜色，这颜色可是上帝赐予的呀！

"上帝为什么给了有些人眼睛，却不给他们光明？"吴自民忧戚地想着，将一捧小米放到铝锅里，到水龙头下唰唰地淘起来。淘完米，又添了一些水，放到煤气灶上煮粥。

那晚饭再简单不过了。他们像以往一样早早躺下了。院中的大水池那边一片喧闹声，有人在洗墩布，有人用钢丝网罩擦铝锅，还有的人在骂一只刚偷吃过鱼的猫。吴自民和王瑶琴在温柔的黑暗中手拉着手，他们陷入了深深的困惑之中。

"你说句实话，人能看见一切究竟有什么好？"王瑶琴用下巴颏抵了抵丈夫的肩膀。

"其实也没什么好的，街道又脏又乱，人们脸上挂着阴险的笑容，到处是无聊的应酬。"吴自民觉得这样答话会增强妻子生孩子的自信心。

"比如我吧，我什么也没见过，可我什么都认识。你说有我不认识的东西吗？"王瑶琴说，"只要脑子好，眼睛是没多大用处的。"

"就是。"吴自民附和的时候有点想哭。

"咱们假设这个孩子是个瞎子,该怎么办?"王瑶琴问。

"给他治,给他换最好的眼睛。"吴自民脱口而出。

"你不是希望这孩子能看见东西吗?"王瑶琴叹了口气,"我们上哪儿弄那么多钱给他换眼睛?"

"卖报。"吴自民想起他自己的眼睛,如果不是因为家中贫寒,他的眼睛完全有复明的可能性,可那时他家没有钱。等到有钱时,他的眼睛已经先入地狱,万劫不复了。

"我们应该募捐。"王瑶琴忽然想起了一个好办法,"前段不是有个孩子得了白血病没钱医治,家长公开向社会募捐吗?听说一下子筹到好几万元!"

"可咱这孩子还没生下来,不知是不是盲人呢。"吴自民拍了拍妻子的脑袋。

"等到知道他是个盲人就晚了。"王瑶琴说。

"万一不是盲人,我们筹到的钱不是昧良心了吗?"吴自民说。

"那有什么,我们把钱再捐给其他盲人儿童。"王瑶琴的思路来得很快。

夫妇二人终于在争执了一个多小时后达成了一致意见:"为未出生的孩子搞募捐。"请摆烟摊的老头回家找儿子给写个告示。听说他儿子是个语文老师,措辞肯定轻车熟路,然后将这告示挂在报摊前,他们一边卖报一边等待募捐者。当然,告示纸应该用红色的。他们商量完,大杂院已经静下来,估摸是晚上九十点钟的光景了,他们又讨论了会儿第二天的气温,就心满意足地睡下了。

四

几天后，长虹街口的盲人报摊前果然挂着一则告示，告示是这样写的：

> 我们是一对盲人夫妇，我们很想有一个自己的孩子，现在这个孩子已经形成了，可我们担心他出生后也是个盲人。世界是光明的，我们不忍心让孩子看不见光明。所以我们呼吁那些有良知的群众，伸出你们的救援之手，帮助我们吧。如果这孩子一出生眼前就一片光明灿烂，我们将把捐到的钱献给另一个盲人儿童，绝不违背誓言。热爱光明和生命的人们，帮助我们吧。
>
> 盲人：吴自民　王瑶琴

告示下方是一个装鞋用的空纸盒，摆烟摊的老头帮助裱糊了一下，当作募捐箱。人们在买报的同时也顺便看上一眼，有的发了恻隐之情就势投进去几个零钱，有人满怀蹊跷地望着女盲人的身影摆动而去，还有的则干脆嘀咕道："谁知道她怀没怀孕？现在的人为了挣钱，什么法子都想得出来。"

摆烟摊的老头出面证明，"她的确有了身孕，你们看看她的脸色，多黄。"

"中国人就是黄种人嘛。"

第一天下来，募捐箱里共有三元六角七分钱。盲人夫妇把钱小心地包好，穿过喧闹的街道凄凉地回家。秋风唱着高调，树叶飒飒飞旋，卖秋菜的摊点遍布街角。消防车的声音令一些人惊慌失措。

他们回到家关上屋门开始设想一个细节。孩子在啼哭声中降生了，可能是顺生也可能是逆生，这都不要紧，只要能生下来就行。可能是男孩也可能是女孩，这也不要紧，只要是他们的孩子就行。这孩子一爬出母腹，可能是沉沉暗夜时分，也可能是阳光明朗的白昼，他（她）如果能看见一切的话，会首先望见两个盲人平静而早衰的面庞，他们稀疏的头发和粗糙的双手。接着他（她）会看见什么？深蓝夜空中的明月？金黄色的明月？如洗碧空下已经衰败的花草？老奶奶步履蹒跚推着童车唱着童谣走在黄昏的街道上？窗棂上飞来两只天堂鸟？我的上帝，他（她）能看见一切的话，父母在孩子的眼中就是两块沉默的石头，这会加剧孩子的孤独。做父母的只能凭借感觉来判断孩子的喜乐哀愁，他们无法与孩子形成真正意义上的感情沟通，这种想法的产生使盲人陷入了无底的深渊。他们无法自拔。

整整一个秋天，他们为这个孩子而操碎了心。孩子出生后该起什么名字，上什么样的幼儿园和学校，穿什么样式的衣服，孩子受到欺负了该怎么办。当然，他们想得更多的仍是盲与不盲的问题。他们期望孩子的眼睛是光明的，可这与他们背道而驰的光明却令他们深深恐惧。

"也许，孩子是个盲人会更好。"王瑶琴吐着新鲜的山楂籽说。

"孩子会以为全世界的人都是在黑暗中生活的，因为他的父母就是这样子的。"王瑶琴又吐出几粒沾着粉色果肉的山楂籽。

"可这孩子不能总生活在你我之间，孩子会接触社会，当孩子明白他与别人不一样时，他会自卑和绝望。"吴自民发自肺腑地长叹一声。

"我们还是把这孩子做掉吧。"王瑶琴哭了起来，忙乱中她竟然吞下了几粒山楂籽。

以往平静的生活不复存在，他们像阿三夫妇一样开始了争吵。不过他们争吵的声音很轻，只有他们自己听得见。夜晚入睡时他们不再相依相偎，而是各自拥着一床被子，他们觉得好日子就要一去不回返了。

盲人报摊的生意一直很红火。募捐者倒是寥寥无几了。半个月下来，只筹措到了二十多元钱，对于医治眼睛来讲，无疑是杯水车薪。他们为此忧心忡忡，这报纸向人们陆续报道着中国以两票之差申办奥运失败；俄罗斯政坛发生突变、叶利钦下令军队包围议会大厦、俄罗斯宣布进入紧急状态；阿拉法特访问中国；四十余人丧生于钱塘江观潮；一架波兰客机遭恐怖分子劫持；美国芝加哥公牛队的飞人迈克尔·乔丹宣布他的篮球生涯已经达到巅峰状态而退出篮坛，令他的无数球迷伤心不已……

一个绚丽多彩而又动荡不安的世界。消息雪片似的飞来。有的让人欣喜，但更多的是让人沮丧。王瑶琴腹中的孩子悄悄地成长着，按照出生前的规律正常成长着。他们像许多家庭一样开始贮存越冬蔬菜：红萝卜、白菜、大葱、土豆，然后将窗户封严，腌上一坛咸菜和酸菜，这时秋风已经把落叶吹得干爽了，干树叶落在人的头发上，在手中一揉就成了粉末，植物气味却缕缕不散。猫东躲西藏着，许多人家的女主人在絮棉花时弄得棉花绒子满屋飞。王瑶琴的妊娠反应越来越强烈，她不得不放弃每天随丈夫去街口卖报的差事了。何况寒露刚尽，霜降已至，立冬的日子不远了，小雪大雪就要来了。小雪大雪一过，一年的旧历就会化作柴薪付之一炬、踪影皆无。吴自民的手指和脸颊被秋风吹得似风干了的牛皮，手上还冻裂了一些口子。听说伤口的颜色是粉红色的。那么胚胎的颜色也一定是粉红色的，因为伤口直接联系着胎儿。在这个特殊的时期，王瑶琴对颜色的体验日臻深刻、丰富和完美，这真是个奇迹。

五

吴自民在初冬落雪的一个傍晚回到家时突然落了眼泪。已经有两天了，没有任何一个人朝募捐盒里投下一分钱。人们在凛冽的风中匆匆忙忙地买一份需要的报纸，就心安理得地离去了。

"以前他们还议论一下告示，现在竟连议论也没有了。"吴自民带着哭音说，"告示已经破烂了，要不要再求人写个新的？"

王瑶琴很少能听见丈夫流泪。在她心目中，男人流泪就跟天崩地裂一般可怕。从那种低沉的空气和湿度她敏锐地判断出外面正在下雪，邻人的一些孩子正穿着鲜艳的衣裳在雪中奔跑。孩子们跟火狐狸一样娇媚。听说山楂糖葫芦在冬天里又红又艳又好吃，酸菜羊肉片汤也十分暖胃。她打开冰箱冷冻室的门，一股三九天的空气急转而出，与她不期而遇，她取出半卷羊肉，打算切些肉片给丈夫调碗鲜汤喝，那样丈夫就不会哭了。男人是需要哄的，她不知道这招能不能奏效。

吴自民喝下那碗汤果然就心境平复了，王瑶琴暗自庆幸自己的杰作。这时他们忽然听见外面一片疯狂的哭声，非常瘆人，王瑶琴下意识地扑在丈夫怀里。接着，他们听见了阿三媳妇叫门的声音："开开门，快开开门！"

吴自民打开门，阿三媳妇大哭道："刘奶奶这个老母夜叉，用剪刀挑了她孙子的前胸，她儿媳正和她拼命呢，拉也拉不住，要出人命了，快去看看吧，阿三又不在家，怎么是好！"

"刘奶奶的儿子呢？"王瑶琴问。

"他上广州给厂子推销皮鞋去了，半个月也不见得能回来。我的天哪，要出人命了，我们劝不住啊。"阿三媳妇哭了。

吴自民急如星火地走进刘奶奶的家。老太太和儿媳还扭打在一起，吴自民听见她们相互撕扯和辱骂的声音，屋子里一团乱，煤饼在炉子里放出一股臭气。吴自民朝喧闹声扑过去，他擒住了一只肥胖的胳膊。"你这个吴瞎子，你要拉我你就是个绝户头，我要宰了这老不死的，她杀了我的强强！"

吴自民挨了骂，有些心灰意懒。他松手的刹那间，忽然想起了六岁的强强。他和阿三媳妇找到了强强，他倒在窗台上，胸口还热乎乎的。

"强强还活着，快送医院！"吴自民的右手沾上了强强的血，他朝强强的妈妈大叫着。

女人一听儿子还活着，马上扑到儿子身上。阿三媳妇已经找来另外一个身强力壮的男人，准备背强强去医院了。一伙人一时手忙脚乱，而刘奶奶仍然义愤填膺地骂着孙儿。

事情的起因并不复杂。强强是独生子，娇生惯养，整日指东要西，一家人供若神灵。刘奶奶这晚上要喝稀的，可孙儿偏要吃饼，儿媳妇便去烙饼，刘奶奶就多说了一句："现在的孩子可真不得了！"儿媳妇就不满地回敬了一句："不可着孩子，还可着大人吗！"

"老不死的！"强强接过话头骂自己的奶奶，"你这个白吃闲饭的！我妈说你咋不早死呢！"

"我一把屎一把尿把你拉扯大，现在用不着我了，就咒我死？"刘奶奶当时正用剪子铰鞋样子，她一把将剪子朝小强强扎去，原是想吓唬一下的，不想因为骨子里怀了怨气，就假戏真做了。

院子里霎时喧嚣起来，邻居们三五成伙地朝医院奔去打探强强的消息去了。直到夜深时分，人们才疲倦地从医院回来，强强的命保住了，他已经度过了危险期。

那一夜没有人听见刘奶奶站在水池旁清理肺腔的声音。

那一夜一过，第二天早晨强强妈回来给儿子取住院费的时候，发现老太太吊死在房脊了，脸青得可怕。

吴自民和王瑶琴在担惊受怕中又度过了半个月的时光，天已经格外冷了，人们都换上了棉衣棉裤。他们决定不再为未来的孩子搞募捐。

"不能把孩子的一切都给准备好了，像强强，他就是因为什么也不缺，就惹出事来了。"王瑶琴抚摸着腹中的胎儿说，"要让他有点什么不足，缺陷会使人更加努力。"

"就像我们一样。"吴自民说，"全院子里只有我们是不吵嘴的夫妻，因为我们相互看不见，在我心目中，你是世界上最美最好的女人。"

"你也一样。"

他们像新婚那夜一样拥抱在一起。失明的痛苦早已被抛到九霄云外。孩子不管是否盲人，都是上帝赐予的。他们觉得会加倍爱惜那孩子的。

那一夜王瑶琴做了一个梦。梦见自己的街道两侧排布着一座座紫色的房屋，浓绿的太阳青翠欲滴，使人间充满了春天的气息。她和吴自民走在这样的街道上，夹着猩红色的报夹，报纸则五颜六色，姹紫嫣红，他们要卖的报纸全是有关他们孩子的消息。

盲人的梦里竟是一片光明灿烂。

1994 年

银　盘

　　吉爱动了进城打工的念头，是由于虎生这次归乡对她的绝情。以往虎生一回来就去看吉爱，送给她镶着花边的布包、红色的有机玻璃发卡、镂花的黑纱手套等等。城里女人兴什么，他就往回捎。吉爱的唇角很圆，笑时努着嘴角，并不露齿，那唇角里的笑意就光明得像伏天的太阳，哪个男人都想在它的照拂下说点亲密的话。虎生每每送给吉爱礼物的时候，吉爱总是说："咱在这儿又用不上，白花那钱了。"可她的唇角却变得更圆，满身的笑意都挤在那里了。

　　虎生当民工进城已有三年。每年回乡两趟，一趟是麦收，一趟是春节。由于麦收和春节挨得近，吉爱最寂寞的季节就是夏天，她屋里屋外地忙得汗珠飞溅，觉得日子白花花的像隆冬的雪，没有生气。那时就忍不住想虎生。每逢去麦地时总盼着青苗快快长高，麦穗快快沉起来，那时虎生就该回来了。

　　虎生在城里的建筑包工队当瓦工。一个月挣七百块。他家地里追的化肥、屋顶的那层新瓦都是用的虎生挣来的钱。他家地里的肥追得总是比别人家及时，麦子熟时也最惹眼；屋子因了那一层新瓦的缘故，不再漏一滴雨。村里的姑娘都羡慕虎生，都想被花轿抬进他家的门槛，红盖头一掀，火爆爆的日子就开始了。后来姑娘们发现虎生归乡后总去找吉爱，大家就都灰心丧气，不爱搭理吉爱。吉爱织毛衣遇到麻烦不知该如何对付去求她们时，她们就故意往错里说，使吉爱织给虎生的毛衣漏洞百出。可吉爱并不在意，她仍然抿着两个圆圆的唇角一如既往地笑。

吉爱把虎生送给她的东西一样样地放在枕下。干活累了时看一眼就不乏了。有时深夜睡不着，就掌灯坐起来一样样地看花布包、手套和发卡，看着看着眼睛就花了，这些东西全部变成了虎生的眼睛，温存而怜爱地看着她，使她恨田里的麦子长得太悠闲。

虎生的两个姐姐已经出嫁了，家里有个哥哥，生得出奇的瘦，整日蔫头蔫脑、无精打采的样子，结婚三年了还没有抱上孩子。也不知是他还是他媳妇的毛病。他媳妇吴爱翠，也是个瘦人，面色青黄，好像从未吃过饱饭的样子，终日有气无力的。虎生的父母为此心急如焚，盼望虎生早些回乡务农，把吉爱娶过来。吉爱中等身材，浑身上下都是圆的，圆脸、圆胳膊、圆腿、圆屁股、圆耳垂，甚至连那两个唇角也是圆圆的，分外招人喜爱。吉爱无论是养猪、做饭、割麦还是其他的什么活儿都能拿得起放得下。虎生的父母盼望丰满的吉爱过门后生下几个胖娃娃，所以逢年过节两家走动也就频繁，虎生的父亲一见到吉爱的爹就喊"亲家"。

虎生进城的前两年，别看回来时给吉爱买时髦的东西，他自己仍然是土里土气，布鞋布衣布裤子，还是在乡里时的样子。这使吉爱很满意，觉得将来与虎生的日子一定是踏实和富足的。

然而虎生这次回来却对吉爱格外冷落。他回来得也不是时候，既不是麦收，又不是春节，而是青山绿水的五月。吉爱当时正在院子里"噜噜噜"地唤着鸡，给它们扬着粮食，吉爱的哥哥吉庆扛着一袋化肥进来对她说："虎生回来了。"

　　吉爱开始时不相信，以为哥哥诳她，所以仍旧"噜噜噜"地叫着喂鸡。

　　"虎生扎着条领带，穿着皮鞋，头发梳得油光光的，乍一看我还没认出他来。"吉庆放下化肥气喘吁吁地说。

　　吉爱不再唤鸡，扬粮食的手也停住了，她轻声说："怎么不当不正的时候回来了？出了什么事？"

　　"能有什么事。"吉庆说，"大概挣足了钱，回来风光风光。"

　　"虎生可不是那种人。"吉爱说。

　　吉爱虽然对虎生的突然归来满腹狐疑，还是很高兴地进屋打扮自己去了。以往虎生一归来，草草在家吃口饭，就朝吉爱家里来。所以一到麦收和春节的当口，吉爱总是不由自主地比平日多注意几分修饰，把脸用雪花膏抹得香喷喷的，衬衣的领子和袖口洗熨得平平整整，以便使突然而至的虎生能够更加喜欢她。然而这种精心的准备往往付诸东流。比如前年的腊月二十三一过，灶王爷升上了天，吉爱就把自己打扮得利利索索，干活分外不方便。因为吉爱算计到虎生那两天要回来了。腊月二十六的中午，家里的母猪突然下崽，吉爱不得不换上脏衣服去猪圈帮忙。接下十二个猪崽后，弄得满身汗气，两手血污，这时虎生却来了。他见了吉爱就笑，吉爱连忙说："猪下了十二个崽。"

　　虎生说："看你那一手的血。"

吉爱就很委屈，想想老天爷真是不公平，为什么单单在这个当口让虎生来？可虎生喜欢吉爱干活的样子，她的全部生气都凝聚在活儿中了。

吉爱穿上一件绿底红花的衬衫，一条黑色紧身裤，然后把辫子梳了又梳，辫梢系上红色的玻璃丝。接着她端来一盆水，将脸洗了又洗，涂上一层香喷喷的雪花膏。对着镜子看了看眉毛，将它用指甲轻轻理顺。眼睛和鼻子是无可修饰和挑剔的了。轮到嘴唇，她觉得不够红艳，于是用牙交替着咬着上下唇，那嘴唇顷刻间就红得像公鸡的冠子。

吉爱将那盆洗脸水泼到院子里，正好泼在几只鸡身上，鸡咕咕地跳叫着，十分不满的样子，吉爱就咯咯地笑着。这时父母从田里归来了，他们见到吉爱这副打扮，就问："要去城里赶庙会？"

每逢初一和十五的日子，离乡里不过四十里的县城都有庙会，有时吉爱就约上姐妹们一起去。庙会上有她们喜欢要的花边、钩针、剪纸、头饰等等东西。尤其是年前的庙会，她们一场也不落空，去买鞭炮、春联、筷子、盘子、灯笼、香以及花布等等东西。她们若是夏天赶庙会，起了个大早去县城，走山路时怕把鞋子磨破了，于是都提着鞋，光着脚走。鞋子要花钱买，脚是自己的，用不着施舍它一分钱，尽管有时脚底打了血泡，但是用针一挑，在盐水中泡泡也就痊愈了。

"今天又不是初一十五，赶的什么庙会。"吉爱说，"你们老是糊涂过日子。"

父母眼里的日子当然是一样的。不同的是端午节吃粽子、门楣插上艾蒿和葫芦，八月十五吃月饼，除夕夜吃饺子，正月十五吃元宵，二月初二吃猪头肉。

"虎生回来了。"吉庆插言道，"扎着条领带，穿着皮鞋，头发梳得油光光的。"

"虎生怎么这时候回来了？"吉爱的父亲说。

"没准回来盖房子娶吉爱呢。"吉庆说。

"谁让他娶。"吉爱嗔怪着，可是两个唇角又漾满了笑意。

父母知道吉爱在等虎生，所以午饭只得由他们来操持了。怕虎生在家里只是扒拉一口饭便如以往一样匆匆赶来，吉爱的妈妈在做饭时就把坛子里的腌肉也拿出来了。又唤吉爱去瓦盆里捞几个鸭蛋来煮煮。

"鸭蛋才腌了半个月。"吉爱的父亲说，"还没透呢。"

"丈母娘疼姑爷嘛。"吉庆酸溜溜地说。

"你上秀花家还不是一样？"吉爱对哥哥说，"丈母娘不是一样给你割肉包饺子吃？"

秀花是吉庆的对象，他们处了三年，想在今年麦收后成亲。

吉庆就笑了，对吉爱说："捞你的鸭蛋去吧。"

结果吉爱一直等到日头当空的时候虎生也没来。一家人饿得心慌气短，可仍然满怀心意地等待。快近下午一点的时候，吉爱沉不住气了，她问哥哥："你没看花眼吧？是虎生吗？"

"我还跟他打了招呼呢。"吉庆说，"别等了，吃吧。"

"吃。"吉爱的父亲发了话。

一家人围着饭桌在场院里吃起来。小风吹拂着，吉爱的刘海微微跃动着。她吃得心不在焉，哥哥却是狼吞虎咽，午后他还要去秀花家帮她家的地追肥。

吃过饭，全家人都下田了，吉爱收拾干净了碗筷，又把油腻的手用香皂洗了好几遍，直到放到鼻子下能闻到香味这才罢休。然后她对着镜子左照右照的，想起虎生每次亲她时那毛茸茸的小胡子蹭着她脸颊的感觉，一股柔情就泛了上来。她忍不住走到门口去张望，然而路上只有晒太阳的猪、悠闲踏步的鸭子和光着屁股戏耍的孩子。吉爱望了一会儿，就关上门回屋等待。平素她是听不见墙上挂钟的声响的，而这个下午她每分每秒都能听见钟摆的"嘀嗒"声，时间的敲击使她更加心烦。虎生回乡从来没有挺过这么长时间不来看她，吉爱更加魂不守舍了。她再一次跑到门口张望，戏耍的孩子不见了，可猪仍然翻着大肚皮在懒洋洋地晒太阳，鸭子也仍然在一跩一跩地走。吉爱失望极了。想去虎生家看看，可又怕虎生已经走到路上了，于是又回到屋里等，盼望他立刻来，只有他们俩在家的相会自然有着无法言说的亲密和方便。然而她听见的不是来自院外的脚步声，仍然是钟摆"嘀嗒嘀嗒"左右晃动的声音。

吉爱就这样不知到门口张望了多少次，直到太阳向西了，猪哼哼着爬起来大腹便便地回家，鸭子也不知了去向，下田的人三三两两地回家，虎生也没有来。

吉爱伤心地做了晚饭，这时父母也回来了。他们一看见吉爱的表情，就忧心忡忡地问："和虎生拌嘴了？"

"没有。"吉爱说。

"那为什么不乐意了？"父亲问。

"虎生连来都没来。"吉爱说。

"那他兴许是晚上来。"母亲安慰道。

吉爱的晚饭仍然吃得心不在焉，父母也跟着食欲寡淡。吉庆去了秀花家，他常常在那里吃晚饭，直到深夜才打着口哨回来。

收拾干净了碗筷，喂过猪，圈起鸡，将灶膛的火灭了，吉爱仍然端来一盆水，把油腻的手用香皂洗了好几遍，直到它散发出香气为止。母亲在补一条衬裤，父亲平静地坐在矮板凳上吸烟。钟摆依然"嘀嗒嘀嗒"地走着，一副累不死的样子。吉爱心事重重地来到院子里，月亮起来了，满院子都是月光，这使她想起与虎生在一起的好时光。吉爱就这么站在场院里，一直站到哥哥打口哨回来，虎生也没有来。

"要不你去他家看看？"母亲小声地问吉爱。

"别惯他这个脾气。"父亲下了命令，"别去赶着找他，吉爱又不是嫁不出去。"

吉庆说了几句风凉话，然后就睡去了。家里人也都各自回屋睡下。吉爱关了灯，从枕下摸出虎生送给她的东西，百思不得其解。她第一次尝到了失眠的滋味。

第二天一大早，吉爱的母亲借口去朝虎生的妈妈求个鞋样子，便朝他家去了。虎生还在睡，虎生的妈妈歉疚地说："他说今天去看吉爱，昨天赶路太累了。"

吉爱的妈妈回来便说："我去虎生家求个鞋样子，他妈说他一会儿就来看吉爱，昨天赶路太累了。"

吉爱的父亲嘟哝了一下嘴，骂了老伴一句："下贱！"

一家人吃过早饭就下田了，只留下吉爱在家。吉爱仍然穿上绿底红花的衬衫，一条黑色紧身裤，把辫子梳得利利索索的，辫梢系上红色玻璃丝。上午时虎生果然来了，他穿着皮鞋，系着领带，看上去有些瘦，见了吉爱颇为拘谨。

"怎么这时候回来了？"吉爱说，"不在城里干了？"

"干。"虎生说，"回来种田一辈子就完了。"

吉爱说："那你想一辈子待在城里了？"

虎生艰涩地笑了笑。

"可你的户口还是农村的呢。"吉爱说。

"户口不户口的关系不大。"虎生说，"很多人都没有城市户口，过得比城里人还自在。"

"城里人也不见得自在，把一分钱掰成八瓣花。"吉爱咯咯笑了，"上次去城里赶集，有个穿着时髦的姑娘为了买一个瓷杯，跟卖货的为一两毛钱讨价还价个没完，让人看不起。"

"你说的是县城。"虎生一甩头说，"省城的人不这样。"

"我又没去过省城。"吉爱叹了一口气。

虎生不说话了。吉爱以为虎生不说话时要像以往一样过来亲她，所以她就低下了头，觉得脸颊发热。然而虎生却又吞吞吐吐地说话了："吉爱——我这次——回——回来——是——开——介绍信——我要——结婚了——"

吉爱抬头看了一眼虎生，开始不信，但一看虎生的表情，一想到虎生既不亲她也没给她带小礼物，便明白虎生说的是真话。

"她是城里人？"吉爱心慌气短地问。

虎生木讷地点点头，说："是包工头的侄女，一条腿截肢了。"

吉爱心想，放着个好好的姑娘不娶，非要娶个城里的残疾姑娘，真是白白爱了一场这个傻瓜！

虎生说："你打我吧，吉爱，那样我会好受些。"

吉爱心想，我打傻瓜干吗？

"走吧，从今以后别来我这里。"吉爱说。

虎生一步三回头地走了，他走到门口时流了泪。想起吉爱的圆胳膊、圆腿、圆脸、圆屁股、圆圆的唇角，他的泪水就更凶了。吉爱在屋里呆了一刻，然后就从枕头底下把虎生送给她的东西卷到一起，想填到炉膛里烧了。才走到炉膛，便想这东西又没过错，只要她眼不见就行，于是就出了家门分别把它们送给秋月、水梅和艳丽。三个女孩子自然是欢喜异常。

吉爱送光了东西，回到家里做午饭，看着柴草温柔的光芒，吉爱的眼泪落下来了。她把袄袖子都哭湿了。她为虎生只哭了这一回。虎生走后不到一周，吉爱也挽着个包袱进省城去打工，家里人怎么也拦不住，她说就去一个夏天，秋天时肯定回来割麦。

父亲想到若不依她，可能她一辈子都觉屈辱，就由她去了。吉爱穿着绿底红花的衬衫，黑色紧身裤，两条长辫子一左一右搭在肩头，她提着双新布鞋赤脚走到县城。一进县城，她穿上鞋，进了一家小吃店，要了一碗面条，吃毕就直奔火车站，半小时后她搭上了去省城的火车。次日凌晨她到了车水马龙、高楼林立的省城，果然感觉同县城不是一个样了。虎生就在这座城市建着高楼，他就要娶一个缺腿的城里女人了。那女人梳辫子吗？那女人的脸白吗？那女人有圆圆的唇角吗？吉爱出了站台的那一刻思绪纷乱。

她带出的钱用掉了三分之一。她觉得肚子饿，于是买了一个面包。想找个喝水的地方，可所有的水都要钱，她选择了两毛钱一杯的茶水。茶水和面包，显然不如家里的井水和新麦好吃。但她得让肚子不空落，以免它咕咕乱叫。

肚子里有了东西，她不头晕眼花了，可却分不清东西南北。她该到哪里去？有谁能帮她联系到一个活儿？吉爱羞于说话，但一想城里人没一个认识她的，说说又无妨，于是每碰到她认为慈眉善目的人，她就上前问："哪里有干活的地方？"

大部分人回答她的话都是："你去劳务市场问一问，那里有人家雇保姆。"

可吉爱不喜欢当保姆。看小孩子和做饭没有脱离她原来的生活，而且在家里生活，世面也太小了。吉爱慢吞吞地沿着一条街走，对着两侧的店铺东张西望着。后来她路过一家酒店的时候，被它动人的门脸吸引住了。门口挂着两串红灯笼，每一串灯笼总共有六个，像串山楂糖葫芦，十分惹人喜爱。她正入神地看着，从店里走出一个黄头发穿紫套装的女人，她问吉爱："你想吃饭吗？米饭、炒菜、水饺、小笼包子都有。"

吉爱摇摇头，说："我想找个活儿干。"

"你是进城来打工的？"女人兴奋地问。

吉爱点点头，说："我刚下火车。"

"你愿意当服务员吗？"女人说，"我们这里正缺人呢。"

吉爱想了想，就跟那个穿紫衣的女人进了酒店。一股酒肉气朝她扑来，店里装修得很豪华，比它的门脸要富丽得多。由于还不到正午时分，吃饭的人并不多，沿着楼梯向上可以看到拐角处的一个大玻璃缸，里面养着蛇和甲鱼。这使吉爱吃惊不已。到了楼上的一间屋门前，穿紫衣的女人敲了敲门，里面有人说："进来。"

门开后吉爱看到了一张宽大的黑色桌子，它油光可鉴，桌子后面的皮转椅上坐着个瘦猴样的男人，他正在吸烟，见到吉爱，他的眼睛一亮。吉爱挽着个包袱，穿着绿底红花的小衫，黑色紧身裤，黑布鞋，两条粗黑的辫子搭在肩头。她那张圆脸光洁得像银盘。

"李总，这姑娘从乡下来的，要找个活儿干。"穿紫衣的女人说，"我就把她带来了。"

被叫作"李总"的人摆摆手，示意穿紫衣的女人下去。走时她把门关上了。吉爱低头看着自己的鞋，它们被红地毯一衬，显得更为朴实。吉爱心疼地想，这么好的东西不铺在炕上，却弄到地上来，城里人的脚也这么娇贵吗？

"你叫什么？"李总问。

"吉爱。"她低头回答着。忽然听见"咔嗒"一声响，吉爱吓了一跳，不知发生了什么，抬头一望，李总正用打火机点燃一支香烟。一簇火苗勃勃跃动着。吉爱想起了虎生的哥哥，他同眼前的这个人一样瘦。

"我留下你了。"李总慢条斯理地说，"一个月四百块钱，管吃管住，干得好还可以加薪。"

吉爱高兴得差点把包袱掉到地上。她在城里终于有能吃能住的地方了。一个月挣四百块，这简直是太多了。只是她不知道干好了加薪是怎么回事，因为她是不会干坏的。

"'薪'是个什么东西？"吉爱小心翼翼地问。

"薪就是钱。"李总笑了。

吉爱也笑了，她的两个圆唇角随之隐现出来。

吉爱换上了一套紫色套服，上衣和裤子都明显小了一号，更使她的身材显圆。她先是在底楼给一般的客人服务，端茶端菜，收拾桌子，给客人斟酒。她通常是工作到午夜时分方才休息。她住在酒店的地下室里，那里住着另外三个打工妹。有两个已经相当城市化了，说话没有乡音，使用的化妆品也说得过去。吉爱来的第一个晚上那个模样好看、叫吴静的就问她："你身上有虱子吗？"

吉爱说没有。

"那么头发里呢？"

吉爱又说没有。吴静就举着个精巧的小瓶子过来了，里面装着绿色的液体，不由分说地对吉爱就是一通喷，说是给她消消毒。吉爱以为喷的是药水，可她却闻出了一股浓郁的香气。

吴静说："别害怕，是花露水。"

酒店来的客人都喜欢吉爱，吉爱又勤快，半个月后就被调到楼上的包房服务。她负责的那个包房名为"风雅厅"，里面有红木桌椅和真皮沙发。来的客人派头都很大，各种海鲜都要点遍，有时还要唱上几首歌助兴。在吉爱看来，他们来玩的心思比吃的心思还大。吉爱上完菜就按照规矩立在门口随时听吩咐。客人若说："小姐，陪我们一盅酒吧？"吉爱就说："我没有钱喝酒。"客人就笑得前仰后合，告诉她不用付钱，陪酒就是白喝。吉爱心想不花钱喝酒又能让你们高兴，那就陪呗，她接过酒杯一饮而尽，而后抿着她那好看的唇角笑。有时客人又让她唱卡拉OK，她不会，便用乡间俚曲来打发，竟然收到了意想不到的效果，他们拼命为她鼓掌。这使得风雅厅的生意红火得像烀猪头的火。一个月做下来，李总把她的工资加到五百。

吉爱手中有了一些钱，就惦念着去商场见见稀罕东西。她还想逛逛公园，看几场有位子坐的电影。可她实在抽不出工夫去。早晨起来她就得去酒店，到了深夜才打烊回地下室。那时两腿站得发酸，只想倒在床上呼呼大睡了。她一累极了便打呼噜，其他几位室友就起来用臭袜子堵她的鼻孔，她气噎难耐，迷迷糊糊睁开眼醒一下，翻个身照样打呼噜睡。其他姑娘渐渐喜欢上了吉爱，因为她来后把屋里的地擦得干干净净，有时洗衣服还连带着把她们的脏衣服也洗了。她洗过衣服后那双手又白又嫩，指关节那胖得都是圆圆的涡儿，跟她的唇角一样让人喜欢。

后来吉爱才知道"李总"是"李总经理"的简称，他的真名叫李应旭。他白天黑夜都住在酒店里，听说他的老婆很能挥霍他的身体和金钱。他正和她分居。吉爱见过李总的老婆，她的脚腕上都套着金链子，嘴唇仿佛涂了鸡血。因为文了眉和眼线，老是一副睡不醒的样子。她来酒店就是为了要钱，李总便给她钱，至于身体还让不让她榨，她们是不知道的。反正李总嗜烟如命，瘦得走路没一丝声响。吉爱领到第二个月五百元的工资后，有天惴惴地去找李总，说她要请一天假。

李总在烟雾中问她："你要一天时间做什么？"

"我来省城两个月了。"吉爱小声地说，"还不知道它是个啥模样。"

"你想看什么？"

"逛逛商场，进公园照个相带回去，我还想到电影院坐在座位上看场电影。我原来只看过露天电影。"

"还有呢？"李总和气地问。

"到了街上也许又能想起来点什么。"吉爱说。

"好吧，我准你一天假。"李总说。

吉爱兴高采烈地说："这一天的工钱可以扣出去。"

李总没有谈扣工钱的事，他说："我也给自己放一天假。"

吉爱想，你放假跟我放假有什么关系，所以谢讨他就飞快地夫地下室。换下了紫套服，吉爱穿上了初来省城时的那套衣裳，绿底红花的衬衫，黑色的紧身裤，黑布鞋。衣裳裤子上了身后，她觉得比以往穿它们时紧绷绷的，看来自己又胖了一些。不同以往的是，她不梳辫子了。她将头发像其他姑娘一样披散着，使她的圆脸显出了几分俏丽。

吉爱从枕头底下数出三百元钱，以往她是把虎生送给她的东西放在枕头下的。想到虎生，吉爱难过了一下，但一想他又不值得难过，于是就锁上门去街上了。

好天气使吉爱眼花缭乱。她不知该如何去公园和商场。她算计好了，先去商场，给父亲买个坎肩，给母亲买个袄罩，给哥哥买条裤子和耐穿的袜子。自己可以买件短袖上衣，天气太热了。上完商场，可以去公园了，不管花多少钱，她也要照一张相片，把它带回去镶在自己家的镜框里，让邻里的姐妹们都来瞧瞧。最后她要去找家电影院，看一场有着座位的电影。

吉爱走到街角，正要跟一个卖冰棍的老太太打听该如何去商场时，一辆红色的小汽车突然斜冲过来停在她面前。李总打开车门，喊道："吉爱，上车！"

吉爱吓了一跳，她不知道李总还会开车，看来这个瘦猴样的人本事还真不小。吉爱犹豫着，李总在那边催促道："这地方不让停车，你再不上来警察就来了，我就把你一个月的工钱都罚掉！"

吉爱乖乖地上了车。她是第一次坐小汽车，浑身紧张得要命。车一直向前缓缓地开着，吉爱适应了一会儿，这才问："你开的哪个单位的车？"

"自己的。"李总笑着望了一眼吉爱。

"自己能有车？"吉爱心下嘀咕着，觉得蹊跷。

李总说，他把照相机带来了，可以为她拍一些照片。吉爱便问："你给自己放假就是为了陪我？"

李总笑了，说："不行吗？"

吉爱想，是你主动要陪我的，那你就陪吧。有车真是方便，想到哪里就到哪里。她去商场把该给家人买的东西一一买全，这才为自己买了件淡蓝色的薄纱短袖衣。她在更衣室里把它换上去，外面实在太热了。她在试衣镜前看着自己浑圆的胳膊，很满意地提着那件绿底红花的衬衫出来了。李总看见她的新打扮，微微笑了笑，说："吉爱，你还能穿得更好。"

"这就足够了。"吉爱说。

他们又去了公园。吉爱在八角形的凉亭、古朴的石桥、花丛和绿草前都留了影。李总每次端起照相机时都要说："笑一笑。"

吉爱就笑，发自内心地笑。两个圆圆的唇角便显现出来了。

从公园出来，他们去了一家馆子吃饭。吉爱为了给李总省钱，只要了一碗炸酱面。可上来的菜中仍然有卤鸭和虾仁。吉爱美美地吃过后对李总说："这个月的工钱我只要一半。车钱、饭钱和照相钱顶上几百了。"

李总笑笑，问："吉爱，你在老家有对象了吗？"

吉爱踟蹰半晌，郁郁地说："有，又黄了。他要结婚了，就在这个城市，要娶一个缺了条腿的姑娘。"

"哦。"李总的脸颊抽搐了一下，又问起她家的一些情况。午饭后，他们找一家彩照快速冲洗的地方去洗照片，然后去一家影院看电影。电影名为《大撒把》，是葛优和徐帆主演的。电影故事是看明白了，可吉爱不明白这电影为什么叫这么个名，请教李总，李总说："'大撒把'就是想怎么着就怎么着的意思。"

吉爱和李总在傍晚时取出一沓照片。吉爱始终如一地在每一幅画面里微笑着，她自己指着照片说："看看我都把唇角笑圆了。"

那天晚上这沓照片就被压在枕头底下。吉爱常常偷偷地看，想着回乡后得镶满三个镜框，这有多么风光呀。她白天时穿着紫套服在风雅厅服务，晚上睡不着时就想家里的亲人、猪、鸡、场院、村前的小河。她打算着麦收前就回乡下，省城不过就是这个样子了。

吉爱所服务的风雅厅每逢上名贵菜时，就用一种闪闪发光的银盘。那银盘未装菜肴时闪耀着一股月光般的光泽。吉爱很喜欢这银盘，每每端它时就有捧着月亮的感觉。她问过厨师，这种银盘酒店一共有一百块，每块大约在七十元左右。

"这么贵呀。"吉爱说，"是纯银的吗？"

"这么大块的盘子，要是纯银的话，七百八百也打不住。"厨师告诉她，"是镀银的。"

可吉爱还是把它当成纯银的看待。有时酒店打烊了，洗盘子的人在灶房的水龙头下忙得不亦乐乎，吉爱就跑去帮忙。她专拣那种银盘来洗。手触着银盘时感觉是抚摸着柔软的月光，让人顿生温柔之情。洗过银盘，她就用干净的纱布仔细擦光那上面的水珠，使它闪闪发光。吉爱就把它竖起在自己面前，当作一面镜子左照右照的，她看不清自己的眉眼和笑靥，但脸的轮廓却隐在其中，也是圆圆的，只是比银盘小上一圈。

那个月发工资的时候，吉爱发现李总并没扣除他那天陪她时所花的费用。吉爱觉得这样不好，就数出二百元钱去敲李总的门。李总依然像以往一样吸着烟，满面清苦的样子，见到吉爱眉头一阵舒展。

吉爱将二百元钱递过去，说："这是那天你陪我花的饭钱、车钱、照相钱和电影票钱。"

李总笑了笑，把钱压在电话机下，然后摁灭烟头。吉爱暗想自己幸亏主动把钱送来了，李总那么轻易就收下了钱，并不像她事先想象的要有一番推托。不过吉爱也喜欢做事爽快的人。

吉爱做到九月的时候，已经能在梦乡中闻到麦子成熟的气息。她打算着辞掉工作回乡去割麦。她再也不会来省城了，她已经知道了它是个啥模样。到处是汽车和行人，人住的地方不宽敞，空气不清新，她想虎生不唯傻，而且有些痴呆了。一辈子耗在这样一个鬼地方，还要陪一个缺腿的姑娘，他不如用领带把自己勒死算了。

吉爱去找李总，她笑吟吟地说："我要回乡割麦了，不在酒店干了，把这个月的工钱提前给我吧，还差四天满一个月，我少要一百。"

李总沉下脸，半晌没有说话。他续上一支烟，盯着吉爱那银盘似的脸，压低声问一句："割完麦还回来吗？"

"不回来了。"吉爱说。

"为什么？"

"就是不回来了。"吉爱说。

"我不会让你离开的。"

"可我得回去割麦。"吉爱强调。

"那片麦地值多少钱？"李总咄咄逼人地对着吉爱说，"我把钱给你。"

"不是钱的问题。"吉爱说，"我想麦子了。"

结果吉爱没要出工钱，可她是打定主意回乡下了。她已经把包袱打好，将给家里人买的东西一一放进去。想想自己又没有欠酒店什么，他不给工钱自己等于白白干了二十几天的活儿，吃这种亏太土鳖了，于是吉爱趁着夜深人静来到灶房，从玻璃橱里拿出六块银盘，她想这就顶了她的工钱了，而且她喜欢银盘。

吉爱又穿上了绿底红花的衬衫，黑色紧身长裤，黑布鞋。怕披散的头发吓着父母，她又梳起了两条长辫子，然后把六块银盘放进包袱里悄悄上路了。她坐火车离开了省城，一点留恋的感觉也没有。一天之后她到了县城，她想起这里初一和十五的庙会，觉得县城比省城好。当她吃了些东西，把鞋提在手中光着脚板走在回乡的路上时，又觉得乡里比县城还要好。

毕竟一个夏天不赤脚走路了，她回到家里时走出一脚的血泡。一家人欢喜异常。晚上母亲端来一盆温热的盐水让她泡脚，悄声问她："吉爱，虎生找着你了吗？"

"他还找我干啥？"吉爱一嘟嘴说。

"虎生前几天回乡了。"母亲说，"他来找你，听说你进省城，他又回去了。"

吉爱没有吱声。

"虎生没有结婚。"母亲说，"他说他去登记的那个时候脑子里老是想着你，他就没领结婚证。"

吉爱想哭了。

"虎生被那家包工队给撵了出来，他说要回乡种田了。"

"那他还去省城干什么？"吉爱问。

"他找你去了。"母亲说，"他说找着你就一起回来割麦。"

吉爱呜呜地哭了起来。

三天后就到了割麦时节，吉爱带着块银盘到麦地去，她把干粮放在银盘上。明亮的阳光使银盘焕发出一股炫目的美，很多人都来围着它看，啧啧称赞。然而未等麦子割完，一辆警车把吉爱又带回了省城。李总报吉爱犯了偷窃罪，她偷走了六块银盘，吉爱分辩说这是为了顶她做工的钱。她并不知道那就是犯罪，这使她觉得省城更加不招人喜欢。公安人员在吉爱的房间取出六块银盘时，望见墙上挂着三大镜框吉爱的彩色照片，她笑得很灿烂。

快到年底的时候吉爱被关进离省城十公里的劳教所。她被劳教半年，是所有的犯人中所受处罚最轻的。她觉得为了六块银盘受这份罪实在不值得。管教人员在他们劳教之余上一些法律课，吉爱于其中反省自己的过错。但她总是闹不明白拿六块银盘顶她的工钱有什么不对，难道自己空手而归才正确吗？

"他不给你工钱，你应该先起诉他。"管教人员说，"依照法律程序来解决这个问题。"

吉爱还是糊涂，她想这辈子可能要糊涂到底了。

吉爱刚进劳教所一周，有天被告知有人来看她。吉爱一看，竟然是李总！他穿着件米色风衣，看上去更加消瘦。

"吉爱——"李总嘶哑地叫了一声。

"你把我告进这里来了，还来做什么？"吉爱伤感地说，"连麦子也没让我割完。"

"我只是想让他们把你弄回省城。"李总清了清嗓子，充满深情地看着吉爱说，"半年后你出来，我就娶你。"

吉爱愣了一下。

"我已经离婚了。"李总说，"给了她三十万。"

"酒店呢？"吉爱问。

"酒店还是我的。"李总笑笑。

"酒店留下就好。"吉爱说，"有鸡还能生蛋。"

"那你同意嫁给我吗？"

吉爱笑了，她的两个唇角圆圆的。她说："我可不能嫁给你，我不喜欢瘦人。虎生的哥哥跟你一样瘦，结婚这么多年他媳妇也没生出个孩子。我喜欢生小孩子。"

李总看着吉爱，为着她的纯洁而深深震撼了。他说："我一定要娶你。"

以后每逢周末李总都驱车来看吉爱，吉爱一见是他就转身回去。他给她带的点心和巧克力她也一样不要，她说这里吃得比乡下好多了。

冬天的一个下午，又有人来看吉爱了。吉爱以为又是李总，所以没精打采地朝那走，过去一看竟然是虎生！

虎生穿着布衣布裤，一双黑布棉鞋还是吉爱给他做的，他含着眼泪看着吉爱，想说几句表示歉意和爱意的话，可他什么也说不出来。他等待吉爱给他一巴掌或骂他一顿，不料吉爱却咯咯地笑了起来。

虎生说："你怎么笑了？"

吉爱说："笑你不早娶我，让我白白在这里耽误半年。半年我能在家做多少活儿呢！"

虎生的心踏实了，他充满怜爱地看着这个有着银盘一样圆脸的姑娘，看着她那圆圆的唇角，他说："半年后我来接你回乡成亲。"

"我都在这儿两个多月了，再过三个月就能出去了。"吉爱说，"你得抓紧置办结婚的东西了。"

"你想要啥？"虎生问。

吉爱眼睛湿湿地看着虎生说："六块银盘。"

1996 年

鸡笼街的月亮

华源大酒店开张那天，王福正休班。节气适逢冬月一九天气，冷得很，北窗上的玻璃蒙着很厚的霜花，连日不化，像是一位死了丈夫的妇人，天天吊着白脸伫在那儿。

王福的老婆一大早就推着架子车到鸡笼街市场卖菜去了。王福头天夜里和老婆折腾了两回，起床时有些头重脚轻，一个人恹恹地抽了一会儿烟，洗了两把脸，便吃锅里尚有余温的面汤。寡汤寡水地喝了一顿，就打算上街给儿子买鞋。老婆整天都耗在鸡笼街市场，挣钱挣出了精神，一天也不落在家里，开家长会，给儿子买鞋，换煤气罐，甚至买油盐酱醋的小事，全套在王福脖子上了。

王福刚出家门，便被噼啪作响的爆竹给吓了一跳。太阳明晃晃地照着两日前落下的那场大雪，王福觑着眼朝前望去，只见修缮一新的华源大酒店门前高高吊着四盏红色宫灯，水泥台阶上铺着红地毯，七八个贺喜的花篮依次排布在台阶两侧。台阶上站着七八个西装革履的男人和三个窈窕的穿猩红旗袍的姑娘。台阶下则伫一伙俩一串地站着一些看热闹的。人们捂起了耳朵，又是一通震耳欲聋的鞭炮声，王福看见两个通红的氢气球飞向空中，气球下面垂着长长的条幅，白布红字，无非写着"生意红火"一类的话。王福揉了下眼睛，想看清穿旗袍的姑娘是否露着腿，结果他看到了白生生的腿，不由倒吸一口冷气。开张仪式结束了，来宾纷纷走进大酒店，看热闹的人也四散而去。王福发现有一个腰扎麻绳的卖豆腐的人慢吞吞地吆喝他的驴车快走，车上拉着几板水豆腐，大概豆腐才出来不久，蒙着豆腐的厚纱布上还冒着白气。

王福对自己说："卖豆腐的也不少挣。"

华源大酒店门前落着一层厚厚的爆竹碎屑，不远处的马路上还停着大大小小的几辆汽车，人影是没有了。两个红气球飞向刚刚竣工的住宅楼上空。

王福买鞋时缩小了一个尺码，老婆买东西总是以实惠为主。孩子穿二尺二的裤子正好，她非要买二尺三的，本来二十一码的鞋刚好，她非要买二十二码的，老婆的理论很简单：孩子正处在生长期，买大号的能多穿一两年。所以王福毫不犹豫地把二十二码的鞋改成了二十一码。

王福提着二十一码的鞋回到家时，发现他家的窗玻璃碎了一块，碎得还挺厉害。他将铝制的钥匙塞进锁屁股里，开了门。王福家的房子在应课街上，这一带都是旧房子，再有半年就该动迁了。应课街上不动迁的房子是天主教教堂，深红色的尖顶房子，一个十字架挺孤傲地端坐在最上面，任应课街下面低矮房子升起的煤灰和炊烟尽情地熏染。王福家就在这教堂下面，灰色的砖墙房，由于岁月久远，风雨侵蚀，早就千疮百孔了。夏季屋顶常常漏雨，每漏一次雨，屋顶就多了几片瓦或几块油毡纸和红砖，所以刚一入冬，王福下班回来从远处向家中一望，首先就看见屋顶那些瓦和压着油毡纸的红砖，红红白白的，看上去还有点花园落英的气氛。而等到冬天的雪花一到，屋顶就是一片银白，房屋看上去利索多了。

王福将鞋扔到床上，往炉子里又压了些煤，才坐下来抽烟寻思玻璃怎么碎了。虽说是二层玻璃，但是三九天气这个威风凛凛的轻骑兵还未驾到，所以不换玻璃是无法抵御严冬的。王福排除了偷窃、泄私愤等可能性，小偷是不会光临应课街的，到贫穷的应课街来的小偷也是最没出息的。王福在单位人缘好，吃苦耐劳，当然也不会与人结仇。然而最外层中间的那块玻璃实实在在是碎了。那块玻璃成了个花脸。王福想起，这块玻璃周围的腻子掉了，大概什么东西把它震碎了。王福走出门看了看街对面华源大酒店那醉醺醺的宫灯，明白是怎么回事了。

王福本来不是个多事的人，他戴上手套进屋去堆放废品的角落找玻璃。那几块玻璃面积都不够。所以只能将两个半块拼到一处。王福想想两个半块的玻璃中间的缝糊上一道窗纸就完了，虽然不美观，但不漏风就可以了。王福将两个半块玻璃夹在腋下，到邻居宋希有老汉家去割玻璃。

宋希有原来是火车司机，退休在家已五年了。王福和他交往很好。宋希有老伴去世三年，他如今同闺女一起过，闺女是卖粮的，很孝顺。

王福一进门就可着嗓子喊："宋大哥——"

宋希有正坐在炕上守着盆子兢兢业业地拣米里的稻壳，一见王福，乐了，"休班？"

"休班。"王福放下玻璃。

"玻璃刀子在老地方。"宋希有问,"大冬天怎么坏了玻璃?"

"兴许是放炮仗给震的。"王福说,"华源大酒店今儿开张了。"

"我听到了。"宋希有说,"全国人民都要经商了。我闺女的粮店要黄了,粮本以后不用了。她说要去跟人合伙开烧饼铺。我女婿的厂子仨月不开支了,他要跟人到广州贩衣裳去。开衣裳铺子的那么多,人们现在怎么这么爱'皮'?我不知道将来这户口还要不要。要是没有户口就更省心了,人就在这世上没影了。"

王福"嘿嘿"笑了,"看您说的。"

宋希有一时激动,竟把才拣出的稻壳又放回米里,并且抽水烟似的铆着劲数落现在的米没香味。

王福很麻利地将玻璃划好,告别宋希有回家。他把碎玻璃碴用钳子一一从窗框中夹出,然后将两个半块玻璃嵌在窗框上,却发现尺寸量得不精确,两块玻璃无法对接,像闹分居的夫妻一样,中间豁着拇指宽的一道缝,悔得王福顾自埋怨着脑筋不好使,一时愁眉不展。恰恰此时宋希有的闺女宋兰英回家路过这儿,就问:"怎么打了玻璃?"

宋兰英三十多岁,圆脸,相貌平平,但身段好(王福认为微胖的女人才算是身段好),声音悦耳,走路不紧不慢,有板有眼,有点王妃处事不惊的气质。

王福说:"让炮仗给震碎的。他们'要发',我们就'要死'了!"

宋兰英说:"我爹总说这么下去地主又要抬头了,他得扛活去了。"

王福说:"他给米里那胖胖乎乎的虫子扛活去吧。"

宋兰英笑了，王福觉得一团热气朝他迎面扑来。王福一时手忙脚乱起来，宋兰英却像水一样从他背后无声地流走了，但宋兰英很快又温存地流了回来，她从家里取来了密封条，要弥补那拇指宽的缝，不慎却被那凹凸不平的玻璃边给划破了手指，一股血豁然地奇迹般地从宋兰英的指尖冒出，王福一时竟看呆了：宋兰英的血竟是这么美丽！他觉得那血比这世界的任何花朵都要生动。王福的欣赏只限在刹那间，他接着心疼起宋兰英的手指，对她说："快回去上点药吧。"

宋兰英的脸红红的，她吮了一下出血的手指，说着"不碍事"，便将两个半块玻璃用密封条连接在一起，回家做饭去了。

宋兰英比王福整整小十五岁，她小时唤王福为"叔叔"，王福娶妻生子而她也长大成人为别人妻之后，她就不称王福为"叔叔"了。她什么也不唤他，王福却照例称宋希有为"宋大哥"。

王福进屋坐在窗前的椅子上看着那道又白又亮的密封条想着宋兰英的伤口。她中午如何淘米呢？什么血型？伤口是否容易愈合？他越想越心疼，越想越来气，便锁上门横过应课街直奔华源大酒店去了。他跑过深红色的高耸的天主教教堂时，看见几只麻雀在塔尖上做祈祷。

华源大酒店旋转的茶色玻璃门后亭亭玉立着一位少女，她身着银灰色旗袍，斜挎猩红色缎带，王福怒气冲冲进来的时候还勇气极盛，但一见小姐笑容可掬的神态和衣冠楚楚的食客就有些胆怯了，小姐点头说了声："欢迎您，请里面坐。"王福连忙摆手说："不用欢迎，我是自己来的。"王福穿着一套沾满煤污的蓝色工作服，黑色棉布鞋，敦实的身材，粗糙而红润的皮肤，一眼望去像是张飞下马了。王福的胆怯只是探了探头，很快这胆怯又乌龟似的缩回了头，他想起了宋兰英受伤的手指，便对小姐大声说："把你们管事的给我找来！"

王福的出现早就引起了人们的注意。领班已经把经理从里面叫了出来。经理瘦高个儿，一双大眼睛照耀着凹陷的苍白的脸颊，看上去有些冷漠又有些滑稽。

王福觉得这等人模狗样的人也混上了经理，心中的勇气和怒气就更加旺盛了，"你们去看看宋兰英的手指，你们开张，却惹得她伤了手指！"

鹤立鸡群的经理伸出手吃惊地问："宋兰英在哪儿？哪个宋兰英？你又是谁？"

"宋兰英是你们开张的受害者，至于我，叫王福！"

"王师傅，您先别急，您到里面坐下，有话慢慢说。"经理讳莫如深地一笑。

王福更加气势汹汹了，"王师傅——"说明他看出了自己的身份，他是个工人，难道他这样装束和气质的人就一定是师傅吗？

王福坐在经理室的皮转椅上一五一十地将事情的前因后果讲了出来。

经理说："咱们是一家子，我也姓王，王冶飞，咱们也算是邻居了。"

王福倔强地推开王冶飞送过来的烟，说："咱们做不了几天邻居了，再有半年我们就动迁了。"

王冶飞不急不躁地说："这样吧，我们赔偿你玻璃损失费。"

王福拍着桌子大叫："宋兰英呢？"

"她在哪儿？你领我去看看。"

王福竟一时语塞，不知所措了，他看着王冶飞的额头说："道个歉去。"

王冶飞没有再说什么，他对手下人关照了一番，就将深蓝色的呢子大衣披在肩头。披上大衣的王冶飞有些气度不凡了，王福也就不想再正眼看他，他们一前一后出了酒店，朝王福家走去。

王冶飞路过教堂时停了片刻。他问王福："你信教吗？"

"我才不信那玩意儿。"王福轻蔑地说，"什么天堂啊地狱啊，我活一辈子就够够的了。"

王福让王冶飞看了看玻璃，然后又带他到宋希有家。宋希有正坐在火炕上磨菜刀，见了王福和陌生人就朝厨房喊："兰英，家里来人了！"

宋兰英应声走了出来。宋兰英穿着象牙白色的棒线毛衣，黄发带束住满头乌发，这使她的身段显得更好看了。王福想，我要是会唱歌就好了，我要歌颂宋兰英。宋兰英见到王冶飞露出很吃惊的样子，而王冶飞大度地将手握了上去，握得有些意味深长，王福看了很不舒坦，他说："兰英，这就是那个酒店管事的。你让他看看你的手。"

"是我自己不小心的。"宋兰英有些慌乱地说，"睡一宿觉就好了。"

"王福，你可真有能耐。"宋希有试了试菜刀的锋刃，将它递给宋兰英说："省着点使，过去一把刀使二十几年，这把刀才两年就要哑了。"

王冶飞向宋兰英道了歉，低声说了句："是宋兰英的名字才吸引我来的。"宋兰英的脸色就发白了，王福想，比宋兰英好听的名字多着呢，这经理可真会虚乎。又见宋兰英有些魂不守舍，便觉没趣，撇下他们先回家了。

王福一下午都闷闷不乐。转黑的时候天也阴了，像是有雪的样子。王福看见老婆穿着破皮袄推着架子车进了院子，老婆进屋时满脸冻得紫红，她问王福晚饭做了没有，王福答了一声"白菜豆腐"，就懒得再看她一眼了。老婆很胖，丰腴过分，眉眼生得糊里糊涂，很不争气，拿王福的话说就是"缺彩"。她在鸡笼街市场站了一天，回到家便喜笑颜开，见了王福亲热极了，弄得王福哭笑不得。

老婆脱了皮袄露出了里面墨绿色的毛衣，问王福："儿子还没回来？"

"准又是玩游戏机去了。"王福说。

"他娘挣钱，他就花钱。"老婆叹了一口气。她坐在灯下数钱，灯光照着她的脸和手，照出了一片无边的粗糙和苍凉，王福有些心疼老婆了，可一见她紫红着脸头发蓬乱穿着墨绿毛衣数毛票的样子，就把心疼的情分赶回了心灵深处。老婆数完钱问王福："儿子的鞋买了？"

"买了。"

"二十二码的？"

"二十一码的。"

老婆气得呼地站了起来，她抓过鞋子检查号码：果然是二十一码的。她的眼泪就下来了，"儿子现在穿不了二十一码的了，他现在是二十二码的脚了。"

"你买鞋不总是大一号吗？"王福问。

"就这次是可丁可卯的，你反倒给缩了一号。"老婆抱怨不迭，"我白白在鸡笼街市场站了一天。"

王福没有想到老婆在意识上悄悄进步了，而他没有跟上形势，用老眼光看她。王福一个劲儿赔不是，表示下次休班时一定去商场把鞋换了。

"下次休班？那还不黄了？"老婆不由分说拉起王福的手说，"快快，趁现在店还没关，公家店也有赖账的。"

两口子急行军似的朝商场奔去。虽没闭店，但里面已门庭冷落，卖鞋的营业员还认得王福，几乎没费什么口舌就痛快将鞋换了，感动得王福真想亲她一口。两个人从商场出来都觉得腿没有力气。天黑了，沿街的叫卖声脆生生地传来，空中偶尔飘来炒栗子的香味，王福听见华源大酒店门前传来了动听的音乐。

他们回到家时儿子也回来了。鞋正合适，一家三口吃光了白菜豆腐，就分头睡觉去了。儿子睡无窗的小房间，夫妻二人睡在正房的大床上。王福在黑暗中想着宋兰英手指出血的情景，而他老婆则累得沉迷梦乡了。王福得以在宽松的环境和优雅的氛围下胡思乱想了一夜。那夜还挺幸福，只是起床时有点头晕眼花。

王福刚出家门就发现王冶飞站在教堂下等他。王福以为是为换玻璃的事来的，就觉得自己有些小题大做了，便黑着脸对王冶飞说："算了算了，不换玻璃了，我得上班了。"

"我听宋兰英说你在单位烧锅炉。"王冶飞说，"你再过几年就退休了，想不想这几年到这儿来干？"

"给你们做饭？"王福有些气愤了。

"打更。每天晚上十点到第二天早晨六点，每月工薪五百元。"

"我有我的工作，我是党员。"王福忽然有些心虚起来，"我每月挣的够吃饭了。"

话是这么说了，王福到了单位却胡思乱想了一天。五百元，比自己的工资数多出一倍，而且只是睡一觉，离家又近。想到睡觉，他觉得问题大了，天天去酒店睡觉，老婆怎么办？什么时候和她做事情？早晨带着满身寒气一回去就做吗？不行不行。不过做事情真的就那么重要吗？王福想起有时特别讨厌身边睡着个女人，有多少次他想独自睡，可他没有这个条件，现在条件来了，他却踌躇了。仿佛一条狗看见一块肉骨头放在主人家的饭桌前，馋得很，又为着某种忠心而不敢碰，真有点火烧火燎。

王福朝家走时看着华源大酒店门前通红的宫灯有些魂不守舍了。水晶珠串灯披挂在门脸前面，真像是豁豁亮亮的一条银河。王福这辈子只进过两次饭馆，一次是一个好伙计去世，从火葬场回来后他进了饭馆，喝了两斤白酒，人事不省地被人抬回家去，再一次就是宋兰英结婚。筵席虽然丰盛，可他觉得有些心酸，宋兰英过来给他点烟时他差点哭了。他打心底里惦念喜欢着这个姑娘。两次不愉快的经历使他对饭馆并没有什么好印象。

王福把自己的心事对刚从鸡笼街回来的老婆说了。老婆乐得牙花子全龇出来了，"真是前世修的福！现在要那个正式工作有个什么用！明天你就去跟头头说不干了，打更去！"

"可我天天晚上不能在家睡觉了。"王福竟又有些惆怅了。

"那有什么？"老婆宽慰他，"都老夫老妻的了，再说，你白天不是在家吗？"

"我可不喜欢白天！"王福不敢想象白天时赤身裸体的老婆会

不会吓着他。

事情就这么决定了。那时节窗外落雪了，雪落到教堂的十字架上，也落到修鞋铺的矮烟囱上。王福和老婆说了半宿话，说得脸都发热了，这才相依相偎着睡去。

王福的活儿的确很轻巧，每天晚上只消横过马路就到了单位。那时酒店里往往还滞留着一些贪恋美酒或咖啡的人，个个面色红润，意乱情迷。有些款爷手里拿着大哥大在席间谈生意，当然姿色动人的服务员小姐只能谦恭地立在桌边，随听吩咐。在酒店，有钱就是地主，而服务员则成了丫鬟。王福有一次上夜班正赶上一个做木材生意的秃头老客对一个叫王玲玲的服务员动手动脚。秃头说："今晚陪我看通宵电影啊，三百元啦。"王玲玲一边后退一边说："对不起先生，我有约在先了。"结果这秃头仍然不罢休地把手搭在王玲玲的肩头，王福气得一把推倒烂醉如泥的秃头，"塞饱了就赶快滚吧！"

"你们还敢打人？你们算是什么酒店，简直是瘪三开的！"秃头趔趔趄趄地站起来，说他的西装被弄脏了，要当经理的出来说个公道。

结果王冶飞给秃头道了歉，并且说："欢迎下次光顾。"

秃头不耐烦地说："没有下次了。"

尽管秃头一出门王冶飞就冷下脸子对着他的背影暗暗骂了声"狗娘养的"，但是王福还是挨了王冶飞的批评。王冶飞让他不要管店里生意上的事，顾客与雇员之间的纠纷由他处理，他只要打好更就行了。王福气鼓鼓地说："现在有些有钱人比过去的地主还黑，地主娶老婆还有个数，有个大小之分呢，这些人沾的腥却数不清了。"末了还重重地加了一个，"×！"

深夜的华源大酒店停尸间一般死寂。王福睡不着的时候就拉开壁灯坐在餐椅上吸烟。那时候他会盯着墙上的画看个够。淡蓝色的墙面上悬挂着一幅好莱坞影星的双人黑白剧照，他们正在情深意切地接吻，吻得那么专注，那么投入。王福想，外国人演戏也动真格的，真是了不起。王福看过的国产电视剧，一到男女拥吻的情节时，总是女人把头搭在男人肩头，而男人则若无其事地头颈高扬，眼望苍穹，似乎想寻到一只老鹰报告自己的幸福，可王福却觉得可笑极了。接吻吧，不是男人轻轻触女人的额头，就是女人飞快地亲男人的脸蛋一下，然后满面羞红状地垂下头，男人女人绝不"唇齿相依"，仿佛那种致命接触会使天下大乱。可现在，连这种蹩脚的连续剧也无法看了，酒店没有电视，录音机倒有一台，王福不喜欢听那玩意儿。王福看着看着画又想起了宋兰英手指出血的情景，想得悲伤从心底油然升起，以至于有人拼命敲门他都没有听见。等到他想够了的时候，他才听到声音。

王福打更以来是第一次遇到深夜有事，不由警惕地抄起家把什喝问："干什么的？"

结果他听到了老婆的声音，她骂王福："好你个王聋子，丢了什么魂，我敲了半个时辰了，你气死我了！"

王福打开门，老婆冻得打着哆嗦咬牙切齿地走进来。

王福吓了一跳，"家里出了什么事？儿子呢？"

"我把他锁在家里，他睡得正香呢。"

"那你出来干什么？"王福有些恼火了。

"想你了。"老婆絮絮叨叨地脱下大衣，小心翼翼地在地毯上试着走了几下，然后指着典雅不俗的餐桌餐椅问，"天天就是看桌子和椅子？没有更值钱的？"

"有个保险柜，在经理室，还有个保险柜，在会计屋里。里面有没有钱可不知道。"王福说，"有钱也不是咱们的。"

王福很有些兴奋地把老婆领到自己睡觉的地方，黑了灯，实现了老婆来酒店的目的。然后打发她赶快回家，不然儿子醒了会吓哭的。

老婆一走，王福有些甜蜜又有些辛酸，甜蜜的是暖香犹在，辛酸的是穷人做任何事都不能为所欲为。想来想去也就睡了，而那甜蜜和辛酸一并进入到梦乡中，如飞雪投到火炉上一样软软地融化，烟消云散了。

王福做满了一个月，他领回了五百元工资。老婆从鸡笼街市场卖菜回来高兴了整整一个黄昏。他们买了半扇猪排骨，炖得又香又烂，全家吃得面色油红。他们吃排骨的时候还回忆起了第一次见面的情景，老婆说王福当时没有正眼看她一下，一个劲儿低着头，而王福则说他上眼就看了她的身段，虽然说她现在的身段不似从前了。

"那还不是给你生儿子生的！"老婆说。

王福觉得不无道理。女人为男人立了功，不管变成什么模样，他们都得承受住。不然，离婚的不得遍地都是了？

下了夜班的王福无所事事，有时也到鸡笼街市场转转。鸡笼街市场很长，也很宽，并排能走三辆卡车，王福的老婆在蔬菜摊的九号位置，她双手抄大袄袖里大声吆喝："豆角便宜啦，不新鲜不要钱——"

那些青菜全部被破棉被覆盖着，生怕一丝寒风弄伤了它们的脸。王福一看到老婆卖菜的情景就惭愧万分，他想自己是个没能耐的男人，不然老婆何至于遭这种罪呢？有的顾客拉开棉被对着各种青菜挑来拣去好一刻，到了却一样不买，你还不能对人家发火。

王福每次到鸡笼街市场的时候老婆都要嗔怪他："你又来干啥？回家倒觉去，这是老娘儿们的活！"

王福可不在乎，整个鸡笼街市场，五尺汉子卖东西的还少吗？卖鸡蛋和羊肉串的几乎都是男人。王福觉得自己觉悟得晚了些，早觉悟几年，钱不就早宽裕了吗？听说大学教授都卖馅饼了，他自己一个锅炉工，还有什么抹不开面子的呢？

紧跟着华源大酒店的开张，应课街又开张了两家饭店。一个叫"福泰来"，一个叫"满意归"，档次比华源低些，但生意却并不萧条。华源大酒店可谓腹背受敌，生意顿时冷清许多。王冶飞毕竟不是等闲之辈，他针对这两家餐馆价廉物美的特点，很快推出了华源午间套餐，每位顾客只需花十五元就可以在环境舒适的华源大酒店享受一顿服务上乘的午餐。于是福泰来和满意归又陷入低谷，而王冶飞的华源却门庭若市。王福不得不钦佩王冶飞经营有方。

春节前夕，正是人们购物的高峰期，酒店的生意也很红火。王福依旧天天去打更，白天时就买一些过年用的东西，冻柿子、新鲜水果、牛羊肉等等。王福这天上班时王冶飞还没有下班，他说他今天不回家了，就住在经理室。

王福问："有事？"

王冶飞说："和老婆闹别扭了。"

王福就没敢再问下去。王福想，王冶飞的老婆，一定不是正经货色，大凡有钱人的妻子都蛮横，斤斤计较，又不爱走正路，就递给王冶飞一支烟，自己也点了支。两个男人吞云吐雾地聊了很久。

王福问王冶飞过去是干什么的。

"兽医。"王冶飞漫不经心地说。

王福乐了，"给牲口看病的？"

王冶飞点点头。王福想，兽医都当上经理了，我这个锅炉工没准哪天也能出人头地呢，便很受鼓舞地说："你说我自己能不能开个店？"

王冶飞笑笑，很优雅地弹了一下烟灰，说："怎么不能。"

王福心里甜蜜极了。他说："你那天见到的那个宋兰英，她十九岁时看上了个兽医，她爹嫌兽医没出息，说啥没让她跟，当时这丫头还寻死觅活的，最后也还不是嫁了人。宋大哥要是知道兽医也能当经理，可后了大悔了。"

王冶飞笑笑，问："宋兰英不恨她爹吗？"

"时间长了，什么恨不恨的，宋兰英对他很孝顺。"王福还想再说点什么，可王冶飞频频劝他回家去住。

"今天就算我替你了，你回家睡去吧。"

"我是打更的。"王福说，"我应该睡在这儿。"

"你就回去睡吧。"王冶飞有点心事重重，灯光下他的脸显得更无血色了。

王福回家睡去了。可他睡到半夜又忽然醒来，他惦记着王冶飞，万一晚上来了小偷他怎么抵挡得住？王福穿上衣裳，朝酒店走去。那已经是后半夜的光景了，半个月亮清清地亮在西边，街上一个人影也没有，路灯的光辉也是寒冷的。王福抬头望了望教堂尖顶上的十字架，觉得那十字架比平日更加寒冷十分。没有祈祷声，只有灵魂在做孤寂的城市漫游。王福走到酒店门口才察觉他没法进去了，门是反锁着的，他又不能把经理叫醒，可他的睡意是没有了。他便站在街角的避风处点起一支烟，打算抽完了回家。他抽烟的工夫突然看见三个手持铁棍的人从福泰来酒店的拐角处冲出来，他们在夜空下像幽灵一样直奔华源大酒店，他们到了门口就用铁棍疯狂地砸玻璃，空中猝然响起玻璃尖厉的碎裂声。王福将烟吐了，他赤手空拳，一对仨，动真格的肯定要败北，他急中生智，猛想起了某部电影的情景，他如法炮制地大喊："举起手来，公安局的！"

结果三个人扔下铁棍顷刻间就跑得无影无踪了。王福惊魂未定地跑到酒店门前，顺着碎玻璃孔打开了反锁着的门，结果他看见王冶飞和宋兰英站在他面前。王福的脑袋"嗡——"地叫了一声，他目瞪口呆地看着宋兰英，她仍然穿着那件象牙白色的毛衣，身段可真好看。王福有一刻真想哭出声来。

王福什么也没说，他离开酒店，回家了。他不再想宋兰英的手指，也不想再在酒店当更夫了。他盼望着春天早些缓过乏来，盼望着绿树葱葱的动迁的日子。

王福准备回单位烧锅炉去了。他找到了领导，说了要恢复工作的打算，领导说："已经安排人了。你先回去等等再说吧。"

"我扫地烧水也行。"王福深情地说，"在公家做事踏实。"

"这些活儿都有人干。"领导委婉拒绝了他。

王福耷拉着脑袋回到家里。那时已是黄昏时分了。残阳斜坠着，在鸡笼街市场卖菜的老婆还没有回来，王福觉得心里空空荡荡的，他坐在窗前，忽然看见身段好看的宋兰英提着一兜青菜从门前经过，他的眼泪呼地冒了出来。他觉得自己以后再也没有什么想头了，他这辈子连想点美好事物的权利都没有。假若他休班的那天玻璃没碎，假若宋兰英不是被划破了手指，他就不会去找王冶飞算账，那么王冶飞也不会重逢宋兰英，他现在也就仍然可以过着有想头的生活，虽然过去他自己曾为有那种想头而羞愧过。

王福和老婆商量好了，鸡笼街开了夜市，以后他们天天晚上到夜市卖东西去。王福想起华源大酒店开张那天他看见有一个赶驴车的人拉着几板热气腾腾的豆腐，便决定也到夜市卖豆腐去。王福说干就干，可老婆却说："急什么，等过了除夕和正月十五，十六圆月的时候再上夜市，能挣回一块圆圆的大金锭！"

王福便看到了正月十六冷月高悬，他站在鸡笼街市场卖豆腐的情景。他心里有点快乐，又有点苍凉。这时老婆问他："你真的是怕那帮坏蛋还会去捣乱才不打更的？"

王福点点头。

老婆说："其实那不算什么大事。你抢了人家生意，人家给你点颜色看看，他们不会伤打更的。"

"反正我是不干了，"王福说，"我到鸡笼街市场卖月亮去。"

"卖什么？"老婆问。

王福没再重复。

除夕到了。王福家的门像别人家一样贴了对子。屋里的桌子上摆着新炒的瓜子。王福和老婆依照老规矩在那天听儿子汇报一年来所做的好事和坏事。小家伙将好事说得滴水不漏，坏事却只字未提。王福诈他说："我就知道你做了一件坏事，还不交代！"

儿子的脸白了，他结结巴巴地说："爸爸给我买鞋那天我逃课了，我用弹弓去教堂那打鸟，没有打着，后来鸟飞到咱家的玻璃上，我就用弹弓去打，结果玻璃碎了，鸟飞了。"

"你是说华源大酒店开张的那一天？"王福火冒三丈，"你是说玻璃是你用弹弓打碎的？"

小家伙低下头，而王福的老婆则说："我怎么没发现咱家的玻璃碎了呢？"

"你没看见两个半块的玻璃拼在一起吗？"儿子提示她。

"我早出晚归，披星戴月的，哪能注意到玻璃呢？等天明了我好好看看。"

老婆的这番话，使王福的心剧烈地疼了一下。他走出家门，望了望教堂的十字架，心想动迁之后远离它，还真有点舍不得呢。

1993 年

银　饰

　　尼站在旅游局前面的绿色铁栅栏跟前，静静地观察着对面街心花坛上的一只鸟。鸟儿落在丁香树上，一直地落着，尼认为它可能受伤了。各种型号的轿车往来穿梭，轻隽得犹如掠过水面的蜻蜓。尼担心着那只鸟，所以她的目光越过了行人和车辆，行人和车辆水一般地从她的眼底流过，然而，一辆电车行驶过来，它挡住了尼所观察的内容，虽然只挡了几秒钟，但是当电车过去，尼再注视那棵丁香树时，发现鸟不见了。鸟也许是飞了，也许是栽倒在地上了。她抬头看看晴朗的天空，并没有发现鸟的踪影，那么，它是落到树下了。树下的绿草丛中有金黄色的蒲公英花点缀着，鸟儿大概落到了花蕊上。

　　与尼同来的其他苗族妇女和姑娘正在向过路行人兜售她们手中的银饰。她们大都穿着天蓝色的土布上衣，黑色的百褶裙，黑色的圆口平底布鞋，她们一律包着头巾，头巾被叠成马蹄形状，严严实实地罩在头顶。尼的上衣与其他姑娘一样饰有花边，只不过别人的花边有多种彩线，而她的只有一种，是紫色的，跟这个城市的花朵同一种颜色。她的腰带是槟榔树的图案，同样也是用紫丝线绣的。

尼的手腕上戴着一串银手镯，而她的手上则提着十几条银项链，这些都是该出售的东西，而她并不叫卖，只是偶尔向注意她的人亮一亮那些比阳光还要明亮许多的银饰。老年的苗族妇女很有经验，她们一捕捉到对银饰格外感兴趣的目光后，就把这样的人拉住不放，百般地夸耀银饰的美丽和纯度，然后在一阵讨价还价的喧闹声中将交易做完。所以，尼觉得买银饰的人太被动了，而尼不喜欢这样的买主。她喜欢有人直直地朝她走来，然后指定了手镯或项链对她说："给我来一个。"

然而，尼很少碰到一个这样的买主，她出来一个多月了，到过十几个大城市，这样的买主碰到过一两次。大多数人只是喜欢看一看，掂一掂，问问价钱，然后犹豫不决地放下来离开。尼也不指望卖掉这些银饰，所以领头的么虚婆婆对她非常失望。当初么虚婆婆纠集一伙人北上卖银饰的时候，尼几乎是被么虚婆婆第一个看中的。她看中了尼的姿色，认为她能招徕众多买主，然而她忽视了尼的个性。不论到了哪里，尼都像一棵花树似的美丽而安静地站在角落里，她从不主动走到行人当中扯住人家的衣襟说："买银饰吧，多美丽的银饰！"所以，每天清晨么虚婆婆带着一行人从廉价的私人旅馆里走出来的时候，总要停下来对落在最后面的尼做出好看的笑脸，希望尼能在新的一天里给她带来生意上的旺运。然而，么虚婆婆的笑脸常常是白做了，尼卖出去的银饰少得可怜，么虚婆婆真是悔透了。

尼对这座有丁香花环绕的北方城市有一种特殊的好感。许多俄罗斯建筑风格的米色房屋坐落在街心花坛的四周。她倚着绿色的铁栅栏的时候，常常想起故乡的旱稻、玉米、茶叶以及在河滩上漂洗蜡染布的妇女。她已经走到中国最北的城市了，这是她们此行的最后一站。

幺虚婆婆卖掉了两对有龙凤图案的银手镯，她黑红的脸庞上掠过一丝笑意。她朝尼走过来，示意她离开栅栏到前面叫卖去，尼仍然站着不动，幺虚婆婆就又提起了那桩一路上尼不知听过多少次的往事。幺虚婆婆的意思是说，如果不看在尼祖宗的面上，尼早就被她给抛在半路上了。尼每当听幺虚婆婆这样说的时候，就会想到冰棍纸被扔进垃圾桶的情景。幺虚婆婆是不可能把她当冰棍纸一样扔掉的。

幺虚婆婆提的那件往事已经过了半个多世纪了。尼的曾祖父在那场长达六周的南京血腥大屠杀中死亡了，那时尼还没有出生，尼的父亲也没有出生，尼的祖父只有十八岁。据说尼的曾祖父的父亲原来在天津一带开着银炉，受当地银钱业委托代铸宝银，宝银经"公估局"鉴定后即在市面流通。尼的曾祖父在很小的时候就能在码头的客栈和繁华的街段的摊点上见到自家铸造出的银币，他惊奇地发现一种千篇一律的东西可以换来丝绸、香烟、粮食和纸张，他不明白这是为什么。有一次他在码头上看见一个穿得破烂不堪的拉三弦的卖艺人，别人只是远远地站着听，而只有他一人站在近旁。一曲拉完，卖艺人目光直直地朝向他，他从卖艺人的目光中看出了极度的饥饿和绝望，他马上想到了市面上流通的银币，便跑回家去从父亲房间的抽屉里偷来三个，他买来了一堆烧饼、炒豆和熟肉，然后又买了一只篮子将它们装到里面，他挎着篮子走到码头的时候，那个卖艺人已经饿死了。卖艺人的三弦琴孤零零地躺在地上，几个好心的码头工人正抬着卖艺人的尸体朝海水里走去。尼的曾祖父望着单调的泊船和码头上像坟冢一样堆积着的货物，忽然间意识到一种非同寻常的罪过就在父亲开的银炉里诞生了。他哭泣着跑回家中，把一桶煤油泼在父亲的桌子上，然后用火点燃它，他想毁掉这个银炉，然而嗅觉灵敏的厨娘闻到了着火的特殊味道，火在将要形成蔓延之势的时候被扑灭了。尼的曾祖父在混乱中逃到街上，跟随着一位屠夫到南京一带宰猪去了。

尼的曾祖父娶了他师傅的女儿，两人共同到集市上宰猪，他们生活得安乐而幸福，生下了尼的祖父，直到日本侵略中国之前，他们一直过着比较平稳的生活。南京大屠杀的时候，尼的曾祖父提着把屠刀闯进日本人的营地，他打算痛宰一顿解解恨，然而他的屠刀没有刺中一个敌人，他自己却被日本人的屠刀给杀害了。尼还记得小时候祖父抱着她坐在榕树下痛骂日本人的情形，祖父骂："日你个松井石根，日你个松井石根，你送了三十多万中国人的性命，你千刀万剐啊！"

尼知道抗战胜利后，松井石根作为南京大屠杀的元凶被远东国际军事法庭处以绞刑，而另一元凶谷寿夫则被引渡给中国政府处死。

尼的曾祖父和曾祖母在那场空前的劫难中双双蒙冤。所以么虚婆婆在提起这桩往事的时候总是夸耀尼的曾祖父多么勇武。么虚婆婆还会说从小不看重银币的孩子就是有出息。么虚婆婆说过这种话后又很后悔，因为尼望着她点头微笑，而她带尼出来是需要她把银饰卖出去的。

尼并不是纯粹的苗族姑娘，她的曾祖父的父亲、曾祖父、祖父和父亲都是汉族人，独有母亲是苗族人。父亲去世了，祖父却还健在，母亲领着尼和尼的几个姐妹靠刺绣来维持生计。尼初中毕业，在同行的苗族姑娘中是受教育程度最高的。

街心花坛上那一片盛开的紫丁香因为一阵微风掠过而将满身的香气抖了出来，花香弥漫着，香气扑鼻。尼觉得这香气浓郁得要使她昏迷了。幺虚婆婆仍然带领一行人拉拢过路的行人，行人中还有洋人，尼看见幺虚婆婆把一只银手镯套在了一位金发的高个女人的手腕上，那女人笑意盈盈地递给幺虚婆婆几张票子，是尼不认识的票子，她不明白幺虚婆婆要了这种钱该怎样花出去。往来的姑娘们穿着精心挑选过的裙子和高跟鞋，她们身材挺拔，肤色白皙，步态自如，尼不知道这些姑娘是否记忆着三十年代这个满洲所遭受的磨难和耻辱，当然她们不会记得了，那时她们还没有出生，而她们坐在课堂中读这段历史的时候已经是和平年代了。就像尼一样，如果不是祖父天长日久地往她的耳朵里灌输那些辛酸的历史，她怎么也不会在回忆那段历史时强烈地憎恨着什么。

尼觉得口干，她站得有些疲倦了。太阳火辣辣地照耀着她，她觉得自己就像一张渍满了油的薄纸一样要被烤着了。她望着同伴们的脸，发现她们的鬓发处也淌着汗水，她很想建议幺虚婆婆带领大家去喝点茶水。然而幺虚婆婆似乎不在近旁，她又钻到哪里去了呢？正当尼左顾右盼的时候，一个穿白色衬衣、米色长裤的小伙子迎面朝她走来。尼认出了他。尼在这座城市的第一个买主就是他，他也是尼在卖银饰过程中唯一的主动而不讨价还价的买主，那天他买了一对银手镯，是嵌有银环蛇图案的手镯。他当时还问尼："你知道银的用途吗？"

尼望着太阳想了一下，回答说："给女人做饰物的。"

也许是尼的缺乏韵母的发音使小伙子感到可笑了，尼记得当时他是笑了的，后来他提着一对银手镯走了，尼看着他的背影，直到他消失在人群中，她记住了他的个头很矮，肤色白净，面目极为清秀。

此刻尼心想："幺虚婆婆的银饰是否有假，人家又找了回来？"

尼一直在怀疑银饰的纯度。

小伙子走到尼面前了，尼向后退了退，如果不是铁栅栏挡着，她还要继续向后退的。小伙子问："卖了多少？"

尼恐慌地摇摇头，然后用手在空中画了一个大大的"0"。

"我再买一副项链。"小伙子说着，从上衣口袋里往外掏钱，尼简直是有些慌张了。

尼有些恐惧地接过钱，然后将一条银光闪闪的项链甩给他，之后尼打算着去找幺虚婆婆了。然而小伙子并没有马上离开，他再一次地把手伸进上衣口袋，从中取出一张卡片，递给尼，然后才微笑着离开。尼接过卡片，卡片上写着：

　　银，化学元素，符号 Ag，原子序数 47，白色金属，富延展性，是导热、导电性能很好的金属。化学性质稳定，用于电镀，制造合金、硝酸银和其他银的化合物等。

尼看过之后明白他这是告诉她银的用途了，而尼认为那都是些荒唐的用途。在尼看来，银就是为女人而生的，它的迷幻的光泽、雪样的胴体和柔韧的质地只适合来做女人的饰物。银可以帮助女人再现她们自身的魅力，除此之外，银还会有什么更重要的用途呢？

尼暗自笑了一声，将卡片丢进身后的绿栅栏里面，那里面有青草和被修剪得古板而整齐的冬青。尼觉得那一排冬青的形象活像一位修长的梳着中分头发、穿着灰色长袍的旧时代的老先生。所以她不觉得那张卡片玷污了背后的景色。

正午来了。街面上的阳光晃得人眼花缭乱，尼觉得背后的栏杆也被晒得烫手了。她的左侧有一个算命先生正蹲在地上给一个乡下模样的女人看手相，算命先生的脚下摊着一张白纸，四角用石子压住，纸中间用黑墨画了一位面目慈善的仙人，旁边注着四个蹩脚的小字：手相、面相。尼不明白为什么有许多人要去问自己的命运，那样自己的命运不就被别人操纵了吗？那么算命先生的命谁掌握着，是上帝吗？尼想起了信奉基督教的母亲，想起了家里墙壁上挂着的漆黑的十字架和终日放在母亲床头的《圣经》，她有些想家了。这个时候，祖父也许坐在某一棵榕树下在跟某一个孩子痛诉松井石根的罪行呢。尼又想起了祖父，尼想起祖父的时候用手拍了拍裙带里的银币，祖父说万一在路上出现差错，就把这些银币卖出去，它会值很多钱的，那是尼的曾祖父留下来的遗产。尼舍不得卖掉它们，既然这是祖上的遗产，她应该完整地再把它们还给祖父。她不相信幺虚婆婆真的会在半道上撇下她，幺虚婆婆虽然年轻时喜欢像扔旧衣服一样抛弃男人，但她不至于将尼丢在这里。尼这样想的时候就用目光四处搜寻幺虚婆婆的影子，然而她还是没有看见，她也许是到街心花坛的另一侧去了，过了马路那里有两个大商场，幺虚婆婆一定是站在熙熙攘攘的人流中。尼觉得累，她便又想起了家乡，想起了各种各样的树木，柚木、红木、相思、紫檀、楠、樟等，接着她又想起了山里的药材，天麻、三七、茯苓、麝香等等，最后她想起的是她家的邻居、雕刻大理石的匠人胡师傅。胡师傅的父亲早年给紫禁城的皇宫雕刻过门廊和台阶，技艺娴熟高超，胡师傅继承了父亲的家业，他曾为州政府门厅的石柱雕刻了八条栩栩如生的龙。胡师傅的孙子胡凌也出手不凡，他用大理石雕刻的半身维纳斯雕像在省美术馆进行展出，获得了一致的好评。胡凌曾为尼雕过像，但是尼觉得那不像自己。尼出发的时候，胡凌给了她十块大理石压条，上面镌刻着苗家人跳芦笙舞、赛马、斗牛、对歌的情景。胡凌让尼把它们卖掉，算是他的一点心意。而尼实在舍不得卖掉胡凌送的东西，何况那压条上的图案如此动人呢。她几乎每个晚上都要把它们拿出来摆弄一番，幺虚婆婆每每看见了都要嘴唇青紫地对尼说："想胡凌哩。"

尼这时候就像是被米酒呛了一口似的红了脸。

幺虚婆婆终于回到苗家妇女的中间了。尼看着大家那典型的圆脸、塌塌的鼻子和微微下垂的嘴角，觉得自己的确不是一个纯正的苗族人，因为她的眼皮不像她们那样厚，而且是双眼皮，脸形是瓜子形的。尼的母亲是一个善良而端庄的苗家女人，她有出众的刺绣手艺，她给裙、衫、围腰、腰带绣的图案总是艳而不俗，繁而不乱。尼身上佩饰的腰带就是母亲设计的。母亲喜欢用紫色丝线来打扮她，喜欢用绿色丝线来打扮尼的姐姐萧。尼又想起萧来，萧快要出嫁了。

幺虚婆婆朝尼走来，她带来一股强烈的热气。她查了查尼手中提着的项链，明白她卖掉了一条，就微笑着把面包递给尼，尼喜欢吃这个城市的面包，有一股特殊的味道，不亚于家乡腌的酸菜。尼还喜欢这儿的红肠，虽然说她在家只喜欢吃素菜，几乎是不吃肉食的。但是么虚婆婆今天没有分给她红肠，尼就站在那里吃面包。她注视着过街桥口那个断腿的男人带着儿子讨钱的情景，他们面前放着一个黄布口袋，偶尔有过路人向里面抛一些零钱。尼不明白断腿人为什么要带上自己的儿子来讨钱，因为儿子不是瘸腿，这样下去，儿子大概也要断腿，她可怜那个孩子。那孩子没有面包吃，她很想过去分一些给他，但么虚婆婆在身边，她不敢那样去做。因为此行的宿费、旅费、饭费都出自么虚婆婆的腰包，当然她们卖银饰的钱也都要交给么虚婆婆，因为所有被卖的银饰都是她的。她动用了家里的全部积蓄买来了银饰。而么虚婆婆自己也是满身银饰，耳环、项链、手镯，甚至腰带都是银做的，看上去俨然是一个银婆子了。

么虚婆婆对尼说，下午她们将要到松花江边卖银饰去，因为那一带游人云集，她希望能把剩下的银饰在下午卖完，那样两天之后她们将离开这座城市启程南下了。么虚婆婆说要离开这里的时候，尼的心里动了一下，她幻想起这里的冬天，这里的冰和雪闻名遐迩，尼长这么大还没有见过雪呢。如果冬天来临，花树也是单调的，街心花坛被积雪覆盖着，那该是什么样的心情呢？尼有些失落。

尼和众多的苗族妇女在么虚婆婆的带领下乘坐一辆电车赶到松花江边时已经是下午两点多钟了。尼一下车就感觉到空气是潮湿而新鲜的，她忽然热切地想念家乡的河水了。她们一下车就被众多的游人围个水泄不通，幺虚婆婆很快卖了一副银耳环，比尼大五岁的已经有四个月身孕的果也卖了一条项链，尼慌慌张张地抓紧手上的银项链，生怕乱中被人夺了去。尼听见幺虚婆婆和一些妇女在喊："买银饰啊，美丽的银饰啊……"

她们习惯把银首饰称为"银饰"，出发之前幺虚婆婆就这样定下了。她曾经认真地教大家练习过"买银饰啊，美丽的银饰啊……"的普通话的发音，所以尼听见她们在说"美丽的银饰啊……"的时候，就觉得格外动听，尼仿佛听见了故乡的鸟在棕榈树上鸣叫。

人群中有人说："这是真银啊！"

于是大家就上来抢她们手中的银饰。尼急得几乎要哭了，因为有七八个人都来抓她的手。

幺虚婆婆赶忙过来给尼解围。尼听见人群中又有人说："这个卖银饰的姑娘真水灵啊！"

尼就像含羞草一样低下头。尼注意到幺虚婆婆在出卖银饰的时候抬高了价钱，所谓"价随人涨"，幺虚婆婆很快帮助尼卖掉了身上所带的全部银饰。而其他苗族妇女也都卖完了所剩的，所以幺虚婆婆简直大喜过望了。她把所有人卖的钱汇拢在一起，然后让大家各自行动在江边游玩，黄昏时在卖煎饼的摊铺前集合回旅店。幺虚婆婆说完，拍了拍尼的肩膀，又拍了拍尼的裙子，忽然她的笑脸不见了，她显然拍到了尼身上暗藏的银币。

"那里装着金币巧克力糖。"尼说完就脸红了。

幺虚婆婆应了一声，没有说什么，她向着江边去了。

尼心想，幺虚婆婆看来真要把我扔在这里了，她最恨对她不忠的人，她年轻时被一个她倾心相爱的男人骗了，所以她才回过头来骗许多男人。那么，幺虚婆婆一定会把自己扔在这里过冬天了。

尼又想，看来真得动用那几块银币了。

如果银币换来的钱仍然不够用呢？

尼又想，还有胡凌的十块漂亮的压条呢。

尼这样想的时候就没有害怕的感受了。尼朝江边走去，她发现许多人在打量她，是打量自己的服饰吗？尼并没有多想，她顺着一段斜坡走上水泥甬道，这时候她看见松花江了，水域很宽阔，江面被阳光照耀得发出白银一般的光泽，水面上有往来的渡轮、汽艇和小船，她朝前面走去的时候有一个老女人手里拿着一把白色的船票问她："想划船吗？"

尼摇摇头，如果不做捕鱼人的话，为什么要撑船下水呢？

尼坐在江岸旁的水泥台阶上，望着江对岸绿树掩映中的那些白色的房屋，房屋里住着什么样的人？在尼的想象中，应该是一所护士学校，护士小姐穿着白色的裙子、戴着洁白的帽子像水鸟一样在岛上走来飞去，那里也就好比是银台仙境了。

尼有些忧伤地把裙袋里的银币拿出来，这可不是尼的曾祖父的父亲银炉里制造的货色。它们是两块"袁大头"和一把银角子。尼抚摸它们的时候内心里就有疼痛的感觉，人难道就是靠它们活命的吗？

尼对银元的铸造历史并不陌生。因为祖父已经给她讲过无数次了。祖父说最早的银元开铸自欧洲，十六世纪时，西班牙殖民者在美洲大量铸造，明代万历年间开始流入中国。到了清道光年间，曾有仿制的"银饼"，光绪年间，广东开铸"龙洋"，据说幺虚婆婆的曾祖父就在"龙洋"干过。到了民国六年开铸孙中山半身侧面像的开国纪念币，而一九一四年则铸造了袁世凯的头像银元，俗称"袁大头"。

尼不明白一个被钉在历史耻辱柱上的人物的头像竟会成为现今商人们注目的中心，他们搜集"袁大头"并不是为了记住那段血腥的历史，而大多是为了商人之间的交易。"袁大头"的价值令尼迷惑不解。尼还记得她在参观一座昔日的皇宫的时候，看到皇帝寝宫橱窗里陈列着的那些玉如意、金耳环、鼻烟壶等稀世珍宝。那些马蹄形的元宝、秤锤形状的中锭，以及小锞和福珠坐落在橱窗的紫红色隔板上，使人一睹便知昔日皇宫那富贵而腐败的生活。尼并不觉得那些东西有什么特别之处，它们不过是手里的玩物罢了。玩物而丧志，历史的教训证明了这一点。

尼手里拿着"袁大头"和一把银角子沉思默想的时候，夕阳正把金色的余晖洒向水面。水面上的小船仿佛镀了层金，看上去像秋天的落叶一样。尼静静地望着落日，落日仿佛是掉进水里了，她想起了这里的大豆和高粱，她觉得眼角湿了。

尼忧伤着的时候有一个人从她的背后走来，他坐在尼的身旁，尼侧身一看，原来是那个送给她关于银的用途的卡片的那个人。

尼问："那是假货吗？"

"是纯银的。"他说，"卖得真快啊。"

尼又说："银的那些用途太可笑了。你是在书上抄来的吧？"

"我是学化学的。"他说。

尼笑了笑没有作声，她其实很想问他为什么老跟着她。

"你真美丽，比你卖的银饰美多了。"他说。

尼还是没有作声，她把手里的"袁大头"和银角子玩得嚓嚓地响。

"你叫什么名字？"他问。

"尼。"尼反过来问，"你呢？"

"宇津一郎。"他说。

尼大吃一惊，她把头扭向他，直直地问："你是日本人？"

他点点头，然后淡淡地笑着说："我是日本留学生，今年秋末就要回国了。"

尼浑身颤抖起来，这时浓烈的夕阳把江水搅得一片猩红，仿佛江水里注满了鲜血，尼觉得浑身的血液都沸腾起来了，她腾的一下子站了起来，她指着他的鼻子骂："把我卖给你的银饰还给我，我不卖给像你这样的人！"

"我喜欢那些银饰，它们非常美丽。"他说。

尼正不知所措的时候，幺虚婆婆从尼的背后走了过来，她一定听到了尼和他的对话，她用手拍了拍尼的肩膀，示意她不要激动。幺虚婆婆用半生不熟的普通话对他说："尼——"她指了指尼说："她卖给你——"幺虚婆婆指了指自己身上佩戴的项链和手镯说："是指你的——"幺虚婆婆指了指他的脖子说："需要一条枷锁——"

尼吃惊地望着幺虚婆婆，幺虚婆婆接着用手指了指日本留学生的手腕说："这儿——要有一副——手铐。"

尼恍然大悟，尼觉得心里痛快了，她补充着说："我卖给你的不是银饰，是枷锁和手铐……"

尼说完，在幺虚婆婆的注视下把手中的"袁大头"和银角子通通扔进松花江里。尼丢完银币后哭泣着朝幺虚婆婆走来，她说："带我回家吧。"

幺虚婆婆流出了泪水，她努力点着头，她抚摸着尼的脸颊告诉尼："我卖的是纯银，没有假……"

尼抹着泪水点点头。

尼离开松花江边的时候夕阳已经消失了，水面上的余光不见了，银灰色的天空中浮动着少许的云朵，尼觉得很累。她想曾祖父的遗产都葬在松花江了，只是胡凌的十块压条要完整地带回去。想到胡凌，尼觉得南方已经不远了。

尼走到煎饼摊前与大家会合，她们乘电车返回住地。当电车路过那个街心花坛的时候，尼又想起了那个日本留学生，她的心里有点难过。她不知道这是为什么。她很想下车把那个扔在绿栅栏后面的关于银的用途卡片捡起来，然而电车在这里没有设站，她便把目光转向花坛中央的那片丁香树上，尼看见了她清晨时站在绿栅栏面前时看见的那只鸟。

1991 年

灰街瓦云

"灰街"不是个街名，而是镇。这镇也不像它的名字那么黯淡，而是豁豁亮亮的，宛若小媳妇的新嫁衣。灰街地势高，长途汽车若是只有两三个乘客在此下车，司机便不会驱车爬那长长的高岗，说是费油，将稀少的乘客在岗下就甩了去。乘客提着土里土气的旅行包像蚂蚁似的气喘吁吁地在高岗上爬，爬累的时候，便回头骂一句早无踪影的汽车："你个铁驴子还吝惜力气，你个老爷脾气的家伙！"

灰街的牌子竖在岗下，在路畔，用一堆石头埋着，白底黑字，是不圆熟的隶书。为了申明灰街的身份，牌子上写的是"灰街镇"。而以前的牌子却只写着"灰街"，也不是用石头埋着的，只是挖了个浅浅的坑，用土培上的。后来张先人家的羊把它给拱翻了，牌子落地后不唯摔坏了，这羊还胆大包天地在上面拉了一堆紫葡萄似的屎，气得镇长找到张先人，要卖那羊，将钱用在路牌修复上。张先人毫不示弱，声称路牌倒后砸着了羊腿，羊以后长不肥，还要由镇上赔偿呢。镇长看了看羊，果然它有些瘸腿，镇长骂了声"无赖"，离开了张先人家，不再和他计较。羊拱路牌，实在是因为路牌下长了一簇青草，那青草又格外地绿，羊便一嘴一嘴地啃，岂料它口福太浅，草未吃尽，路牌却仰面朝天了。

镇长叫刘签，他的老婆叫瓦云。他们有一个三岁的儿子，瘦骨伶仃的，叫刘洋。刘签脾气酸，爱管闲事，一旦管得不合他的心意，他就急赤白脸，嘴上不干不净地骂，手上还摔摔打打的。人们给他起了三个外号：刘驴子、刘小跑、刘喀。称他为"刘驴子"的是嫌他脾气急，属驴的，一惹就叫。称他为"刘小跑"的是看他一天到晚不着闲地走，这里瞧瞧，那里看看，把两条腿跑得细如佛坛前的香。他知道张五家的土豆花开得是紫是白，知道李来顺家的牛几时要下牛犊，知道张六指家的粮食能不能吃到春天。这一切，都有赖于他那永不疲倦的腿。称他为"刘喀"的人含有劝诫之意，"刘喀"意谓"留喀"。刘签不唯腿勤，嘴也贪得出奇，只要他醒着，就不停歇地说。他爱说到什么地步呢？他一个人走路，没有说话的人，就会跟牛马猪羊搭讪。若是没这些牲畜，他就跟庄稼或天上的云彩说话。他跟牛说："你前世肯定是个懒虫，一个游手好闲的主儿，后世才会当个牛挨累。"牛埋头吃草，对他的话置若罔闻。他跟羊说："我一见你就嘴馋，你能不能自己从灰街的岗上滚下去，滚没气了，让我光明正大吃你的肉？到时也不白吃，给你在岗下竖个牌子，把你当个英雄纪念着。"羊咩咩咩地叫着，扭着脖子，满面不屑的样子。刘签跟云彩说话时曾跌进过沟里，扭伤了脚踝骨。

当时灰街连日无雨，庄稼一派萎靡的旱象，他仰着脖子追着一片天空中仅有的白云行走，不断地央求："你行行好，给我多叫些云彩出来。我知道你心肠好，不然怎么会那么受看呢？你整多了云彩弄下雨来，我让地里的那些花全都开，让它们报答你。让绣球开得红，让爬山虎开得白，让月季开得粉，让野菊开得金黄。"结果云彩若无其事地闲走，刘签却一脚跌进沟里，伤了脚踝骨。爬山虎倒是没如他所愿开成白的，他自己的脸却被疼痛给刷白了。人们都说父母过于好说的，子孙多半语词迟讷，刘洋果然如此。别看他三岁了，会说话了，可他一天讲不出三句话来，总喜欢蔫蔫地坐在院子的矮板凳上，看鸡啄食，看蜻蜓在菠菜地上飞，看蜜蜂在花间蠢蠢欲动。刘洋高兴了会用手掌拍一下嘴巴，"哇——"地叫一声，而生气了就会捂着双眼什么也不想看。

灰街的庄稼都种在岗下，岗下有一条河，名为"青河"，流经五个村镇：望江、灰街、羊坡子、秋田和古阳界。这一带从地貌上看属于丘陵，山多为秃山，不长大树，植被也不够丰富。除了灰街将镇子设在岗上的山岭之外，其他村镇都在平地，与青河几乎是平起平坐，时时刻刻能感受到它的气息。青河盛产鲫鱼，一到夏季时鱼贩子就来了，城里人喜欢吃无污染河流的天然鲫鱼，一斤鲫鱼的卖价达到了十六元，收购也在七八元左右。不过鱼贩子很少来灰街收购鲫鱼，长途车基本在岗下就打道回府，他们懒得爬那长长的高岗，气得灰街人骂灰街是个土鳖地方，骂刘签领着他们生活的领地比狗屎还臭。刘签在心里冤屈，想灰街又不是我建的，这里都活过好几代人了，我只不过当个镇长而已。灰街由于高高在上，分外招风，经常发生火灾，全镇有六分之一的人家遭受过程度不一的火患。由于地势高，打井又成了难题，打一口井费尽周折。灰街人不止一次向上反映要把镇子迁到岗下，然而政府没有那么大的财力支持他们，人们抱之以灰街的只有同情。灰街人也就像逆来顺受的受气的小媳妇一样，心灰意冷地度着时日。久而久之也就习惯了，不外乎外出时多走些路而已。刘签跟其他村镇的头头到县里开会，别人若是揶揄灰街，说灰街的姑娘不嫁本镇人，都往外跑的时候，刘签就会鄙夷地说："这些姑娘没有远见，灰街哪里不好？灰街离太阳近，离星星月亮近，离它们近，就是离神仙近，神仙保佑着我们灰街，这些姑娘懂什么？"也确如刘签所言，灰街人做梦最多的是梦见日月星辰，梦中的它们全比实际在肉眼看到的要大上几十倍甚至上百倍。星星跟水车一般大，月亮就像一座山，太阳则像座失了火的屋子，红光闪烁着。有次瓦云梦见一颗星星掉进青河里，将青河拦腰斩断，青河的水四溢到农田，上了岸的鲫鱼则能像燕子一样飞，空气中洋溢着煮稻米的气息，她在岗上见那颗卧在青河中的星星大如磐石，金光灿灿。

　　瓦云比刘签小五岁，矮矮胖胖的，黑脸庞、厚嘴唇，眼睛很小，总是眯成一条缝，非常能吃苦耐劳。传说她父亲是个能骑善射的蒙古人，而她的母亲则是个汉族姑娘。瓦云从不讲自己的身世，平素也寡言少语的。只是遇到刘签受人欺负了，她就会挺身而出，有时还出手打人。她力气大，一般的壮汉都不是她的对手。灰街人没有不知道瓦云的厉害的。瓦云的手脚粗大异常，鞋子要穿四十码的，手套要戴自制的。冬季时她武装上棉鞋手套，看上去就像头熊一样愚笨。瓦云喜欢吃肉，且喜欢吃连着骨头的肉，也不把它煮得很烂，说太烂的肉没有滋味。瓦云啃肉骨头时只要不是冬季，就喜欢站在院子里，啃得津津有味，有时撕下一条肉塞进刘洋的嘴里。刘洋嚼不动，就吐出来，落在地上后鸡和狗就上来争食。若是鸡先啄了肉跑了，狗就会把鸡撵得跳到猪圈顶上，惊魂未定地咯咯咯叫个不休。若是狗舔了肉，鸡惹不起狗，就会把怨气撒在刘洋身上，啄他的脚面，把刘洋疼得哇哇直哭。瓦云看了非但不吆喝鸡，反而哈哈大笑着。瓦云在穿着上很没眼光，本来自己不秀丽，却偏好那些色彩艳丽的服饰，红袄绿裤、紫衣花帽。她的衣服都有流苏，或黄或白或红或青。她的屁股浑圆浑圆的，若是穿了条绿裤子，那屁股就像两片洋洋洒洒的荷叶一样张开着。她喜欢做帽子，帽子花里胡哨的，可她戴上后却美滋滋的。别人见了刘签会说："瞧瞧你们家瓦云，打扮得像个花公鸡。"刘签会说："她清早又不打鸣，她怎么像个花公鸡。"刘签有时把话传给瓦云，瓦云就会气势汹汹去找讲究她的人算账，吓得人家面如土色，连说自己才像花公鸡。瓦云并不彻底原谅人家，揪着人家的耳朵，狠狠地说："再逮着一回，就把它拧下来剁碎了喂我们家的鸡！"

灰街人背地都说真正的镇长不是刘签，而是瓦云。

瓦云虽然不讲自己的身世，但乐意讲她名字的来历。说是生她时是个夏天，满天布满了瓦片似的白云，天庭仿佛在大兴土木造房子，她便被命名为"瓦云"。有好事的人就会大惊小怪地说："那你可得小心着点，万一天庭造房子，只差你这一片瓦，把你收了去，刘洋不就没妈了吗？"瓦云不急不躁地说："我要能当天上的一片云，死了也值了。"

瓦云还有个怪癖，就是逢到年节所需要的水，必然要从青河来取。夏秋时节倒好说，担着水桶，费些力气从岗下挑上来便是。而冬季时则要带着铁钎去刨冰，弄回家去化成水。瓦云所在意的节日，跟灰街人又是不同的。除夕她还不敢怠慢，该祭祖就祭祖，该贴对联福字挂钱就贴，该包团圆饺子就包。而正月十五的灯节和八月十五的中秋节她是绝对不过的。有人发现这两个节日都是月圆时分，便断定瓦云不喜欢满月。瓦云青睐的节日，有清明节、端午节和七夕节。瓦云过清明，喜欢担来青河的水扫尘，把家里的玻璃窗擦得锃亮，然后煮一锅红皮鸡蛋分给左邻右舍们吃。端午节时，她提前一天就会把纸叠的葫芦插在门楣下，然后用青河的水来煮粽子。七月初七时，瓦云从岗下挑来青河的水，用它洗头，把头发洗得又黑又亮。一旦发现头发干了，又把它浸入水盆中，使头发总是湿漉漉的。刘签便会挖苦瓦云："你弄得再水灵，也不会变成喜鹊去搭鹊桥。牛郎若是见女人都变成了你这副模样，连织女也不想会了。"瓦云听了也不恼，依然固执地保持她头发的湿润状态。刘签见自己的话不起什么作用，哼着曲儿到外面闲逛去了。

　　刘签进城开会时总是穿一套灰卡其布西装，吊一条红领带。西装本该配皮鞋的，可因为要徒步上岗下岗，他只有穿篮球鞋。他的篮球鞋系着绿鞋带，西装皱皱巴巴的，袖子一长一短，两撇前襟也对不齐，是刘签从城里的夜市花八十块钱买来的。刘签进城时必定要把头发弄得锃亮，他备了盒头油，把头发打得香喷喷的。瓦云嫌那香味不是正路的，刺鼻子，烦他抹头油。刘签平素梳平头，一抹头油就要梳分头，头中央的那道缝就像鱼骨一样雪白。梳着油光光的分头的刘签就像肩搭毛巾、手提大茶壶的店小二一样。灰街人只要见到刘签这副打扮，就知道他又要去"开荤"了。灰街人把去县里开会称为"开荤"。刘签一"开荤"回来，就有新精神要传达，宣传计划生育啦、落实牲畜税啦、粮食收购新举措啦、控制农民外出打工啦等等。刘签管牲畜、庄稼和男人都行，一管计划生育，女人们就像被捅出巢的蜜蜂一样对他群起而攻之，骂刘签是太监，是绝户头。刘签气急败坏地骂这些女人都是母狗，母狗们就上前咬他，这个扯他的衣服，那个扒他的裤子，最后是闻讯而来的瓦云用拳头为刘签解了围。瓦云骂那些被她打得鼻青脸肿的女人："你们这些母狗！你们晚上咬自己的男人没咬够，白天就咬我的男人，我撕烂你们的嘴！"

五月之后满坡的青草格外地绿。站在灰街向下一望，只觉那绿由于高低不同而波澜起伏着。花也开了。芍药又白又亮，百合如火如荼。牛羊到岗下吃草，顺带着也抚弄一番野花，闻闻它的香气。草一绿，花一开，雨也就来了。五月多是细雨，缠缠绵绵、纤纤细细得犹如小媳妇的手指，抚弄得庄稼舒舒服服的。雨后的天空多半有雾，雾浅浅淡淡地缭绕着灰街，若隐若现的灰街就给人一种醉醺醺的感觉。灰街人在这个雨季议论最多的话题是电视。望江、羊坡子、秋田和古阳界在几年前就安装了电视天线，只有灰街除外。财大气粗的王得水早就买下一台彩电预备着，可县电视台的人说灰街的岗太长、太高，难以架线。刘签三番五次地去县里跑这事儿，总是说有眉目了，可过后这事仍是面目糊涂着。去年灰街的女人有六个去县里做流产，还把这罪过算在没有电视可看上。说是晚上睡得太早，又没有其他的娱乐活动。刘签再去县里陈述理由时就把这一条也捎带上，"灰街的计划生育为什么搞不好？是因为没有电视！没有电视可乐和乐和，人们不就找别的乐和去了！"听的人个个捧腹大笑。刘签又对电视台的人说："你们去灰街架线，我让镇上的人到岗下去迎接。给你们宰上一头猪、一只羊，用轿子把你们抬上去。架线时不用你们出力，你们支支嘴就行了。"然而灰街人看电视的梦想仍未实现。刘签便想着下次再去时，就说灰街有个戏班子，戏班子里的女人个个姿色好，也许他们就会来了。如今城里不是兴泡歌厅吗？

灰街也确实有个唱戏的人家，叫刘本胜。刘本胜的父亲早年在山东学过戏，唱老生，刘本胜八岁时，父亲就教他吊嗓子。刘本胜的妻子孙彩云，生得浓眉大眼的，很受看。她扮的老旦唱腔浑厚、气韵十足。他们十四岁的儿子刘全，则喜欢抹上花脸扮小丑。他们一家每年要在灰街唱上十几回戏。农闲时节和春节必然要为镇上义务唱两回，其余则是逢了婚丧嫁娶的事情时，他们到别人家去唱，挣得一些外快。他们在葬礼上唱，只是在喜丧的时候。刘签喜欢孙彩云的扮相，平素还爱和她开玩笑。刘本胜跟刘签一样脾气酸，见刘签跟自己的婆娘眉来眼去的，就指桑骂槐地啐刘签。这话若是传到瓦云的耳朵里，瓦云便会找刘本胜理论，说是你要觉得不合算，你跟我瓦云也闹几句笑话不就扯平了？

最先报告青河要涨水消息的是瓦云。端午节清晨，她去青河担水，说是在岸上看到了上百只蛤蟆，它们蹦蹦跳跳的，闹得十分欢腾。接着，她从担来的水中发现了几棵油绿的水草。瓦云认为河床水流急，才把水草冲刷掉了，这说明地下水正顺着青河呼呼往上蹿。灰街人听到瓦云的说法都笑，说见到蛤蟆多了、水草掉了就判定要发大水，大水就得年年涨。瓦云跟刘签说，今年的水不同以往，要赶紧去修土堤，预防庄稼淹了。刘签比较相信老婆的预感，便在一个午后去看青河。青河流速很快，水面泛着些白沫，刘签舔了舔水，觉得它比以往要腥许多，他回到灰街后就召集大会，让每户出一个壮劳力去修土堤，否则每户罚款二百元。刘签时时制定一些土政策，不然很多事情都落实不了。碰到蛮横的人要为此进城告他，刘签就撇着嘴角尖声说："好哇，有能耐你去告哇，我刘签就这么管灰街，不愿意在这儿待，你就痛快到别的镇子去，我亲自帮你搬东西下岗！"反正是农闲时节，每户出一个壮劳力，也出得起。不出三天，人员就纠集齐了，刘签领着大伙去青河畔修堤。由于灰街在岗上，不管发多大的水也威胁不到住户的安全，所以灰街的青河堤只是窄窄的一道土堤，修起来所需土方不很大。灰街的庄稼地在青河畔分为两部分，一部分是北片，地势较高，一部分是南片，很低洼。南片的庄稼地多，刘签领着人主要加固南片堤坝。为了鼓舞士气，他还特意吩咐刘本胜带着老婆孩子唱两场戏，免去他家出劳力的苦。然而骄阳下唱戏也是苦的，刘签就让做豆腐的张五家磨出新鲜豆浆给他们喝。孙彩云汗毛重，喝豆浆时唇上就挂了浆汁，看上去像是长了白胡子，大伙就起哄，管孙彩云叫"爷爷"。刘本胜一生气，甩手不唱了，于是大伙起哄得更厉害。刘签笑得跌坐在土筐里，脖子碰着了筐把，将脖子扭伤了。卫生院的护士给他糊了贴狗皮膏药，瓦云嫌那味儿太浊重，夜里就不让他再和自己枕一个枕头，气得刘签把那只筐抛进青河，让它滚得远远的。

六月后雨水更旺了。到了七月，暴风雨每隔三四天就来一场，青河的水急速上涨着。有人从河里打捞上一条二十多斤重的白鱼，都说它是条鱼精，被水给冲上来了。刘签便让镇里的会计买下了这条白鱼，当日进城送礼，疏通关系，争取年内使灰街人看上电视。然而他提着大鱼才走到羊坡子，就被大水给阻隔了。青河在羊坡子的一段已有一处决口，水漫上了公路，长途车先前还能过来，眨眼间就成了汪洋中的一叶小舟。没办法，刘签只有提着大鱼徒步返回。从羊坡子到灰街，共有六十里路。刘签在午后扛着大鱼，走得气喘吁吁的。走到落霞时分，也只是摆脱了一半的路。他饿了，疲惫了，脚底生疼，便找了青河最避风又最秀丽的一段歇脚。他想这条大鱼也送不到城里了，不如吃了了事。刘签抽烟，身上常备火柴，他钻进岸上的柳树丛，划拉了一堆枝条。然而这枝条却像一群老处女一样，无论怎样煽动它们，就是不着火，急得刘签团团转。这时猩红的晚霞已把青河浸染得一片艳红，仿佛青河流淌的是甘醇的红葡萄酒。刘签猛然想起再过五里地有个看瓜人的窝棚，一个七十多岁的老汉就待在那里。这样一想刘签又有了前行的动力，他背着鱼，只用半小时就到了那个窝棚。看瓜人认得刘签，他正坐在窝棚前抽烟。见了刘签，把烟袋锅朝鞋上一磕，说："离老远我就闻到腥味了。"于是抱柴引火，用青河水炖鱼。刘签喜欢鱼头鱼尾，就请老汉将头尾剁下清炖，中间的部位分为三段，一段留与老汉下顿吃；一段切成纸般的薄片，用盐和白醋渍了生吃；另一段则打算提回去给瓦云。老汉存了两瓶二锅头，他让刘签放开量喝，宽一宿脚，天明时再走。老汉说在窝棚里吃喝憋屈，外面风凉，能闻到庄稼味和青河水味，不如出去。于是刘签用镰刀在地头打了几把艾草，将几块柴火引着，压上艾草熏蚊子。晚霞早已落了，半轮月亮出来了，看上去就像个紧裹着白旗袍的女人。清炖的鱼头鱼尾实在鲜美异常，刘签先喝了碗汤。他和老汉聊起家常。老汉讲起四三年青河发大水的情景，说是两岸的村镇无一幸免，房屋全都冲跑了，死了好几百人。人们没有吃的和穿的，幸存者很多沦为乞丐。还有的当了土匪和进青楼卖身。老汉说他的哥哥当天去打猪草，被河水卷走了。以后他在梦中见到哥哥，他总是赤条条的，手中提着把镰刀。刘签便问老汉今年青河的水会泛滥到什么程度？老汉喝了口酒说："我听着它跟往年叫得不一样，叫得急，这是惹事的声音。"问他为什么独自待在瓜地的窝棚里，这样不寂寞吗？老汉说："你到了我这岁数，就不想着待在人群里了。跟人说话说了一辈子，说腻了，就想跟瓜呀果呀树呀鸟呀水呀的说说话。"也许是刘签喝多了酒的缘故，他也很动情地说："我在灰街也爱跟风呀云呀牛呀羊呀的说说话，说了心里舒坦，可人家说我刘签魔怔。"说着，把酒一饮而尽，伤感地哭了。刘签抱怨人活着像这么滋润的时刻太少，他太操心，活得烦了。老汉笑了，说："又有鱼又有酒又有月亮的，多好的享受哇，你这样还活得烦，那真是烧包。"刘签喝多了酒，提早钻进窝棚睡了。凌晨酒醒时老汉已起床给他下好了面条，刘签吃过后就上路了。由于在铺上的干草上滚了一夜，他的那套西装愈发皱巴得厉害，一些草屑像屎一样挂在身上，他的分头又成了平头，且乱蓬蓬的。刘签带着所剩无几的那段鱼，飘飘摇摇地往家走。他觉得腰酸背疼的，每走二十分钟就要撒泡尿，可又尿不出多少，他想前段在青河上修堤着了凉。刘签想这条被他私吞的大鱼回去后如何对灰街人交代，都知道他去城里送礼了，事情却中途搁浅了，他好意思说鱼让他吃了吗？莫不如撒个谎，反正没人知道羊坡子发大水了，就说鱼送到电视台了，人家让回来等回音。再一想撒谎有罪，不如实话实说，我刘签把鱼吃了，镇长吃条用公家钱买的大鱼还犯法吗？这么一想又振作起来，且格外理直气壮了，以致中午回到灰街时对碰见他的每个人都说："羊坡子发大水了，车给隔住了，城里没去成，害得我走回来。那条鱼让我给吃了。"在遇见孙彩云时，他又差点改口说那条鱼自己突然活了，蹦到青河游走了。孙彩云冲他笑，问："那鱼鲜吗？"刘签险些动了把剩下的那段鱼给孙彩云的念头，转而一想能搂在被窝里的不是孙彩云，而是瓦云，还是留着它给老婆长点力气的好。

灰街人这次是积极出动去修堤的，他们听说羊坡子发水了，他们惦记自己的农田，万一被淹，一年的收成就泡汤了。由于堤坝不牢固，渗水现象严重，南片的农田的垄沟已有部分积水。刘签勒令大家加固这一段堤坝，并且打了欠条，将邢回回家盖房子备下的几十袋水泥都用在旧闸门的固位上。邢回回跟在刘签身后寸步不离，一遍遍地问镇上能在他盖房子时悉数还上吗，刘签没有好气地说："说了一百回了，多还给你五袋水泥，你慌张个屁，现在下雨，你又盖不了房子。"瓦云把刘洋独自撂在家里上堤了，瓦云笑着插言："俺家刘签又不是水泥，你跟他的腔也没用。"瓦云穿着条用各色花布拼成的布裙子，裙子直筒式，使她看上去更矮更健硕。有一些人家的农田在北片的，就很不情愿修筑南片的堤坝，消极怠工，不是喝水、抽烟就是说跑肚拉稀一趟趟地往野地里钻，刘签只得再发挥他的土政策的出奇功效，他说："万一南片被淹了，北片的庄稼不论是谁家的，秋后一律让大家分成。"那些人一想自己的收成被人瓜分的滋味实在不好受，就麻利地参与劳动了。说口渴的也不渴了，爱抽烟的把还剩很长一截的烟灭了，夹在耳朵上。称自己跑肚拉稀的也不去野地了，灰街人万众一心地使南片堤坝在一周内蔚为壮观了。这时的青河愈发不可一世地喧嚣鼓噪，风大的时候，水就会漫出河床，侵犯田野。然而由于那道已经颇有力度的堤坝的存在，水只是试探性地上上岸，先头部队少数损兵折将于泥土之中外，百分之九十的兵力还是沿着河床咆哮着向下去了。在电话线未被冲断前，刘签接到的最后一个电话是县防汛指挥部打来的，说是预计青河将遭受百年一遇的洪水的考验，让灰街马上行动起来，在保证居民人身财产安全的基础之上，奋力保护农田。刘签当时不无得意地说："我们这里天下太平，提前两个月就防汛了，瓦云料到青河要发大水的。"刘签再见灰街的百姓时就更为神气活现，他挺着胸脯，愈发爱管闲事了。他挂在嘴边的一句话是："怎么样？住在岗上风光不风光，离太阳近不说，多大的水也淹不着！"若是遇见了鸡鸭鹅狗，他也要发一番感慨，指点着它们说："你们真是有福气哇，知道吗？别的地方都发大水了，像你们这样的东西都被冲进青河，死了！你们能活在灰街，真是烧了高香了！你们得给我唱个歌儿，撒个欢儿呀。"鸡充耳不闻地继续垂头觅食，鸭子晃悠悠地在小路上晃荡，夹着尾巴的狗蔫蔫行走着，刘签便气得捡起石子砸它们，弄得鸡飞狗跳的。

青河漂下来死猫烂狗了。李来顺用竹竿打捞上一只乳猪，非要糊上黄泥烤了吃。刘签前去制止，说是吃了这样的东西会得瘟疫，让他赶快把乳猪埋了。李来顺不同意，说是家里穷，几个月未沾荤腥了，敢情你刘小跑一个人独吞了条大鱼，我们吃死的东西又不犯法，吃出毛病算是自己的，关你屁事？张先人也帮腔，他说："我和来顺要是吃坏了，糟蹋了身体算是自己的。你没吃上我家的羊，要是还馋的话，我们就分你刘驴子一份！"气得刘签仰着脖子骂娘，说你最好少提你家羊的事，它拱翻了路牌的旧账我还没算呢！张先人想着刘签若是真把陈芝麻烂谷子的老账翻腾出来，吃亏的还是他，就不敢提羊的事了。刘签见自己的劝诫不如乳猪更有诱惑力，就去找镇卫生院的医生，医生一听有人要吃水上漂浮物，一瞪眼睛说:"那不是找死吗?"就放下手中的听诊器去李来顺家。李来顺和张先人已经把猪用火燎上了,香味一波波地荡出来了。医生不由分说从火上取下黄泥糊着的乳猪,用铁锹撮了,扔进茅房。李来顺和张先人气得脸都白了,医生前脚走,他们后脚就把刘签的祖宗八代骂了个遍,诅咒他被青河淹死,永远别出现在灰街。他们在院子骂的时候被过往的行人听了个够,有好事的就把消息传给瓦云。瓦云抱着刘洋,穿着红袄绿裤,雄赳赳气昂昂地朝李来顺家来了。瓦云这次没有吵闹,她默不作声地把刘洋放在院子上,让他跟鸡玩,自己则三步并成两步进了屋子,在李来顺一家人战战兢兢的目光注视下搬出饭桌,将它刷地支在院子里。然后她大踏步地扛着铁锹去了茅房,只两分钟,沾了屎尿和蛆的乳猪就恶臭恶臭地上了桌。瓦云用石破天惊的洪亮声音吆喝:"来呀,吃呀,多香呀!"没人敢上前与瓦云对峙,人们都像被猫欺负的老鼠一样哆嗦着。瓦云朝院子重重地吐了口痰,抱着刘洋回家了。刘洋在瓦云肩头对着饭桌上的乳猪指指戳戳个不休,涎水流了她一肩头。

从青河漂浮过来的东西只要经过灰街,定是上游望江的。望江是一个规模较大的镇子,山水秀美,空气湿润,人称"北方的小江南"。灰街的姑娘出门子,最愿意嫁的便是望江的汉子。望江有戏院、集贸市场、牲畜交易市场等等。望江的种猪站名气也大,附近村镇的养猪户都愿意用望江的种猪,说那猪种好,壮,肥。就是去县里开会,望江镇长的做派也比别的镇要大,穿名牌拿手机,还要带着个浓妆艳抹的女通讯员。那女人在酒桌上风情万种,能灌醉一桌的壮汉。所以漂过灰街的东西无论是穿的还是用的都与众不同地高档。灰街人几乎有一半人家守着青河打捞东西,绸衣、领带、小录音机、只剩下了空壳的电视机、磁化水杯、蒸汽电熨斗等等，足以开张一家旧杂货铺了。刘签站在青河畔看着花花绿绿奔涌而来的漂浮物时庆幸地想：望江镇毕竟没有死人，否则会有尸体下来。东西损失了不算什么，东西还能挣回来。灰街跟过节一样热闹，人们清洗漂浮物，放在院子里晾晒。水文站的人告诉刘签，从现在青河的流速来看，如果上游持续下雨，青河将会形成更大的洪峰，届时南片的土堤恐怕仍难抵御洪水，还要继续加宽加高。刘签只得又制定土政策让人们出工，说是每家若是出两个劳力修堤，将来缴电视初装费时每户少收一百元。刘签想将来这个愿很好还，如果初装费是二百元，对灰街人就说是三百元，那一百给免了。刘签和灰街人又在堤上苦战了三天三夜，南片堤坝就跟孕妇的肚子一样显赫了。水文站的人将新测算到的流速报告给刘签，并预测特大洪峰将于次日凌晨经过灰街。灰街人实在又乏又困了，他们想想再大的洪水也威胁不到房屋，农田对它也尽到力了，爱淹就淹吧。因而那个凌晨特大洪峰经过灰街时，满镇的人都在香甜地睡着。只有刘签和瓦云站在堤坝前，看着青河陡然间像被煮胀了的栗子一样撕裂了坚硬而沉重的外衣，露出白花花的滔天的洪水。青河水嗥叫着上了岸，东奔西跑着，刘签只觉得脚下的堤坝震颤了一下，跟着弥漫开来的水就沿着堤坝寸寸上爬。瓦云拉了一把刘签，说："你回去，我守着，我会水，再大的水也淹不死我。"刘签忽然间被瓦云的举动感动了，他亲了一下瓦云粗糙的脸颊，说："你回去，淹死我该淹，谁让我是镇长呢。"瓦云沉默不语了，她紧紧拉着刘签的手，看着令人眼晕的水泛着白沫袭击着堤坝。太阳并没有因为洪峰到来推迟升起，它红红地出来了，那么圆，却又那么陈旧，红光浸润着田野河流，使大地弥漫着一股杀气腾腾的气息。刘签眼见着水渐渐朝堤坝上方延伸，就像一条毒蛇挺起头伸展着要吞噬什么东西似的。刘签紧张得浑身冒汗，而且被水声和四伏的红光弄得头晕恶心。瓦云的嘴唇看起来乌紫乌紫的，她说："走吧。"刘签僵了似的站着不动。瓦云又说："走吧，决了堤刘洋就没爹了。"刘签这才木然地跟着瓦云离开堤坝。经过庄稼地的时候，他觉得每棵庄稼都张着嘴向他哀求，刘签眼泪汪汪的了。他和瓦云走上高岗后居高临下看青河，发现它阔得如黄河，水声在远处听来更为恐怖，给人一种撕心裂肺的感觉。瓦云说："我去叫人吧，堤恐怕吃不住劲了。"刘签说："淹着人可不得了，人命是第一位的。"瓦云说："淹了庄稼吃什么。"瓦云撇下刘签，挨门挨户去叫人，每至一户人家，都说："你们家的地淹了，还不快去看看。"一个小时以后，大部分灰街人就集中到了堤坝。洪峰仍然浩浩荡荡地经过青河，河床到堤坝之间汪洋一片。太阳升高了，也白净了，水上的红光消失了，河的本色显现出来。

灰街人提前修筑的堤坝最终遏制住了青河百年不遇的洪水。正午时，水渐渐回落，然而堤坝有两处出现严重渗水情况，刘签连忙带人去抢修，滚得一身泥水，到午后三时，渗水基本得到了控制。刘签令一部分人回家吃饭，另一部分人留在堤上随时抢险。然后再由吃过饭的人回来换留在堤上的人。水撤得很快，傍晚时，已经回落了七公分。堤坝由于不够坚固，渗水时有发生，刘签和灰街人就彻夜守护着堤坝。也许是站在洪水中作业的缘故，刘签的腰痛病再次发作，当夜疼得行走都困难。洪水在又一日凌晨终于撒够了欢儿，回归河床了。灰街大部分的庄稼都保住了。

洪水过后，那些嫁到别的镇子的姑娘带着孩子回灰街避难了。

她们哭哭啼啼的，说家里的财产全都冲光了。损失最重的是古阳界，那里的房屋在一夜之间被夷为平地，且死了三个人。刘签从岗上看到灰街油绿的庄稼，心中十分舒坦。冯四平家宰了头猪，瓦云买了半扇排骨，煮得香喷喷的，说是给刘签补身子。洪水后的天空晴朗无比，云彩白白莹莹的，若是刘签看到了某些形态如瓦的，就会把瓦云叫出来，指着那云彩说："看看你！"

秋收过后，那些避难在灰街的姑娘都回婆家了。有消息传来，说政府给这些遭灾的村镇重新建筑房屋，每户补助五百元的生活费，且发给新的被褥以及越冬的粮食等等。灰街人沉不住气了，觉得那些受了灾的地方反而获得了好处，他们住新房子、盖新被子，有粮食吃，比他们未受灾的还生活得好。所以当刘签号召灰街人民为受灾的兄弟村镇捐款捐物时，老百姓都骂刘签土鳖，骂他当初不该加固那道堤坝，骂穷得叮当响的灰街早就该迁到岗下，那样他们就会有新房子住了。刘签气得暴跳如雷，可又哑口无言。有一个下霜的早晨瓦云推开屋门，发现满院子都是屎，有猪屎、人屎和狗屎。瓦云叹口气，花了半个小时把它们清理到园田中了。瓦云安慰刘签："他们扔屎恶心不了咱，他们这是帮咱家积肥呢。"次日，邢回回坐在瓦云家赖着不走，说是他要盖新房了，那些水泥还没着落呢。刘签恰好有个会要进城，答应为他弄回水泥来。邢回回一遍遍地又开五指提醒刘签："多给我五袋！五袋！！"

刘签此次进城仍然穿西装和球鞋，不过没有抹头油、梳分头。在会上他生了一肚子气，县里分给各村镇的修堤费都在十五万元左右，而分配给灰街的只有四万。理由是他们推测认定灰街堤坝好，不然不会承受这么大的洪水袭击。一向对上级领导言听计从的刘签出人意料地在会上大闹起来，他骂不绝声，摔碎了茶杯，踢翻了椅子，冲出会场后在街上仍然跺着脚骂了半晌，惹得许多人围观，以为他是个精神病患者。刘签也忘了给邢回回家联系水泥的事，饭也没吃，垂头丧气地就搭车回灰街了。车照例在灰街的岗下就停下来，刘签爬那长长的高岗时一点力气都没有了，他头晕目眩，只觉得岗上的灰街就像在云彩里一样遥不可及，刘签摇晃了几下，倒在岗下。

张先人家的羊一直喜欢到岗下的路牌畔吃草，它发现了倒在地上的刘签。刘签磕破了头，流了好大一摊血。羊咩咩地叫了一阵，四顾无人，用嘴蹭了蹭刘签头上的血，铆足劲奔回家。张先人一见羊头上的血，以为羊遭了别人暗算，抚摸来抚摸去，才发现羊身上没一处伤口，想着必是岗下有人伤着了。想起只有刘签外出了，张先人就去唤瓦云，瓦云扔下水瓢就往岗下跑。

刘签得了肾病，他尿血了。镇里没有医疗费，瓦云把刘签安顿在城里的医院后，就独自返回灰街借钱。刘洋被邻居照看着，他见了瓦云，无动于衷地把玩着纸飞机，将两只翅膀扯着一扇一扇的。瓦云几日不见刘洋，想得慌，就抱刘洋来亲。刘洋躲闪着，很憋屈的样子。瓦云说："我得带你走，你几天就跟我认生了。"瓦云家的积蓄不过两千元，而刘签病得不轻，住院一次性就缴了一千元，加上在城里的吃喝，少说也得花三千元。人们知道瓦云回镇上筹措钱了，因而早早就关门闭户，任她如何也敲不开。能开门的人家，也不过给她个十块八块的，说是凑数给刘签买药吃的，不用还。瓦云就说："我是借钱，不是讨钱。借钱还钱，立上字据。施舍的块儿八角的就不要了。"最终瓦云借到手里的钱不过三百元。一百是孙彩云借的，一百是为灰街镇写路牌的小学老师路子仁借的，另一百是张六指借的。其他人碰见瓦云，都远远绕着走掉，瓦云十分心凉，回到家后她对着空空荡荡的房子说："钱难不倒我瓦云，刘签好了病，我不让他当这个尿官了。"

瓦云抱着刘洋进城了。她在离开灰街时就想好了如何筹钱。瓦云把最破烂的几套衣裳翻出来，把它们弄得更加褴褛，给刘洋也用破布缝了两套衣裳。瓦云穿着秋衣秋裤，戴顶怪诞的紫花布帽，锁了家门，抱着刘洋出灰街。没有一个人送她。快接近那道长长的岗上时，邢回回赶着驴车撵了上来，他要他的水泥，说是刘签若是死了，他的水泥不就黄了吗？瓦云说："刘签死不了，他怎么会死呢！他就是真死了，你的水泥也黄不了。"邢回回骂骂咧咧的，说刘小跑干不成一件好事，尿血算他活该。瓦云笑着放下刘洋，一脚猛踹到驴肚子上，使驴剧痛地奔下岗去。驴车上的邢回回惊慌失措地叫着："我的驴，我的驴还要磨豆腐呢！"

白天时瓦云抱着刘洋在县医院陪刘签打点滴。晚上时一家三口吃过在医院订的盒饭后瓦云就出门了。她谎称跟刘洋住在一家私人旅馆，每天只收三块钱。出了医院的瓦云抱着刘洋去对面县一中的女厕所换衣裳去了。这时校园静悄悄的，暮色已经笼罩了大街小巷，街灯下的人影是模糊的。瓦云把自己打扮成叫花子模样，给刘洋也穿得灰突突的。他们娘俩的衣服四处开花，脏得像刚从垃圾堆里捡出来。瓦云开始了夜晚的乞讨。刚开始时她去居民楼，想那里住户多，好讨。结果敲十户门有九户不开，她只能悻悻走掉。后来她想住在楼里的人多半是有钱有势的，这样的人同情心差，就转移目标，去了城西一片矮趴趴的贫民窟似的房子。瓦云声泪俱下地跟人说孩子得了绝症，治不起病。闻听此言的就唏嘘着给她个三块两块的。有的老太太还捏着刘洋的小手说："多可怜人呀，才这么大点儿。"刘洋蔫蔫地耷拉着眼皮，萎黄着脸，确如生了重病。有人见瓦云太凄惨，还送她旧衣裳，让她进屋吃碗热面。瓦云要了好心人的钱后心里总是不踏实，后来她发现去高档酒店消费的多是花公款的官员和财大气粗的商人，她就去酒店门前乞讨。那些红光满面出来的人往往出手很大方，有时伸过来就是一张五十元的，给过她钱后不耐烦地撇着手说："离我远点！"他们大都钻入门前停着的汽车。半个月下来，瓦云竟讨了两千余元，想着够刘签治病的了，她就把那些破烂衣裳扔进茅坑里狠啐了几口，然后在一家小旅馆开了张每天五元的床，全心全意地照料刘签。而在乞讨期间，她夜间是睡在火车站一个角落的长椅上的。夜晚只有一列火车经过，上下站的人少，候车室相对清静。只是空气十分混浊，室内光线蓝幽幽的，很昏昧，让人有被鬼魂包围的感觉。

秋风使落叶在街上热热闹闹地飞旋着。枯黄的叶片有的飞上青色的瓦楞，有的落在店铺的窗台上，还有的干脆落在行人的头上，让人觉得那人发了横财，顶着块金币。刘签的病大有起色，不尿血了，只剩一个"＋"号了。他又耍起了贫嘴，和同室的病友开玩笑。灰街人只有邢回回进城看过他，为的还是那些水泥。刘签让邢回回去找镇里的会计，让他无论如何把买水泥的钱支付给他。邢回回像以往一样又开五指强调："多五袋！"邢回回又让刘签立个字据，他进城弄水泥的路费和雇车费都要算在灰街镇身上，刘签觉得邢回回说得在理，就立了字据，签上了大名。

秋天就像在田野间奔跑的兔子一样倏忽间就过去了。落叶被第一场雪给深深埋住了。那雪下了一天一夜，足有半米深。雪后的小城白茫茫的。跋涉在雪中的人们就给人一种腾云驾雾的感觉。刘签终于可以出院了，凌晨四时瓦云就收拾东西，然后每人泡了一碗方便面，吃过后就去客运站了。天还未亮，司机在烤车，女售票员斜挎个黑皮兜在卖票。瓦云因为买票和售票员争执起来。售票员说刘洋应该买张半票，而瓦云坚持说刘洋是个抱在怀里的奶娃，跟个旅行袋一样大，不该买。售票员则说那孩子若真是旅行袋就不让她买了，可他是人，是人就得买票。候车的旅客先前都无精打采地站在墙下，听到吵闹声，就聚拢过来。刘签怕事情闹大，就用息事宁人的口吻对瓦云说："算了，半票就半票吧，给她。"瓦云挥舞了一下拳头，说："那得把文件拿出来给我看看，这么大的奶娃规定要买票吗？"售票员说："没文件，我就是文件！""你是文件，那让我翻翻看看！"瓦云不由分说将刘洋放在雪地上，自己上前就撕售票员的衣服，售票员尖叫着躲闪，瓦云吆喝道："这文件还怪难翻的，是吗？"售票员没料到瓦云如此难缠，气得蹲在地上呜呜哭起来。司机从车下钻出来，说售票员："行了，这么大点儿的孩子，你收他票做什么？"

结果上车后瓦云一家三口被安排在靠近油箱的座位。不唯腿伸不直，汽油味也浓，车开后不久瓦云就有些恶心。她就尽量去看窗外的风景，看那无边无际的雪，雪地上瑟瑟发抖的枝条，看一群群麻雀飞起又落下，给雪地投下青橄榄似的阴影。刘洋在车开后不久就在汽车的颠簸中睡了。他睡在瓦云的腿上。刘签忽然叹了口气，对瓦云说："今天应该多住一天，去催催那四万块修堤的钱。钱虽说比别的地方少，可毕竟是钱哇。"瓦云侧过身，嘟着厚嘴唇看了刘签半晌，无可奈何地叹口气，又别过头，将目光放在窗外飞速游动的风景上。

车过古阳界、秋田、羊坡子之后，午后即将到达灰街了。瓦云本想央求一下司机，让他帮帮忙爬上高岗，她丈夫大病初愈，体质还弱，她怀中还抱着个孩子。车停在羊坡子的时候，瓦云下车解手碰到司机时还冲着他使劲地笑，可惜她笑容不媚，司机瞟了一眼就垂头走开了，这令瓦云很难过。长途车果然如瓦云所料，在岗下远远就停下了，售票员像吆喝牲口一样地喊："灰街！下车的痛快点！"结果瓦云的脚还没落地，车门就被"咣"的一声重重关上了。他们一家三口沉默无语地伫立了半晌，这才爬那无限上升伸展的高岗。岗上的雪被太阳照得泛出刺目的白光，他们就有一种置身在太阳里的感觉。走到岗中央的时候，刘洋要下地撒尿，刘签和瓦云也就趁机停下脚步喘口气。这时从岗上晃下来一个白点，像雪球似的，快近处时刘签认出那是张先人家的羊。刘签冲那羊喊："你要是再拱翻我灰街镇的路牌，我就剁掉你的嘴！"羊咩咩咩叫着，经过刘签身边时很欢快地频频张望着，仿佛遇到了绿草。

1999 年

驼　梁

　　盘山公路像条巨蟒一样缠绕在山岭间。如果路的左侧是黑魅魅的山，那么右侧一定就是悬崖沟壑，而如果右侧是壁立的山影，左侧就一定是万丈深渊了。十七岁的王平是第一次跑这条路，又逢上了个无月的夜晚，心中便有几分忐忑不安。

　　现在是夜半时分，没有一辆车与他交错而过，也没有一处村落的灯影来温暖他一下。他的货车上载满土豆，这是从几个村子收购而来运往石家庄的。王平脚踩油门，眼睛警惕地盯着前方，将车速放慢，唯恐急转弯时万一不慎而落入深谷。有一年他在屋顶翻晒花生，不慎将脚旁的南瓜碰了一下，这南瓜骨碌碌地滚向屋檐，画出一道优雅的弧线落到场院上，"噗——"的一声闷响，南瓜开了花，连籽带瓤四分五裂。莹白如玉的籽浮在如泥一样金黄的瓤上，色彩倒是极端的美了，可却给王平留下了极为不妙的联想。如果汽车落进悬崖，肯定比南瓜的命运还要悲惨。车体很快会破损而变得奇形怪状，人体则会持续涌出一汪一汪的血来。南瓜摔碎了还能用它来喂猪和鸡，而人摔碎了却是累赘重重，有幸活下来的非残即傻，绝大多数人一命呜呼，给亲人们带来无边的悲痛和哀愁。

由于出发前下过一天的雨，道路还有些湿滑。王平在一处急转弯时握方向盘的手不由微微发抖，眼前出现了南瓜由屋檐坠地的情景，那道优雅的弧线也奇妙地重现了。王平不由出了一身的虚汗，他马上踩了刹车，伏在方向盘上凝神定了半晌，这才微微抬起头来。现在他已经觉得脚下的盘山路是一条毒蛇了，你若轻轻地踩着它走，它也许会安然宁卧着不伤害你，而你一旦撒起野来，它便会狠命地咬你一口。

王平便想想高考中的事情。本来已经觉得这事情被他超脱到蓝幽幽的山谷，成为往昔的一种梦幻了，不料它今日又凄怨地掉过头来纠缠他。

王平生在王家峪，在离王家峪五十多里的县城读的高中。他的学习成绩在班级虽然说不上名列前茅，但还是处于中上游。老师认为他考上个一般大学不成问题。与王平同班有一个女生叫李淑娟，是李家坪的，比王平大一岁，与他斜对桌，王平听课溜号时常常把目光斜在她身上。他特别喜欢看她那张白脸，不知她每天喝着什么水养出这么水色的皮肤来。其他女生的脸都黑乎乎的，皮肤又粗糙，即使眉眼好，也仿佛珍珠落入泥里显不出来。独有李淑娟，五官算不得上乘，可因为有了好皮肤的衬托，就显得漂亮得与众不同，王平一看她的脸就有一种触摸的欲望。李淑娟与王平一样，在班级的学习成绩处于中上水平，这使王平尤为得意和放心，因为这意味着考大学时他们会分数相差无几，而后双双进入同一所大学。当然，前提是得搞清李淑娟的报考志愿表。

王平一想起李淑娟，心中便又有了几分火气，原先他还以为这火气早已灰飞烟灭了呢。他踩着油门，重新上路，车灯把前方的路照得很白，他加快了车速，因为他不想让自己再想李淑娟的那张白脸，他要高度集中精力，所以必须加快车速。他练车不过一个月的时光，就驾驭自如了。他的师傅是他的哥哥王安，在县城一家长途汽车运输公司当副主任，牛气得很，穿皮鞋打领带，抽烟使着进口的打火机。王平因为高考被李淑娟分了心思，所以有两科答卷一塌糊涂，他仅以八分之差名落孙山。落榜的那天他看着谁都想哭，只觉得一个宏大的计划突然落空了。当时他爹正坐在一块石头上一边歇脚一边抽烟，他一看见王平进村的步态，那东一下西一下的类似牲口累到了极点的走态，便知儿子的书白念了。他一拍屁股从石头上站起来，说："快回家喝碗热汤，你妈都等急了。"

王平说："没中。"他深深地低下头看着自己的鞋，"就差八分。"

"没中就没中。"父亲说，"念书又伤脑筋，没中倒好。你哥前天还捎信来，说是没中就进城找他学开车，跑运输挣钱挣得狠呢。"

王平很想说再给他一年的时间，念了十几年的书又不差一年，可他说不出口。家里人仿佛都为了他的落榜而欢天喜地似的，因为他们认为开汽车比进大学要前程远大。开汽车可以四处跑，又长见识又挣钱，不愁娶媳妇，而进大学则如同进了笼子，四年待下来，男生的脸都寡白，满脑子爬着书虫子，干不动活儿，又不懂社会上新兴的一套，只是会花前月下拉女朋友的手，白白伸出一双赤贫的手向父母要结婚的费用。所以王平的父母马上怂恿儿子进城投奔哥哥。哥哥一见王平，便把口中正嚼着的一块口香糖喷到地上，拍着他的脑门说："打起精神，别这么没出息！"王安接着又拍自己的胸脯，直拍得满身的名牌装束跟着颤动，"看看你哥哥我，没念过大学，不是照样指挥人，衣食不愁！"

王安抽出一个星期的时间专门教王平开车。其实学车跟练骑马一样，摸清了车的脾性，不出一周便能驾驭自如。先是慢慢地跑，然后逐渐加速，那种飞驰的快感不言而喻。不出一个月，王平便可以开着车上路了，哥哥走后门为他办下驾驶执照。王安将驾驶证递给弟弟的那一刻说："好好干，一年下来就是个万元户。跑短途运输，干熟了再跑长途，长途挣钱多。"

王平把驾驶执照揣进上衣口袋，慢腾腾地将车驶出县城，一直朝李家坪开去。

盘山公路蜿蜒无边。王平一想起去李家坪的经历，脸上不由火辣辣地发烧，李淑娟掴在他脸上的那个嘴巴又起了作用，他心跳加快，浑身燥热，觉得脚下的路跟李淑娟一样扭曲可憎，他一遍遍地跟自己说："我会征服你，我用最快的速度征服你。"王平的驾驶技术称不上娴熟，这又是在险段上，一个弯连着另一个弯，可他却频频加速，这使他不至于再接着想去李家坪的遭遇。车厢里的土豆随着飞快的车速而相互摩擦着蠕动，好像在喋喋不休地埋怨他："你弄破我们的脸皮了，疼死了！"

车灯大开着，车灯像是机关枪的火舌一样炫目。路上光芒四射，白得耀眼，真像李淑娟的那张白脸。"你这张脸有什么摸不得的，我偏要摸。"王平觉得漆黑的轮胎就是自己的那双黑手，他要让它激烈地触摸像李淑娟的白脸一样的路，所以他又一次加快了车速，他的胸脯一起一伏，突然，"咔——"的一声响，他和汽车刹那间处于静止状态。灯光不见了，道路不见了，驾驶室里发动机的震颤也消失了，四周黑漆漆的一片。王平用手抱住脑袋，他想："也许我掉到谷底啦，不然车怎么会不动了呢？"

"我还活着吗？"王平问自己。

"活着就会想事情。"王平鼓励自己说，"想点什么事情吧，这样我会知道自己还活着。"结果他又一次准确无误地想起了驱车去李家坪的经历，他这才狠命地拍了一下自己的脑门，说："活着。"

他打开驾驶室的门，战战兢兢地下了车。没有月亮，这使他觉得黑暗的强烈。路的左侧是黑魅魅的山，没有长什么大树，右侧是清幽幽的山谷了。王平走到车前，努力睁大双眼，使视线变得清晰一些，结果他发现车的右轮胎已经有一小部分探出路边，如若再过一秒或是半秒，车头便会栽进深谷。王平吓得瘫软在地上，这时候他听见了谷底传来悠扬的流水声，他不由流泪了。他一边哭一边慨叹自己的命大，"命真大啊！"他一遍遍地跟自己说，泪水和着鼻涕一起朝下淌。

听那"咔——"的一声果断的脆响，他断言机器出了大毛病，或者是连接货厢的中轴断了。可是中轴不会影响发动机，也许是电路出现了故障。王安把这辆车派给他时还说这车的性能好，虽然半新不旧，但很结实。谁料它结实得像一个坐月子的女人的那双奶，禁不住自己的奶水了，嗞嗞地往出冒。这下子出了大祸患，而他又束手无策。哥哥只教他开车，又没教他修车的本事。难道是他加的满满一箱油耗没了？这都不太可能。前几次出车他跑的都是短途，有时从县城往一个村子拉基建设备，有时是运大米、油和面粉。他从村子回来后也不空车，进城赶集的人桃红柳绿地挤在车上，吱吱喳喳地叫。和他们一起上车的还有鸡鸭，有一次一头猪也被捆了脚扔上车，哼哼哼地被拉到城里去卖。农人们到了城里就跳下车带着他们的东西四散了，而他的车上往往遗落着鸡屎和猪粪，害得他还得撮点灰来把它们收拾掉。王安有一次对他说："以后别捎那些村里人，弄得车厢屎啊尿啊的，添自己的乱。"

"车反正也是空着回来。"王平说，"他们爱坐就坐吧。"

"这些村里人才小气呢，为了省下自己的几个钱，不坐客车，坐你的蹭车，一分钱不收，还要白白为他们打扫落在车上的脏东西，你又不欠他们什么，不能开这个头，那会没完没了的。"王安说。

王安进了县城，就把所有小于县城的地方叫"村里"，这让王平有些愤愤不平。况且他又不是县城的领导，只不过管着一个运输公司的极少一部分车辆，每年的年底还得夹着尾巴做出孙子相带着礼品去找交警套近乎，否则你的车没出城就被罚得溜光干净。王平不听哥哥的劝告，从村上回来仍然捎回人和畜来。坐车的媳妇们都夸王平长得好看，说他宽额头，浓眉毛，眼睛有神，双耳垂珠，一准能讨个如花似玉的媳妇搂在热乎乎的炕头。王平便脸红了，只是"嘿嘿"地笑两声。

哥哥一周前出差去广州了，临走把王平托付给运输公司的一个朋友，让他好好关照弟弟，挣俏活，别跑长途，这人口口声声答应了，而过后却把最艰巨的往石家庄运土豆的任务交给了他。

"你拉这一趟下来，少说这个数。"那人挺起一只巴掌。

"五百？"王平说，"我去。"

王平想："你李淑娟没什么了不起的，不就是进了石家庄的一所大学了吗？如今我也进石家庄，我开着汽车去，我要把车开到你们学校门口，吃饺子，啃猪蹄，喝橘子汁，石家庄算个屁！"

于是王平就上路了。虽然他明白哥哥的好友在骨子里并不是给他寻方便。他自己也不稀罕多挣那几百块钱，只是那个目的地实在太诱惑人了。他到乡下收土豆时逢上了雨，误了一天的工，否则他也不会在夜里出发跑长途的。临出发前，一家个体运输汽车司机告诉他，有一段盘山公路很危险，开时要小心，不过到了驼梁就好了。

"驼梁是个什么地方？"王平问。

"驼梁就是驼梁。"人家说。

王平晚上九点左右才上路，那些装土豆的农人们磨磨蹭蹭地耽误了好长时间。装满土豆，上面又苫了一层雨布，王平便出发了。由于吃了两海碗的羊肉炖萝卜，所以一路上气顺得很，他接二连三地尽兴放屁，而却听不到屁声，因为它已经淹没在发动机的轰鸣声中了，这使他非常快乐。他上高中时可没这样随心所欲过，有一次在一堂语文课上他为了忍一个屁憋得肚子疼，老师却不厌其烦地讲着《捕蛇者说》，这使他以后一上古文课就紧张。有一个女生因为在课堂上明目张胆地放了一个响屁，羞耻得不敢再去课堂，硬是换了另一所中学。现在王平觉得走上社会的确自由得多，虽然斯文扫地，但又是何等地有种顶天立地的快意啊！所以刚一上路时他还哼唱乡俚小调，但是两个多小时平坦的道路骤然消失，他驱车胆怯地驶上盘山公路后，就不那么悠闲惬意了，因为夜越来越深，周围没有村落的灯火，如果没有明亮的车灯，他会以为自己在地狱中穿行。而就在这时他首先不该想起那个从屋檐坠地的南瓜，更不该想起李家坪的经历和李淑娟的那张白脸，这一切给他带来了厄运。

"命真大啊。"王平仍然一遍遍地这样跟自己说，一边流着眼泪和鼻涕。

车的右轮胎扭曲着脖子梗向谷底，那样子有几分恶作剧未成的败兴，仿佛在说："瞧瞧，车要是不在这个时辰坏，我就跳下去潇洒一回了！"

王平可不想去潇洒。王家峪还有他的父母，他们还等待他几年之后娶回个俊媳妇、生个胖娃娃呢。何况他刚刚踏入社会，对许多事情还是一知半解的，如果出了意外，他死时一定连眼睛都闭不上。

他抬起手腕看看表，可那不是夜光表，又没月亮，加上他哭得视线格外模糊，所以一分一秒都没看到。他这才懊悔自己没有在驾驶室的工具箱里备上手电，不过即使那里有，他也不敢上车去取的。因为他不知这车的毛病出在哪里，如果它现在跟人一样只是发一会儿癔症，会不会突然间在他登车的一瞬间又马达声声呢？如果它突然好使了，而方向盘又失灵了，也许它会带着他在刹那间投入深谷，"轰——"的一声巨响，汽车四分五裂，油箱会爆炸起火，而他则名副其实地被火葬了。想到这里，王平不再哭了，他立刻起身朝车的左侧走去，他生怕这庞然大物会突然苏醒过来，将他挟持进深渊。

深秋的夜很凉，王平穿着件蓝布上衣，里面只套了件绒衣。他浑身上下打着哆嗦。他摸了摸上衣口袋，摸到一盒火柴，只是烟盒却是瘪瘪的。不久前哥哥怂恿他吸烟，说是司机跑车时吸烟会解乏和提神，而且还能显示出男子汉的气概。哥哥送给他一条"阿诗玛"

香烟，他只抽了两支，因为他不习惯，何况那烟的名字让他产生不妙的联想，仿佛是把一张美丽的女人的脸给抽得皱巴、枯黄了。他觉得香烟的名字应该以虎、蛇、猪、马粪等等来命名才恰如其分，或者那烟的牌子干脆就叫"狗屁"，叫"阿诗玛"有多么亵渎啊。他去乡下装土豆时这盒烟本来还是鼓的，不料他跟调拨员打招呼递上香烟时，那人却毫不客气地接过烟四散给其他人，连句"借花献佛"的话也不说，俨然他是那烟的主人。然而那人却没忘了在王平上路时把烟还给他。他看也没看就塞进口袋，没想到竟是空空如也，一支也没给他剩下。王平不由骂了一声"孙子"，然后把空烟盒揉成一团扔在地上。他划根火柴，借着那点鲜亮的光看了一下手表，是午夜十二时过一刻。他对着那时间发呆的时候火光倏然消失。他又被无边无际的黑暗所包围，他所能听到的是自己的心跳，咚咚咚咚咚，很强烈，真有点像正月十五秧歌队的鼓点，他担心它会跳得爆裂。

"我不能在这里等着。"王平对自己说，"我得继续向前进，现在不会有另外的车经过这来搭救我。"

王平抬起头努力看了看了头顶的山，在山尖的极顶他见了几颗小小的星星，渺茫而黯然，但这微弱的可望而不可即的光亮毕竟给了他一丝慰藉。他低下头又看了看那辆抛锚的汽车，忽然一阵辛酸涌上心头。他想这一辈子如果就这样当个司机，常常披星戴月，饥一顿饱一顿的，不出三十岁就会成一个满脸胡楂、形容枯槁、见人就说粗话的下人了。他所有的生计都将挂在这辆车上，当车因为天长日久的颠簸而变得破烂不堪时，他也就衰老得不可收拾了。他的一生会经历多少这样的汽车深夜抛锚的情景，已经无从预想了。王平这样一想，便觉得已经被抑制下去的泪又水一样漫上心头了。

"我不能等着，这里这么黑，我得向前走，前边肯定有村落，有了村落就会有灯火。"王平激励着自己。

他开始挪动脚步，沿着盘山公路向前走。走了二百米左右的时候，他想回头看一眼他的车，可他什么也没看见，因为他已经转弯了。他在回头的一瞬心惊肉跳了一刻，而那黑暗仿佛都凝聚在他的后脑勺上了，他觉得那发麻。王平停住脚步，他划了一根火柴，这才觉得血液又畅流起来，他睁大眼睛看着那光，直到它烧疼了他的手，虚弱无力地泯灭在夜色中。

"要是有一支手电筒多好，"王平想，"有支火把就更好了。"

想到火把，王平有些开窍了，他何不找一段树桩来喷上汽油，将它当作火把朝前走呢？可是这黑乎乎的山上哪里能那么轻易找到合适的火把材料，而且还要用什么麻质之类的东西裹一下火把的端头，使之隆起，再说他也不敢贸然打开油箱，因为他觉得那车到处都潜伏着鬼怪，随时准备着作妖。而他更不想走回头路了，后面的路是如此黑暗。

王平飞快地向前走着，每当他觉得那黑暗罩得他几欲窒息时，他就划一根火柴来壮壮胆。他不知前方的路还有多长，所以他用火柴时尽量节省，想把它们用在最关键的时刻。

他又鬼使神差地想起了高考的事情。七月七日第一科考语文，当他拿着准考证进入考场时意外地发现李淑娟和他同一个考场，并且仍然与他斜对过，他随时能窥视到她的一举一动，这使他欣喜异常。不过那天李淑娟的脸色大为不妙，不是平素那种滋润的白色，而是毫无光泽的苍白色，嘴唇也显得灰白，眉头蹙着，她不时地弯下腰用手捂住肚子。王平见状不由心惊肉跳，很想问问李淑娟究竟出了什么问题，但考场的铃声响了，监考老师夹着试卷进来宣布考场纪律，而另外一名巡视的老师则过来小声俯身问李淑娟："能坚持住吗？"李淑娟只是微弱地点了点头。

"别担心，外面有急救医生。"巡视老师安慰着，并且拍了拍她的肩膀。

"谁让你随随便便地拍女学生的肩膀了！"王平心里气愤地骂了一声那个年过半百的老师，虽然他明白他的询问带着一种父爱般的关怀。

王平拿到试卷后大致浏览了一下，就满怀忧戚地悄悄看着李淑娟。她用左手捂住肚子，右手拿着钢笔，有些支撑不住的样子。她究竟得了什么病？阑尾炎？痢疾？王平不由胡思乱想起来，心中暗暗为她叫苦。

王平有个毛病，一旦犯起急来脑袋里一片空白。而他的语文成绩又是他所学科目中最差的。他尤其不喜欢写作文，觉得用很多词凑起一篇文章实在是痛苦，当他为李淑娟担心的时候，心里一紧，虽然许多题目自己已经温习过好几次，看着熟极了，可却一下想不出要领，不是问题的问题全成了问题，这使他更为慌张。他又看了一眼李淑娟，她已经埋头做题了，钢笔不停地在试卷上走动，这使他略微放下心来。既然前面的问题一时想不起来，王平决定先做作文。作文给了一段原始材料，不过三百字，让考生自由发挥，写成记叙文或者是议论文，字数不得少于一千五百字。王平觉得应该写议论文，因为记叙文有关时间、地点、人物的要素他永远糊涂。他仔细读了好几遍材料，然后写下文章题目《无题》。这是鲁迅给他的划时代的启示。因为他不会给作文起名字，记得学鲁迅的《无题》时，一个学生给老师提问题，说既然没有题目，就空着呗，怎么把"无题"两个字写上去，这不是显得鲁迅先生太没学问了吗？老师解释说，《无题》看似无题，其实是最有题的，它有很深的意蕴和思想魅力。王平当时茅塞顿开，觉得这名字确实取得妙，它会千古流传、适合一切文章的。所以他毫不犹豫地将它置于标题的位置。

王平几乎动用了他词汇中的一切词来堆砌他的文章。他一边写一边看着余下的广大的空格，觉得让学生写一千五百字实在是不人道。好在议论文界限不严密，段落的衔接用不着天衣无缝，因为想到哪儿就议论到哪儿，谁也不能说那不是议论文。仿佛一个人受了委屈发牢骚，想起来就多发一会儿，想不起来就沉默。王平写到一千字的时候已经觉得到达极限了，可他还必须搜肠刮肚地继续再写几段凑数。他想一气呵成干完它，否则一旦停下来，他将不再有重续它的兴趣和勇气。

当王平终于吃力地围歼完作文，抬起晕乎乎的头想放松几秒钟做前面的填空和问答题时，李淑娟忽然急速地起身离开座位，捂着嘴跑出考场，一名监考老师随之跟了出去。接着，寂静的走廊里传来"呕呕"的呕吐声，这使王平的心一阵一阵地抽紧，担心李淑娟会回不到考场而前功尽弃。李淑娟如果不考大学了，他考上又有什么意义呢？

王平呆呆地看着试卷，一筹莫展。时间分分秒秒地过去，他的试卷还大片荒芜着。大约十分钟以后，李淑娟又在监考老师的陪同下回到考场，其他考生连头也没抬一下，都埋头精心编织着自己的前程，独有王平的视线一直尾随着她，可李淑娟并不看他，只看自己的座位。李淑娟重新坐下后不再用手捂肚子，想必吐过后不那么难受了，她又能自如地拿起笔来答题了。王平这才微微放下心来，重新审视试题，然而因为受了意外的干扰和刺激，许多眼熟的问题仍然得不到解决，仿佛见到一位昔日朋友寒暄许久却想不起其名字，这使他格外心焦，愁得快把笔头都给咬破了，总算是在终场前回忆起一些内容，忙三迭四地涂抹上，很不情愿地在刺耳的铃声中将试卷反扣在桌子上走出考场。

当天午休时王平千方百计地打听到了李淑娟的病情。原来是胃肠受了风寒，所以上吐下泻。既然她的身体并没出现大毛病，王平也就不那么焦虑重重了。不过午后的英语考试又使王平受到影响，因为李淑娟中途又抑制不住地跑出去吐了一次，王平一急，将宾语从句与状语从句搞混淆了，而且连"苹果""面条""国会""律师"这样简单的单词也忘记了。李淑娟吐过之后回来重新答题，她的英语成绩在班级是出类拔萃的，她的发音好，老师常常让她来读范文。王平觉得李淑娟英语好是因为舌头软。白白的肤色，柔软的粉红色舌头，这是王平对李淑娟的全部向往。

虽然王平最后还是控制了自己的情绪，但是他的水平发挥还是大大打了折扣。等到第二天李淑娟病好如初后，王平在答卷时也就能气定神凝、挥洒自如了，几乎没有什么失误。然而语文和英语的不尽人意还是使他隐隐担心，但他仍然充满希望地探听到了李淑娟报考的第一志愿，他毫不犹豫地也在自己的报考志愿表的第一栏内填了那所大学。他甚至设想着进入大学后他们一起上食堂，一起在傍晚的球场上散步，一起去看电影。为此他还做了两个有关他和李淑娟的美梦，只不过梦中的他不那么彬彬有礼，屡屡对她动手动脚，有一次还碰着了她的舌头，醒来后舒服得他直恨那梦太短暂。

然而他落榜了，李淑娟却考上了。王平觉得不公平，他得让李淑娟明白他为什么名落孙山。所以父母决定不再供他上学，他学会开车后去的第一个地方就是李家坪。他明白他们之间由于地位的差异是永远不可能走到一起了，他的媳妇只能从山间峪旁种地耕锄、在田间屋舍纺织缝补的女人堆中来挑选了。但他对李淑娟的这种美丽的梦想不能埋藏在心底，他一定要向她表达。

不知不觉王平已经走了两个小时。他走出一身的热气。每当他觉得黑暗像锥子一样扎着的他心时，他就划一根火柴来松弛一下。火柴已经用了多半盒，他觉得它是他的护身符。以前父亲就说过，男人遇到事时胆子并不见得比女人大多少，现在他明白父亲说的没错。何况这又是走在仿佛永无尽头的夜中的盘山公路上呢，前不着村后不着店，连风在耳边轻抚而过的声音都觉得恐怖。王平想起李淑娟后便心潮难平，那种孤独无助的感觉更加强烈了。这时忽然传来什么鸟的一声怪叫，他吓得哆嗦了一下腿，连忙又划着一根火柴，恨不能把那光揉进眼睛里去永远存住。

王平开着车到达李家坪时正是午后斜阳泼洒的时候，打谷场上一片金黄灿烂。他的车引来许多人的目光，有一些小孩子还兴致勃勃地跟在车屁股后面跑。他将车停在李家坪的一家食杂商店前，然后下车打听李淑娟家怎么走。

"是哪一个李淑娟？"卖货的中年女人汗褂的胸襟洇着奶渍，

看起来她正在哺乳期，她说："这里有两个李淑娟。"

"是脸很白净的。"王平面红耳赤地说。

中年女人善意地一笑，"是她啊，刚考上石家庄一所大学的那个？"

王平憨直地点点头。

"沿着这条路一直往前走，看到卫生所向左拐，哪家的门楼大就是李淑娟家。"

王平站着没动。

中年女人又笑着说："她家今天为李淑娟考上大学杀猪请客，你闻到谁家有香味就进，准没错！"

王平这才谢过她回到车上。他向前开了不到五百米，就看到了卫生所歪歪斜斜的牌匾，门口扔着一些用过的药棉球和药瓶，他驶上向左的路，果然很快就看见一个高大的门楼，两扇朱红的大门关闭着，门把手是铜环的，横梁上描着龙凤。未等他敲门，先闻听到了院子里猜拳行令的声音，并且嗅到了一股肉香气，这使他的胃肠不安分了一下。他敲了几下门，见没人理会，就推门进去了。院子很大，收拾得井井有条，窗前有两棵石榴树，三个圆木桌呈三角形分布于窗前，上面摆满酒肉，三圈人已吃喝得面色油红。

王平正窘在那儿被人疑惑打量的时候，李淑娟拿着半个石榴从里屋出来了，见到王平，手抖了一下，王平朝她走去，觉得腿有些发木，李淑娟的白脸娇媚之极。

"你怎么来了？"李淑娟问。

"我想来看看你。"王平说。

"咱们有话到外面去说吧。"李淑娟说。

"淑娟，他是谁呀？"一个四十岁左右的女人问道，看样子像是她的母亲。

"是我同学，王家峪的，找我有点事。"

"王家峪？这么远的路，进来喝口水吧。"

李淑娟犹豫了一下，才将王平让进靠西的一间小屋子，屋子里有股香脂味，床上的被子是红花的，看来是李淑娟的住处。

"你没考上我知道。"李淑娟低下头说，"明年再考吧。"

"我不考了。"王平说，"我已经参加工作了，当司机了，我是开着汽车来的。"

"噢。"李淑娟说，"找我有事？"

"其实就是想看看你。"王平说，"我就差八分。你考试的第一天出去吐，把我吓坏了，要不——"

"你是说我影响了你的考试？"李淑娟尖利地叫道。

王平张口结舌地看着满面愠怒的李淑娟，然后突然说："我喜欢你的白脸，还喜欢你的舌头，我在梦里吃过它。"

"死不要脸！"李淑娟就是这时站起身劈手打了王平一个嘴巴。王平愣了一下，但他还是忍不住上前抚摸了一下她的脸颊，李淑娟疯狂地跳叫着："流氓别摸我的脸！"

"你这张脸有什么摸不得的，我偏要摸！"王平争辩着，但抚摸并没有带给他美好的感觉，他像丧家犬一样被轰出李家。王平把车开得飞快飞快的，出了村子，在一处有流水的地方，他停下车痛哭了一场，然后朝河里吐了口唾沫，说："初恋就是他妈这么个玩意儿！"

谷底的湿气在后半夜显得尤为浓重。王平已经走了三小时了，这时前面的景色看上去不那么压抑，有些开阔了，他猜测离村落已经近了，他的火柴也只剩下了几根。很奇怪，他一次次地拒绝回忆去李家坪的经历，可当他终于回忆完后，他却出奇地平静下来了。原来回忆意味着丧失和放弃，他对李淑娟的怒火业已烟消云散。他觉得轻松无比，甚至有些庆幸能独自在这漆黑的盘山公路上走一遭。

他终于望见了前方隐约的一带房屋。而且他看见了一处灯光，那灯光感动得他直哭，好像这十七年间他一直久违了灯光。他朝着那灯光走去。

村落里静悄悄的。要是谁家养着条狗该多好，狗对生人进村的吠叫声会使他觉得生机盎然。他特别想遇到意外的声音或者人影，一个过于沉寂的村子使他心怀恐惧。

王平走到那座有灯光的房子后，借着屋子里反射出来的光，看到有一个牌匾挂在门上，上写"益发小卖店"几个字。王平想自己找到救星了。他怕吓着主人，所以轻轻叩了一下门，没有反应，他又敲了几下，这时屋子里的灯光突然消失了。王平连忙继续敲了几下，他在敲门的间隙将耳朵贴在门上，忽然听到里面一阵窸窸窣窣的声音，像是什么人在摸索东西，接着他听见"嚓——"的一声金属碰着什么的脆响，有一个鼻音很重的男人吆喝道："谁？"

"我是个过路的。"王平说，"我是个司机，我的车坏在三小时以外的地方，你能不能帮帮我？"

"坏在三小时以外的地方？"那人重复了一遍，觉得万分奇怪。

"我也不知道离这儿多少里。"王平说，"反正我走了三小时的路了。"

"你这是去哪里？"里面的人又问。

"去石家庄运土豆。"

"我又不会修汽车，能帮你个什么忙。"那人嘟囔道，"外面就你一个人？"

"就一个人。"王平说，"不信你拉开门看看。"

"跑长途的都有助手，不可能一个人。"那人颇为肯定地说，"你要什么东西我倒可以给你。"

"外面太黑了。"王平恳求说，"给我个手电吧。"

那人不言语，但王平听到他离开了门口，不久，他又走回来，拉开一条门缝，将电筒扔出来，然后迅速将门关上。手电落在了王平的脚前，骨碌滚了一下。那人说："我给你新上了两节电池，电很足呢，你走吧。"

王平知道这么深的夜里陌生人来登门，村人是不大敢开门的。因为公路两侧商店遭到袭击的事屡屡出现。王平打开手电，那光芒果然炽烈，看来店主没有撒谎，电池是新上的。王平从上衣口袋里取出钱，想将手电筒钱付给人家，估计二十元足够了，可他手里没有二十元的零钱，他就把一张五十元的从门缝塞进去，"我把手电钱给你了。"

"你走吧，你修好了车，路过这里时天就亮了，到时你把它还给我就行了。"

王平答应着，还是把钱塞了进去。

他再次沿着盘山公路向回走时精神倍增。手电的光芒鲜亮而活泼，把博大的夜弄得支离破碎。王平时不时抬手照照头顶的悬崖，看那上面有没有夜栖的鸟；他还不断地朝另 侧的谷底照去，衰草在火焰里显得一片辉煌。他想那个店主真是心眼好，把这么一个美丽异常的东西给了他。他现在已经不怕前方的路了，他开始想念自己的那台车，想念那车上满载着的土豆，想念开着它在山岭间穿行的那种风光和逍遥。他很想修好车到达石家庄后去吃一大海碗水饺，当然不会再想到李淑娟所在的大学门口去吃，石家庄可吃饭的地方有的是呢。何况石家庄再大，也抵不上他跑车经过的荒无人烟的地方大。

王平满怀信心地走到他的车的抛锚地时天已破晓。他很吃惊地发现他的车后停着另外一辆车，也是运输车。他的车门敞开着，发动机轰轰响起来，有一个中年男人正在为他倒车，慢慢地将车从悬崖边倒到正路上。之后他拍拍手跳下车笑着对王平说："我把你的车修好了，你的命可真大，这车坏得是时候，再过一秒钟，就会滑下去了。"

王平羞愧而感激地问："你怎会想到帮我修车？"

"我见前面停着车，知道是坏了，想下车问问用不用帮忙。可是转来转去也没看见个人，进了驾驶室，我检查了一会儿，发现毛病并不大，肯定开车的是个新手，我就帮你先修上了。"那人生着一脸络腮胡子，红脸膛，一双眼分得很开，他在说话时从口袋里摸出一盒烟，甩给王平一颗，自己也点着一颗，他贪婪地吸了口烟，问："你今年多大了？"

"十七。"王平说。

"十七就一个人敢跑夜路？"那人说，"还是在这盘山道上？"

"我考大学落榜了。"王平说。

"噢——"那人看着王平说，"上大学也不见得就好，怎么都是个活。我就爱开车，让我去念书会难死我。要是跑上几天长途回去，老婆伺候你一顿热汤热水，晚上又给捶捶背，那日子没得说。城里的男人有这好享受吗？"

"就是。"王平附和着，狠狠地吸了一口烟。

"我叫李德。"那人说，"将来再碰见，咱们就是朋友了，再向前开，到了一个村子，盘山公路就到头了。"

"我刚从那里走回来。"王平晃了晃手中的电筒，"看，一家小卖店的店主给我的，电可足呢。"

"你是去找人来帮你修车？"

"我也不知道。反正那时我害怕停在这里，夜那么黑，我想去找个亮来，结果找了三个小时。"

李德哈哈笑起来，王平不由脸红了。他抽着烟，觉得那烟仿佛汲取了日月的精华，分外撩人。

"咱们到驼梁吃点早饭吧。"李德说。

"驼梁在哪？"王平问。

"就是你去找手电的那个村子呀。"

"那就是驼梁呀！"王平惊叫道。

他们到达驼梁时太阳已经把村子的屋顶照得一片明朗。牲畜在土路上闲散地走来走去，场院里的玉米串像彗星一样闪闪发光。王平快接近那家小卖店的时候，忽然看见一个穿着肥裤子的瘦高男人站在路中央摆手拦车，王平停下车，他手里拿着一张五十元钱走过来，问王平："你在夜里来过驼梁吗？"

"谢谢你的手电。"王平点点头，说，"电可真足。"

"你走后我才发现你真给塞了钱，还塞了这么多，这怎么行。那是个旧电棒，连十元钱也不值。"店主的眉头一阵舒展，"我都等你两个钟点了，把这钱还给你吧，那个旧电棒你要用得着就拿上。当时不是我不想给你开门，我一家老小，还开着个店，要是万一遇到坏人，我可经受不起啊。"

李德也停车走了过来，店主一看见他就热情地上前打招呼："你这是去石家庄啊？都半个来月没见你了。"

"啊，运一车大萝卜。"李德说，"给我们俩弄点儿吃的。"

王平连忙对店主说："电筒我留着用，这钱你拿着，当作我们的饭钱。"

"这还说得过去。"店主把钱放回口袋说，"我按五十元给你们做饭。坛子里有腌肉，再让俺女人给煮几个咸鸭蛋，烙上几张葱花油饼。余下的钱就给你们点叶子烟。"

李德、王平和店主来到了小卖店。里面的确是老老少少的一大家人。老婆婆坐在地上摆弄新收的花椒，一个中年女人在锅前淘米。另外两个男孩在炕上厮打，而一个七八岁的小女孩笑嘻嘻地倚着门框看着王平。

王平问她："你叫啥？"

"彩云。"她说，"我家前面的山坡上还有花开着呢，我领你采花去。你把它插在车上。"

王平跟随彩云来到山坡上，果然看到有一些野花还在深秋中盛开着。那花朵呈穗状，银粉色。无数青白的椭圆的石头裸露在山岭间。

彩云说："你别坐石头，有时候蛇会在上面睡觉，你别弄醒了它们。"

王平问："这里蛇多吗？"

"多。"彩云说，"花和蛇都多，不过你不伤着蛇，蛇就不咬你。"

王平不由探询地将目光放在一块石头上，他惊奇地发现那上面果然卧着一条蛇，它的颜色与石头极其吻合。它盘得姿态优雅，阳光照着它，使它的皮泛出一股极有质地的光泽。它那无比安闲的样子给人一种懒洋洋的感觉，仿佛怀了孕一般。

1997 年

岭上的风

闹钟在叫晨上比公鸡要可靠得多。公鸡叫晨的时间在四季当中并不一致，春夏随着太阳的早起而提前，秋冬则因为黑暗的漫长而拖后。而且，公鸡也有情绪反常的时候，它有时在夜半就振振有词地啼鸣，而有时日上中天了才懒散地咿呀上一两声。闹钟却是只顶呱呱的准确无误的铁公鸡，凌晨四点整，严书礼就被颤颤巍巍响铃的它给叫醒了。

屋子里因为挡着窗帘还是灰突突的。严书礼哈欠连天穿衣服的时候觉得胳膊仿佛被只干透了的玉米棒给戳了一下，那是妻子向他伸来的粗糙的手，"还是我去吧，你又不知道怎么干。"

严书礼拿掉妻子的手，将套头的薄绒衣穿好，说："要是连打扫卫生都不会了，我就白活了。"

"钥匙在窗台上。三个大钥匙是三个校长室的，中型号的钥匙是开教务处和办公室的。那个最小的钥匙是开工具间的，笤帚、拖把和桶都在里面。"

"我知道了。"严书礼俯下身低声对妻子说,"你好好歇着,等我回来后再做早饭。"

"你上午不是还有课吗?"

"那也来得及。"严书礼下床穿好鞋后直奔窗台,抓了一把沉甸甸的钥匙就出家门了。

外面和屋里是大不一样的。首先是空气,关闭门窗闷睡了一夜的空气比大葱沤烂了的气味还不如,这是只有猝然间呼吸到户外的新鲜空气才能对照出来的。再说景致,屋子里因为陈年累月的旧家具和杂物的笼罩,在稀薄的黎明中永远显现出凋零和破败的气象,而户外却因为一切景色都坦然与天色接吻着而呈现出一种生机。

严书礼静静地通过一段篱笆小路走向校园。办公楼、教学楼和两幢宿舍楼呈"凸"形环绕着宽阔的操场,两对篮球架在光秃秃的操场上像是两对中世纪徒手决斗的勇士,高傲而勇敢地拉开了阵势;几行白杨树的叶子已经隐隐透出秋意,小风掠过时会发出哗啦哗啦的一阵碎乱了的脆响,说明树叶正在无可奈何地失去水分。还没有晨练的学生,太阳仍在岭上的山垭间徘徊,不过已经有几缕微粉的早霞现出日出的迹象了。

严书礼极少这么早起床,他通常是迟睡晏起。妻子贺金玲是学校的勤杂工,每月不过三百元的工资,可却比所有人都来得辛苦。严书礼上大学时乡下的父母就为他订下了亲事,所以大学四年他对班上的女生一律采取冷眼旁观的态度,一副道貌岸然的谦谦君子的风度,其实内心里对闹自由恋爱的同窗妒羡不已,尤其是看到月夜下他们成双成对呢喃于花树下,他竟觉得上帝给他的命运作了巨大的孽,内心疼痛不已。他在大学里学中文专业,学业一向优异,只是因为终日苍白着脸不苟言笑，使他丧失了许多同学友谊。那时他每隔半个月就会收到一封贺金玲的来信，只有小学文化的她用磕磕绊绊的字向他报道家里的消息，无非是老人们的身体如何硬朗呀，猪娃们吃食吃得欢，大白菜快卷心了，甚至哪一只鸡生蛋生得勤了她也欣喜地报告给他。贺金玲的信就像一只嗡嗡叫着的蜜蜂，带给他生气又给予他烦躁，真仿佛是一个士兵听到胜利捷报传来时的复杂心情，渴望着胜利，而又对下一次战役能否幸存而心生恐惧。严书礼在大学将要毕业的那一年曾经得到了徐静对他的情谊，可惜他因为父母已然为他安排好婚事而辜负了徐静的一片痴心，多年以来一直成为严书礼在独处时隐隐作痛的一块心病。

贺金玲感冒高烧已经有两天了，但她仍然支撑着虚弱的病体起早去打扫卫生。严书礼对这种生活已经习以为常了，每天早晨妻子都悄悄起床离开他，揣上一大串沉甸甸的钥匙去打扫卫生。若是逢了冬季，她四五点钟出去时外面还有星星。严书礼醒来后会发现妻子为他打好了洗脸水，热气腾腾的早饭已经备好，他一边洗脸一边听着妻子对吃早饭的儿子唠叨不休，然后为他背好书包送他出家门。她在门口每天嘱咐儿子的话永远是那么几句："贴着右边走路，看着点车呀，别和同学打架。"已经上了初一的儿子对母亲的这一套经典性的关心也已司空见惯，所以只是有一搭没一搭地含混应着，人却像马驹一样撒着欢奔跑着去学校了。

贺金玲年轻时结实得像头母牛，能吃能睡，干起活来总有使不完的劲。她并不漂亮，但因为满身洋溢着青春的自然气息，而百般惹人疼爱。严书礼大学毕业后被分到这所北方的偏僻的师范院校，他做的第一件事就是回乡下与贺金玲完婚。他们在八月里结婚，洞房花烛夜严书礼第一次搂着妻子光滑而结实的身体时觉得幸福像枚铜钱"当啷"一声由他的屋檐落到青砖地上了，那种巨大的快感使他觉得婚姻的前途一派光明。婚后妻子与他一同来到这里工作，学校为了照顾教员家属，让贺金玲当了勤杂工。他们不久有了孩子，日子过得平和而安静。只是由于多年操劳，贺金玲的身体大不如从前，任何一场寒风都会使她小病一场，才过四十岁的人，头上的白丝却屡屡亮出，皮肤也变得松弛粗糙，再加上几乎没有社交活动，她见人时总是垂头而过，从不打招呼，昔日那活泼的眼神早已逝若云烟。贺金玲在婚后的头几年极爱干净，家里总是一尘不染，小孩子不洗脚她绝不抱他上床，而最近几年却有些邋遢，而且常常丢三落四。有一段学校停电检修电路，家家都发给一包蜡，贺金玲拿着蜡回家就去仓房舀米做饭，便将蜡忘在米缸里，当夜需要烛光时却急得抓耳挠腮，无论如何也想不起蜡的去处，委屈得在黑暗中哆哆嗦嗦地哭了起来，严书礼劝了好久她才算安宁下来。第二天早晨严书礼正在刷牙，妻子一手端着米盆一手抓着那包蜡，对他说："原来忘在米缸里了。"说完，脸上现出凄楚的笑容。

贺金玲在前两天高烧时说的一些胡话尤其令严书礼心酸。她说："我扫不动了，不扫了，替替我吧，帮我打桶水吧，我扫不动了，不扫了。"严书礼因此下定决心要早起替妻子几天，等待她病好如初再出来。

严书礼想着一些伤感的往事来到教学楼。打更的老头刚刚把大门打开，见到严书礼，便说："替媳妇来了？"

严书礼点点头，有些不自然地说："啊，我也得锻炼锻炼。"

"你们知识分子就是磨不开面子，打扫卫生又没什么丢人的，谁愿意见天活在屎窝尿窝里？你前两天就该来替你媳妇，她提着桶水在擦楼道时我见她脸色发灰，满脑门的汗，像是要虚脱的样子，我过去帮她，她说什么也不干，真是刚强啊。"

"啊，她总是这么好强，又不愿意麻烦别人，谢谢了。"严书礼说着走向工具间，将妻子叮嘱的那个最小的钥匙提出来塞进锁屁股里，随着"咔嚓"一声的响起，锁和颜悦色地向严书礼敞开了心扉。严书礼打开门，换上蓝布工作服，提着桶、拖把和笤帚上了三楼。

楼道里还十分昏暗，他打开走廊的灯。他先到卫生间打了一桶水，然后用拖把擦走廊。活虽然简单，但由于他平素是个甩手掌柜的，所以拖了一会儿就觉得力不从心。不是拖把拧得不够干净，就是在转身擦时将已擦好的地方又弄上了泥脚印。擦了不过二十几米，一桶水就只剩下混浆浆的底了。严书礼连忙又去卫生间涮了桶，再提桶清水出来。

贺金玲的任务就是擦遍这座三层办公楼的所有走廊和楼梯，然后再把教务处和三个校长室的地也清洗一遍。至于其他教研室则由内部人自行清扫。这使严书礼有些愤愤不平。校长室由人清扫倒情有可原，领导嘛，总要特殊化一些，可教务处的人不过是安排安排教师课程运作情况的，他们凭什么要享受与众不同的待遇？然而任何规定一旦付诸实践后就成了天经地义的真理，没人敢去推翻它。带着这种不平，严书礼在打扫教务处时就只是潦草地走一遍形式，甚至连废纸篓也故意给疏忽掉。而且在关上教务处的门时重重摔了一下，以泄弥漫已久的一股怨气。事后他又觉得自己的这个举动不像知识分子的行为，猥琐卑微，便在内心暗骂了自己一声。

打扫完两个校长室的房间后严书礼便打开了王乾义的门。王乾义是主抓业务的副校长，北大毕业的高才生，对古典文学颇有研究，虽然年过五十，但那股儒雅斯文的风度却丝毫不减，仍然能赢得许多年轻女教师的目光。严书礼注意到每次召开教工大会时，女教师都个个打扮起来，其他校长讲话时她们叽叽喳喳小声说话，充耳不闻，而一旦王乾义讲话了，她们就缄口不言出神地望着他，使严书礼觉得娶这样的人当老婆真是让人气馁，便反过来觉得自己的妻子才是真正的宝贝。王乾义主抓教学很有一套，常常出其不意地溜入课堂听课，使绝大多数老师在备课上马虎不得。而且，他在对待教师上唯才是用，一视同仁，赢得了臭老九们心里一致的赞叹。

严书礼与王乾义谈话时曾进过他的办公室，总数不超过五次。王乾义的办公室布置得整洁大方而富有格调，让人觉出主人气质的与众不同。办公桌上摆了一盆青翠的文竹，电话机旁兀立着一个别致的温度计，大理石的笔筒里塞满了各种型号的毛笔，他的行书潇洒不羁，独具风韵。墙壁上挂一个印第安人头像的木雕和一本山水挂历，银灰的书柜的侧端则挂着个褐色竹编工艺品。就连门后的垃圾筐里的废纸也不是团得紧邦邦的个个像雪球，而是斜斜地一沓沓地顺向纸篓，看得出主人平和而闲适的心境。严书礼用抹布仔细擦了窗台、书桌和书柜上的浮灰，然后又将地板拖得油光可鉴。太阳已经出来了，初来的阳光透过明亮的玻璃窗薄薄地弥漫在北墙上，泛出奶白色的光晕。严书礼多想坐一坐校长的黑皮高背椅，可他又觉得这太阿Q了，所以就心怀惆怅地提着纸篓出来，打算倒掉废纸后锁上王乾义的门。当他提着纸篓欲把废纸倒向楼道的垃圾通道时，却对那些斜斜地插在里面的废纸产生了兴趣。严书礼不由抽出一沓纸，里面还夹杂着几个废信封。那沓纸是教育部门下达的一份已经传达过了的油印文件，是关于在全校开展学先进人物的通知。信封大都是瘪的，但有一个却极富内容地鼓胀着。严书礼一看信皮，上面写着"王乾义校长亲启"几个字，觉得那笔体分外眼熟，可一时又吃不准是谁的。信封未封口，他做贼般脸红心跳地将手探向信囊，这一触竟将他吓出一身冷汗来，因为他摸出一沓面值百元的纸币，数了数，刚好是一千元。严书礼拿钱的手就有些哆哆嗦嗦了，仿佛谁给了他一把枪威胁他去杀某个人。他将信封口袋撑开，想看一看里面还有什么，结果他又摸出一页纸来，上面写着：

王乾义校长：

　　听说您老母亲生病了，本想直接到家中探望她老人家，又恐不便打扰了您，所以将这一千元钱放在您的桌子上，请您务必收下，聊表寸心。

李有言敬上

李有言和严书礼同是中文系的讲师。严书礼讲授中国现代文学，而李有言讲授逻辑学。李有言平素不苟言笑，穿着打扮在中文系是最讲究的，因为他妻子在校园的北角开了一爿食杂店，经济上比较宽裕。李有言讲课常常会闹出一些笑话，这使得中文系的老师对他充满同情，也为他的才疏学浅而摇头叹息。比如他有一次在课堂上这样讲授逻辑归纳的过程：你有一个母亲，我也有一个母亲，他也有一个母亲。结论就是：我们都有一个共同的母亲。结果可想而知，课堂里哄声四起，有些女同学笑得扭歪了椅子。还有一次他讲概念的内涵和外延的关系，在黑板上画了两个圆，将圆切割成好几块，可却又忘了那内涵的内容都是些什么，于是就回到讲桌上讪讪地看教科书和教案，而由于心急一时找不到目标，便索性擦掉那两个丰腴得像唐代美女的圆，自嘲地说："这个今天先不讲了。"别的老师一堂课下来会有一种轻松感，而李有言却总是红头涨脑地出来，额头和脖颈汗涔涔的，像只斗败了的公鸡，让人觉得当教师于他是一种不人道的行为。李有言也受过四年正规的大学训练，可脑子就是不灵活，言语木讷。严书礼一直觉得中文系有两个人最为不幸：自己和李有言。自己的不幸在于生活上的清贫，而李有言的清贫则显示在学业上。幸而这两种清贫没有碰到一个人身上，使他们互相之间还有同情、羡慕和玩味的心情。

严书礼将信和钱又送回信囊里，他想李有言送钱的动机一定出于职称的考虑。中文系给了两个可以评副教授的指标，而等待由讲师晋升上去的人就有五人，可谓僧多粥少。送礼一向是为正直的知识分子所不齿的行为，这使严书礼觉得李有言内心的紧张和龌龊。可是这钱怎么丢进了废纸篓？一定是王乾义没有注意到它，而将它当成无用之物混杂到其他废纸中扔掉了。严书礼一时愁眉不展，是将这信口袋放回办公桌呢，还是干脆不倒掉这个纸篓？左思右想觉得这两点都不妥，放回办公桌意味着他已察觉到领导的隐私，如果一个人不是惯于敲诈的恶棍，是绝对不会让这种尴尬出现在人际交往中的。而如果不倒掉纸篓，王乾义也许会因为自己妻子的失职开除她，而自己又有口难言。想来想去，万全之策是先把纸篓倒掉，然后将钱放到自己身上，静观事态发展再做决断。

因为这种意外事故的发生，使得严书礼在打扫卫生时更加心不在焉。待他心事重重总算将该做的活弄利索后，整个人就有一种要

141

虚脱的感觉，这是身心的双重疲惫。他将笤帚、拖把和桶一一放回工具间，锁上门，揣上那一大把沉甸甸的钥匙回家。

太阳升得高了，凌晨时那种蒙昧的寂静已经被打破。一些学生在操场上晨练，风无所事事地往来吹拂，更加深了严书礼内心的恐惧和不安。

贺金玲已经做好了早饭，见到严书礼先问一句："累了吧？明天就不要去了。"然后赶紧端来洗脸水，并且把牙膏挤在牙刷上。严书礼因为烦躁而不由得数落妻子："告诉过你不要给我挤牙膏，你又给挤，你又不知我用多长的牙膏。"

贺金玲的脸色便灰暗了，看着被挤在刷毛上的牙膏现出格外伤心的神色。晨光将她满面的衰老逼真地再现在严书礼面前，她那病容惨淡的样子让人觉出岁月的荒诞和生活的冷酷。洞房花烛夜所聆听到的那种清脆而巨大的幸福之声如潮汐一般退出了，严书礼不由得对妻子顿生怜悯之情。他洗过脸，刷完牙，温和地说："你好好养几天，我替你也是个锻炼。"

"我都退烧了。"贺金玲以一种罪人的口吻说，"今天都不该让你去的，你是站讲台的，让学生们看见成什么话。"

"劳动又不可耻。"严书礼说，"我愿意替你。"

"你有这个心意我就知足了。"贺金玲的嘴角终于浮出一缕苦涩的笑容。

严书礼心情复杂地喝着粥，儿子已经上学去了，如果他和妻子不说话，就会感觉到非同寻常的寂静。两口子过日子大约都是这样，几十年过下来，连说话的念头也寡淡了，仿佛一切缘分都已涣然冰释了。贺金玲发现丈夫有一绺头发未梳整齐，便凑过来用手指朝凌乱之处捋了一下，她在抬胳膊的时候严书礼闻到了一股致命的馊味，那是由于她长久未洗澡，而近几日高烧喝姜汤发汗所沤出的气味。严书礼皱了一下眉，放下筷子，说："今天是礼拜二，教工浴池的女池上午开放，你去洗个澡吧。"

贺金玲落寞地收回手，乏力地垂下来，呆呆地看着饭桌角落着的一只苍蝇，凄凉地点点头。

S师范院校是一所地区性的师范专科学校。它建在连绵不绝的山岭之间，自然环境很好，只是进城不太方便，骑自行车也要用半小时的时间。学院大部分教师都住在校园旁的十几幢红砖平房里，家家都有一个小院子。勤快而讲究实惠的人家可以养鸡、猪、鹅，有雅兴的人家则可开一小块花圃，养上一只猫或狗。每逢早春和初夏的黎明，教学楼背后的那一带碧绿的大草甸子上会飘来一阵阵白雾，给人一种如临仙境的逍遥感。那带草甸子上有一条水，没有名字，深夜时悄悄恋爱的同学会跑到那里幽会。严书礼有晚饭后散步的习惯，但绝对不涉足学生们那块儿女情长的净土，他会心痛的；他便去教学楼东侧的山岭间徘徊。那里行人极少，一些菜农在岭间的平地上搭起帐篷开荒种菜。

严书礼被山岭的晚风吹去了大半的烦躁。一个人走在大自然当中是多么惬意。跨过一条土黄色的公路，再接着跨过铁路线，沿着一条蜿蜒的小路可以一直走到一片樟子松林中。严书礼喜欢樟子松树干的颜色，那种红色总带给他一股抗拒平庸生活的激情和力量。尤其到了这样的秋日，夕照总是无与伦比的浓烈，置身樟子松林中，你会感觉那树身像红烛一样透彻地燃烧着。风吹得树梢发出响声，脚下的草多半枯萎了，两侧农人的菜地大都已经罢园。严书礼喜欢樟子松不止于它那羽衣亮丽的树身，还喜欢它那永不凋零的油绿的针叶。到了冬天，雪来了的时候，所有的树都变得光秃秃的，呈现出无可奈何的单调和寂寥气象，而只有这片樟子松林，仍然是一片浓绿。这种经久不衰的绿在冰雪之上不屈不挠创造了树叶不凋的奇迹。

严书礼踱到樟子松林中的时候夕阳已经沉沦了。他静静地看着那晚霞由浓渐淡地消逝。暮色沉重得让人明白长长的黑夜将是不可抗拒的，他为能平安度过一个白天而感到欣慰。李有言仍然西装革履、面目迟钝地去讲他的逻辑学，而下午他在楼道碰见王乾义时并没有发现什么异常，他冲严书礼礼貌地点头擦身而过，尽管他自己当时紧张得心跳加剧。

一切正常就好。可那一千元如何处置？既不能还给李有言又不能奉送给王乾义，如果他们双方永远都不察觉此事，那么就是他的幸运。可是万一此事败露呢？人家会怀疑他要贪污这一千元钱，他这一身的清贫和傲骨岂不为此而遭到了践踏？事情朝坏处一想，严书礼就觉得身上发凉，而天的的确确也凉了。严书礼多想找一个人来倾诉自己的烦闷，每当这种时候他就无限嫉妒那些妻子也是知识人士的男人。知识分子夫妻之间的争吵也充满了智慧和哲学意味，因为那是建立在平等意义上的争吵。而他和妻子则不一样，他只要和她拌了几句嘴，便老是心生愧疚，这是一种居高临下的怜悯。而夫妻间只要有怜悯存在，就永远达不到心灵上的真正沟通。别人有了心事可以跟妻子说，而他则只能埋藏在心里。因为妻子听到这样的事后会比他更加恐惧，不但求不到安慰，反而会雪上加霜。严书礼不由想到了同窗的徐静，她并不漂亮，但白皙、文静，对二三十年代诗人诗作的研究有独到造诣，严书礼的儿子三岁时他曾收到过她的一封信，告知她已结婚，丈夫是环保局的一位干部。严书礼没敢把信往家里拿，偷偷地锁在办公桌的底层抽屉里，斟酌再三回复了徐静一封信。后来每年的新年徐静都寄来一帧精美的贺卡，严书礼依然把它们打发到抽屉里锁好。他有时很想让徐静寄张照片来，看看她现在的样子，头发剪了吗，面目青春不青春，可他又觉得这愿望一旦实现后会更加深他的痛苦，便死死地摁住这股不断向上翻腾的柔情。严书礼假设自己娶了徐静，两个人都去教书，下班回来会有说不完的话，他遇到困难她会善解人意地为他分忧。可生活永远都是：当你在憧憬的时候，你已经与它失之交臂。

严书礼思绪纷乱地回到家里。贺金玲已经安顿好孩子睡下了。严书礼看了会儿书，就觉得头昏脑涨，便洗漱上床歇息。贺金玲偎在被窝里还没睡着，严书礼关掉灯后在黑暗中闻到了一股撩人的体香味，贺金玲已经洗过了澡，以一种脱胎换骨的面貌出现在他面前。捺不住这种诱惑，严书礼将这个女人紧紧地抱在怀里，发泄着自己的苦闷、惊恐、思虑和爱恋，觉得久违的幸福又跌跌撞撞、丝丝缕缕地回到了心头。

贺金玲终于病好如初。她用不着闹钟为她叫晨，每天凌晨四时许，她就准时醒了。她轻轻地穿衣下床，然后从窗台抓起那一大把钥匙走出家门。严书礼每每都是也跟着醒一下，待妻子出门后又合上眼沉沉睡去。

令严书礼不安的事情终于发生了。

这天上午他刚刚上完课，正朝教学楼走去，忽然在操场上碰到了王乾义。以往他们只是彼此点个头各行其路，而这次校长却和他打了招呼："严老师，你能帮助妻子打扫卫生，真不简单。"

"她那两天高烧，我不得不帮帮她。"严书礼忐忑不安地说，"王校长怎么知道这事？"

"这还用人告诉吗？"王乾义笑笑说，"你妻子打扫我房间时从来不会忘记擦椅子，而那天早晨我来时椅子上一层浮灰，地板却擦得很亮，便知道是你替了她。"

严书礼目瞪口呆地望着校长，冷汗一阵阵沁出来。校长连椅子上的浮灰都这么重视，那纸篓中的一千元钱绝不会无缘无故丢掉。校长是否在试探他的诚心？捡到钱是否能及时送回？可是，如果真把钱还给校长，他和别人会怎么想自己？他竟然对校长的废纸篓感兴趣，将手伸向别人不屑的地方，这有多么卑琐和肮脏，这哪里是一个知识分子的行为？他有窥视癖，心理不健全，如何还能为人师表？假如那天他不来替妻子就好了，贺金玲会"哗啦"一下将纸篓中的东西毫不留情地统统送入垃圾通道，也就不会有后顾之忧。可事情偏偏这么凑巧，他打扫了校长室，而且看到了那个装钱的信封。

严书礼垂头丧气地回到家，脸色铁青，连饭都懒得碰，贺金玲知趣地待在屋子里补一件旧衣裳，连头都不敢抬一下。直到傍晚，他又独自在夕照中的樟子松林中走了一番，心情才稍稍好转。因为他反过来一想，谁能知道他发现了一千元的秘密呢？只要他不说，这事死无对证。于是他又嘲笑自己少不更事，庸人自扰，成不了大器。

然而他仍然有些提心吊胆，惶惶不可终日，这使他觉得钱是这世上最害人的东西。有一天上午严书礼去上课，才进教室，刚刚与同学相互道过好，王乾义提着把红色折叠椅子就进来了。他只是冲严书礼点了一下头，就径直走向课桌的最后一排，将椅子安顿好，等待严书礼讲课。他这种突然袭击的听课方式几乎每个教师都遭遇过，不足为奇，可严书礼还是把这事与那一千元钱联系起来了。王乾义是否是来找他的麻烦？如果自己讲课中出现一丝纰漏，他会顺理成章地制裁他一下，这样的报复方式岂不是更毒辣？

王乾义听课从来不带笔记本，不做任何记录，而且不像有些人听课只听半堂，他要将满堂的课一秒不差地听下来。严书礼那天刚好讲授"鲁迅"一章的下半部分，他按照早已准备好的教案沉静地讲下去，最后不知不觉竟越出了文学史的范围，将周作人给扯了进来，谈了一大堆对周作人艺术造诣之深的见解，把自己平素读书的一些想法和盘托出了。待到课快要结束的时候，他才醒悟到自己有些离题了，就是悬崖勒马也来不及了。严书礼课后吓出一身冷汗，当天晚上连散步的心情都没有了，躺在床上虚弱得连水都不想喝，不知不觉脑门的热度就上来了，他只觉得一股无名之火煎熬得他口干舌燥、眼花耳鸣。当夜他便病倒了，第二天早晨贺金玲到中文系为他请了假。

妻子为他请假回来后连忙将那件杏黄色薄呢上衣脱下来，抖了抖放入衣柜里挂好。这是她最舍不得穿的一件好衣服。为严书礼请假，要见中文系的主任，贺金玲怕自己衣冠不整给丈夫丢脸，所以就换上了它，这使严书礼有些心酸。妻子为他煮了粥，还一个劲儿悄声埋怨自己不检点，那天不该和他亲热，把病传染给他了，严书礼便觉得心里又苦涩又甜蜜。妻子接着絮叨说早晨她打扫卫生时发现了个怪事，李有言的妻子蹲在楼底的垃圾管道口前用根挺长的粗铁丝正在往外钩东西，将废纸弄得四处飞扬。问她在找什么，她说在找一个信口袋，问贺金玲见没见。贺金玲便说经她手扔掉的信口袋不计其数了，怎么能记得，便问信口袋里有什么要紧东西。她便说是李有言的妹妹从老家来信时附上了一个治胃病的中药偏方，她在找这个东西。

"你说他们也真粗心，有用的东西也随手扔掉，过后又生出这么多的麻烦。"贺金玲说。

严书礼听后眼前金星四溅，耳鸣也更加强烈了。糟糕的事情终于发生了，校长一定告诉李有言他不慎将一千元钱误当垃圾扔掉了，如果他们能找到，他将幸免于难，可是谁能把这个信封神不知鬼不觉地放到垃圾管道里呢？他们找了一次未见失物，还会找第二次吗？

那一夜严书礼高烧了一夜，说了无数胡话，第二天清晨才稍稍好转。贺金玲打扫完卫生回来后，严书礼便有气无力问她李有言的爱人是否又去找东西了，贺金玲摇摇头，说今天早晨环保局的垃圾车把一个多星期以来的垃圾全部清理走了，就是找也找不回来了。严书礼不知这消息对他来讲是喜是忧。到了下午，中文系主任和副主任提着四瓶水果罐头来家探望，贺金玲连忙烧水沏茶。主任告诉他在家安心养病，课已经找人代了，并且递给他一封信。一看信皮，严书礼便认出了徐静的笔体，便装作若无其事把信放到一边，但是与同事说话时却因为心急看信而缺乏热情。好在领导把这看成是他病体不支，便早早告辞了。严书礼趁着妻子打扫厨房的时候迅速拆开了那封信。徐静先是叙述了一下她的近况，然后告知她十一月要来北方的一座城市参加一个学术研讨会，以探询的口吻问严书礼可否能抽空也去那座城市会上一面。

严书礼放下信便浮想联翩，十一月份他还有课，校方不可能给他假让他出去，又没有什么恰当的理由说服领导，看来见徐静是无望的了。如果两个人真的在一座城市见了面，又会怎样呢？他们已各有家庭，如何能旧梦重温呢？严书礼这样一想便为不能践约而心安理得了。不过徐静的信仍然使他心头一振，一股暖流在周身洋溢，傍晚起来吃饭时颇有食欲了。

晚饭一过，严书礼打算出去走走，还未出门，就从窗户觑见王乾义独自登门造访了。王乾义是第二次踏进他的家门，第一次是他结婚时，已经过去许多年了。

"王校长，快请进。"贺金玲殷勤地打着招呼，由于没有料到贵客登门而有些慌乱。

"严老师好些了吗？"王乾义问。

"今天好多了，我看过两天就能上班了。"贺金玲说，"你看你还亲自来了，真不好意思。"

严书礼连忙蹬掉鞋子躺到床上，一时竟有些心慌气短。王乾义进来时他做出要挣扎着爬起的姿势，王乾义连忙摆摆手示意他不要起来。

贺金玲很快送来了热茶，然后转身出去了。她对待严书礼的一切客人都是这种回避态度，只是适时再进来续续茶。她怕在场会妨碍人家谈话，自己的短见识又插不上一句话，落得两方尴尬。

王乾义问过严书礼的病情，然后就谈到了一些学术问题。王乾义说严书礼的那堂课讲得很生动，不拘泥于教材，一个好教师就应该有独到见解，要相信学生是能分辨是非良莠的。这番话感动得严书礼有些想哭，仿佛一个受了委屈的孩子得到了母亲的关照。

"其实我应该再系统研究一下周作人的作品，然后郑重写在讲义上的。"严书礼检讨说。

"教师能即兴发挥阐述独到见解，说明这种知识的积累过程已经有了。何必拘泥于形式呢？"王乾义笑了笑转换话题说，"你们夫妻二人换着病还可以，可别同时病倒啊。"

"那怎么会。"严书礼说，"再过两天我就能上班了。"

"这就好，知识分子缺乏锻炼，营养再跟不上，很容易出问题的。"

"王校长——"严书礼觉得不把话说明白了他会永无宁日，"我那天打扫您房间——"他吞吞吐吐地说，"倒垃圾时不小心把纸篓弄撒了——"严书礼为这个谎言而红了脸，"我看到了信口袋里的一千元钱和信。"

王乾义轻轻"哦"了一声，等着严书礼说下文。

严书礼的脸更红了，他气喘吁吁地说："本来想把钱放在您桌子上，又怕——"

王乾义摆摆手，说："你把它怎么处理了？"

"我怕您会找，所以先把它收起来了。"

"凡是我扔进废纸篓里的东西，都是不需要的东西。"王乾义说，"我痛恨知识分子也搞这种把戏，所以把它扔掉了。我也通知了这钱的主人，告诉他如果还想把钱拿回去，就去垃圾箱里找，因为这一千元钱很适合去那个地方。"

"我明白了。"严书礼哽咽地说，"我担惊受怕了这么多天，又不能跟家里人说，憋得我——真没想到您……"他很想说出"高尚"

一词，可又觉得在这种场合用它有恭维之嫌，就咽回了这个清白的词，眼泪扑簌簌地落了下来。

送走了王乾义，天已经要黑了，严书礼觉得心里从未有过的畅快，他将那一千元揣在口袋里，缓缓地走向教学楼，将它投入垃圾通道，然后长吁一口气轻轻松松地出去散步。

岭上的风吹得遍地的落叶唰唰地响，严书礼朝那片樟子松林走去的时候，蓦然想起了妻子几乎从来没有跟他出来散过步，她每天待在家里操持家务。今天晚上严书礼是多么想拉着她的手一同走在秋风呼啸的岭上啊。想到这儿，严书礼便回转身朝家走去。贺金玲正在院子里打扫鸡粪，见了严书礼，直起腰说："这么快就转回来了？"

"我想让你跟我一起到岭上走走。"严书礼有些羞怯地说，"一个人走没意思。"

贺金玲放下笤帚拍拍衣襟上的灰，说："那我进去换件衣裳。"

"不用，就这样挺好。"

严书礼将妻子带到了那片他时常光顾的樟子松林，淡白的月光照着树身，泛出暖洋洋的柠檬色。贺金玲吃惊离学校不远的地方竟有这么一片美丽的树，严书礼不由上前拥住妻子，低下头动情地吻着她。贺金玲躲躲闪闪地用温柔到极点的声音说："都让人看见了——"

"这里没人——"

"可是月亮看见了……"

"月亮又不是人……"

"嫦娥待在月亮里，她看见了……"贺金玲柔声而充满灵性的话语使她得到的吻更加热切和长久。

1995 年

野炊图

    黑眉把吊锅、勺子、刀子、铁钎、火柴、碗筷、杯子等野炊用具装在一个竹篮里，放在车的后备厢里，然后又拎来一大一小两个红色塑料桶，把它们安置在竹篮的左右。小桶里盛的是牛肉、猪排和鱼，为了防止它们串味，每一种都用食品袋密封着。大桶里装的是白酒、食盐、大蒜、辣椒酱、土豆、烧饼和苹果。想到野炊时还要搞点娱乐活动，黑眉又怀揣了一副扑克，把久已不用的鱼竿也塞在车上。一切准备就绪，他打了声口哨，底气十足地"砰——"的一声落下后备厢盖，发动车，去接人了。

    他想先接男人，后接女人。女人事多，万一啰唆起来，耽搁工夫。

    黑眉驾驶的灰色轿车在林场逼仄的小巷中游鱼般灵活地穿行。由于轿车的漆脱落了多处，车身斑痕累累，使它看上去更像条附着斑点的狗鱼。

    巷子干干净净的，以往随处可见的垃圾和牲畜的粪便都被清理掉了，家家户户窗明几净。看来历时三天的突击搞卫生成效显著。按照林场发布的命令，最近几天猪和狗不许出门，猪太脏了，有碍观瞻，而狗容易咬伤生人。可以出门的鸡鸭鹅，也要那些体面的。凡是被鹐得秃了脖子的鸡、羽毛肮脏的鹅、瘸腿的鸭子，都必须圈在家里。林场的办公楼前，挂上了一串红灯笼，四周的铁栅栏还披上了花花绿绿的彩带。所有这一切，都在暗示着长丰林场的居民，要有大领导到此视察了。

以往上级领导来，长丰林场也要搞卫生，但没有搞得这么细致和彻底。还有，以前来的领导，口味他们是熟谙的。县委书记喜欢吃杀猪菜，他一来，必定要提前宰上一头猪。县长呢，他爱吃狗肉，只要黑眉张罗着买狗，人们就知道县长要来了。市委书记得意鱼，他莅临的前兆是打鱼人在河边笼着渔火，彻夜张网捕捞。至于市长，他钟情的是野生禽类，野鸡、飞龙等等。他一来，黑眉就头疼，打猎是违法的，要悄悄进行不说，这些野物行踪飘忽，常常会空手而回。这次要来的领导，想必是个非同寻常的人。黑眉派女人上山挖百合根、采猴头蘑，派男人去捉草蛇。这些野味低脂肪，味道鲜美，营养丰富，属于食物中的上品。林场的百姓私下议论，吃得这么讲究的人，起码是个省部级的领导了。

长丰林场不足二百户人家，裹挟在大山深处。由于它离火车线有三十多公里的路途，所以进出的人只得仰仗一条弯弯曲曲的砂石公路。每到阴雨连绵的时节和大雪封山的时候，外面的人会进不来，这里的人也难出去。但只要到了夏季，又是天气晴好的日子，来这儿的头头脑脑就多了。他们通常以下基层的名义，在这里尽兴地吃喝一通，然后乘着专车离开。长丰林场在夏季时，把工作的重点都转移到接待上。接待好了，他们也获得了实惠。这些年不仅通了电视和电话，县里还为林场投资了近百万元，兴办了木耳养殖场和筷子厂，并配给了林场一台崭新的富康轿车和一辆切诺基吉普车。林场的书记和场长有了新的坐骑，就把原来的车给下属使用了。黑眉现在开的这辆破烂的伏尔加轿车，就是被场长淘汰的。

　　一般来说，林场欢迎的是县市一级的领导来。他们熟悉这些人的脾性，接待起来不用大动干戈。稍稍打扫一下卫生，弄点对他们胃口的吃食，让那些待考察的部门有所准备，再预备点土特产品作为礼物，一切就万事大吉了。这些人是林场的顶头上司，主宰林场领导的升迁，所以乐得他们常来，以有献殷勤的机会。至于省一级的领导，他们在级别上与林场的领导隔着万水千山，所以一旦得到通知，说是省里要来人，长丰林场的人就会愁眉苦脸，如临大敌。怕伺候不周，县里市里的领导栽了面子，会给他们穿小鞋。而且，林场有三个上访的钉子户：苏建和、冯飚和包大牙。一听说省级领导要来，他们就像旧社会的农民要翻身解放了似的，两眼放光，提前候在办公楼前，喊冤叫屈的。所以省里一旦来人视察，林场的领导就得请派出所的所长喝顿酒，让他想办法把上访的人钳制在家中，不得外出。派出所本来人手就少，省里来了领导，还要顾及安全保卫工作，难以分身，所长只好发动家里人，让老父亲去管老朽的苏建和，让老婆去看护暴烈的包大牙，把他们的家门锁上。至于年轻力壮的冯飚，那非得动用一个民警跟着才行。就是这样，有一次包大牙还是将所长的老婆一脚踢开，用铁锤砸烂窗户逃出来，一路哭号着朝林场办公楼跑去，幸好中途被警卫人员发现，将其拖回。

黑眉心情很好，天气晴朗，风力不大，不然他的野炊计划就要泡汤。这是上午九点的时光，炊烟止息了，学校传来了第一节课下课的钟声。黑眉想起了做音乐教师的女友，心情就更加愉快了。他们已相处三年，打算秋天时把婚事办了。

黑眉先去苏建和家。车刚一停在他家门口，苏建和的大儿媳妇彩珠就迎上来说，俺爹不在家，出门了。黑眉急了，说，我昨儿不是跟他说好了吗，今天接他去开座谈会。彩珠说，俺爹说了，座谈会都是空的，他估摸着领导的车队这两天要来了，自己上公路截人去了，我们也劝不住他！黑眉脑子嗡嗡叫着，赶紧掉转车头，飞快地驶出林场，然后慢行，寻觅苏建和。果然，在长丰公路一公里处，他找到了苏建和。他抖抖地站在路边，白发飘飘，穿着一条打着补丁的绿裤子，一件皱巴巴的蓝布上衣，上衣上别满了花花绿绿的奖章。一见黑眉，他就嚷着，你小子不用骗我，这一宿我想明白了，让我开座谈会那是扯淡！我得等在这儿，车队一来，我就给他躺在路中央，他们要是敢轧我，我宁肯搭上这条老命！黑眉说，您在这儿也是白等，我实话实说吧，领导还得两三天才能过来呢，今天场长让我代表他们，请你们几个聚聚，先把事情梳理一下，他们来了咱也好汇报呀。苏建和撇着嘴说，梳理个屁，我的事你们又不是不了解！黑眉知道这老头脾气犟，不能逆着，就说，好吧，您老在这儿等着，我去接冯飚和包大牙了。到时缺了您的汇报材料，您可别怪我呀。黑眉说着，故意从车上取下一把伞递给苏建和，说，万一变了天，下了雨，您可别淋着！说着，跳上汽车，掉转车头，打着口哨，做出打道回府的样子。苏建和果然中计了，他跳着脚，挥舞着那把伞，冲黑眉喊着，你小子知道他们今儿不来，就忍心把我孤零零地扔在公路上？

苏建和乖乖地上了车。黑眉惊出了一身冷汗。他甚至想了，如果这一招失败，他只能动武的，强行把他弄到车上。因为按预定计划，省委副书记一行将于中午到达林场，用过午餐后，他们会视察刨花板厂和木耳养殖场，走访一家养羊致富的专业户，再慰问一户贫困户，大约在午后四点离开。黑眉所要做的，就是在这段时间内把这三个容易滋事的人掌控住。而他想出的野炊点子让林场领导拍案叫绝，这等于是缓解了安全保卫的压力。领导立刻让财务支出五百块钱给黑眉用。黑眉采买酒水和吃食，不过花了一百多块，剩下的钱够给未婚妻买一副银耳环的了。

这个计划只能成功，不能失败。为了保险起见，他昨天就通知了这三个人，说是林场次日要搞个听取民情民意的座谈会，邀请他们参加，让他们不要出门，他会亲自来接。

黑眉到了冯飚家时，他还没起床。屋子里一股浊气，猫儿正舔着桌上隔夜的剩菜。见黑眉进来，它一耸身子，向前扑了一下，把一只盘子打翻在地。这只盘子的碎裂声叫醒了冯飚。黑眉上前拍了他一下，说，昨晚又喝高了吧？快起来，我带你去个清凉的地方，醒醒酒！冯飚打着哈欠，嘴里嘟囔着，座谈会才不会让人清凉呢，只能让人头昏！黑眉笑了，把他从床上拉起来。冯飚也没梳洗，趿拉上鞋子，蓬头垢面地上了黑眉的车。当他发现坐在身边的苏建和一身的奖章，扑哧一声笑了，说，苏老爷子，您戴着它们给谁看呐？苏建和紧着鼻子说，给要来的大官看呗，让他知道知道，我们这些老林业工人多么光荣过！冯飚哼了一声，说，这世道的人只认金元宝、银锭子，谁还把它们当金贵东西？那年月早他妈过去了！

不过兴许阎王爷还认它们，等你走的那一天，让家里人把它们都给你戴上！冯飚的话把苏建和惹恼了，他声嘶力竭地叫着，我现在学会用草药了，我没那么快就死，你也不用咒我！黑眉怕他们斗嘴斗急了，再打起来，一边加大油门去包大牙家，一边哀求他们说，行了行了，你们一个是大爷爷，一个是小爷爷，少说两句身上能少块肉吗？

包大牙早已提着个花布兜，等候在家门口了，这让黑眉满心欢喜。她今天刻意装扮过，上身是一件白底蓝花的拉链式短袖衫，下身是一条咖啡色长裙。她不仅盘了头发，而且描眉涂唇了，这使她的神态与平素大不一样，不那么盛气凌人了，略显矜持了。她要上车的时候，回头对院子中的男人说，老邹，别忘了再过十分钟揭锅啊，要是大饼子煳在锅里，我饶不了你！她最后这声带着威胁口吻的嘱托，还是暴露了她的本性。

三个男人都怔怔地看着她上车。包大牙个子高，又胖，坐在副驾驶的位置上，伸不开腿，她骂着，坐在这鳖盖子车里，还不如坐牛车得劲！

黑眉长长地吁了一口气，驱车朝林场外的公路驶去。包大牙一看车在路过场部办公楼时没停，就大喊着，黑眉，你这是往哪里开呀？今天不是开座谈会吗？

黑眉说，是开座谈会呀，不过不是在屋子里开，是在外面，一会儿到了你就知道了！

包大牙说，我还没听说过，座谈会有在野外开的！现今干什么都喜欢野的！

苏建和说，黑眉，你小子看来没安什么好心，是不是把我们仨当成了现行反革命，秘密往城里的笆篱子里塞啊？

冯飚说，要是去那里还真不赖，省得我一天为三顿饭操心了！

黑眉说，你们看我是那种坏小子吗？

苏建和说，你以前在学校教书时倒像个本分孩子，调到场部当了主任以后呢，一天天就是吃喝玩乐，我看你早就学坏了！

冯飚说，苏老爷子，吃喝玩乐也是工作啊。

黑眉嬉皮笑脸地说，就是啊，我把胃和肝都喝坏了，为了什么？就为了咱长丰林场的前程啊。

一提起吃，包大牙来劲了，她问黑眉，你这回派人上山挖百合根，领导想怎么个吃法？炒菜呢，还是熬粥？

百合是怎么吃怎么有理！冯飚做出见多识广的样子，说，我在城里吃过清炒的西芹百合，一个字：爽！要是跟小米掺和着熬粥呢，两个字：来劲！

他们议论完百合的吃法，接着又开始说草蛇的吃法，每个人的胃口都被吊起来了。黑眉趁着这团和气，从长丰公路五公里处飞快地岔上一条蛇行山路。这是运材路，坑坑洼洼的，很窄，路两侧的茂草和树枝常常拂过车身，发出唰唰的声响。风挡玻璃忽明忽暗着。明亮时，是轿车驶在相对开阔的路段；暗淡时，是路边蓊郁的树木的投影落在上面了。轿车不停地颠簸着，苏建和叫道，黑眉，你这是把我们往哪儿送啊？是不是找个没人的地儿，把我们给活埋了？

黑眉笑着，说，看您把我说的，好像我比日本鬼子还坏！我这是给你们找个野炊的好地方，咱一边吃喝一边座谈！

我怎么没见车里有吃喝啊？冯飚咂着嘴说。

都在后备厢里呢！黑眉得意地说，我起大早开车进了城，在早市买了新鲜的牛肉、猪排，我们一会儿找个有水的地方，笼堆火，烤肉吃！

苏建和说，这是黄鼠狼给鸡拜年，没安好心！

冯飚说，有酒有肉就是好享受，不管其他！

苏建和叹息了一声，说，资产阶级的糖衣炮弹轰人还是一轰一个灵啊。他这话把车上的人全逗笑了。包大牙笑得呼哧呼哧地喘，而冯飚笑得一声声地咳嗽。

到了这种时刻，就是明知上当，三个人也都心甘情愿跟着黑眉走了。所以当轿车的底盘在一处匍匐着树根的路段上被挂住时，几个人都主动下车，合力把它抬起，越过艰险路段，继续向前。这样，十一点多，他们把车停到了一片松树林间。松林中只有十几棵大树，其余都是植树造林后长起来的小树。松林旁有一条缓缓流淌的小河，只有两米来宽，清澈见底，泛着微微的波痕，挟起阵阵清凉。河畔矮树丛中有一簇簇白色的马兰芹和一枝枝紫色的铃兰花。蝴蝶大约知道自己姿容灿烂，可以与花争容，它们扇动着五彩的翅膀，在花间蹁跹起舞。

黑眉彻底放松下来了。现在就是放这三个人回去，也足够他们跋涉一天的了。黑眉把后备厢打开，将野炊用具和吃食一一取出，让苏建和把吊锅支起来，让包大牙把肉切成小块后串到铁钎上，他自己则去拾捡烧柴了。

林间的烧柴唾手可得。那些被雷电击倒的风干的倒木以及被风吹折的枝丫，都是上等的烧柴。很快，黑眉就划拉了一堆。刚在河中洗完脸的冯飚湿着手朝黑眉走来，说，这水直扎手，真凉快啊，我算是醒了酒了！包大牙龇着大板牙说，哼，刚醒了酒，一会儿又得迷糊上了！冯飚说，那没办法啊，有青山绿水、美酒美女相伴，就是有钢铁意志的人也得醉啊！包大牙听到冯飚的话中有"美女"字样，而她又是这儿唯一的女性，便温柔地问冯飚，你是喜欢吃大块的肉还是小块的？她很聪明地找了一块青石板做案板，一刀一刀地切着肉呢。冯飚说，我喜欢大碗喝酒，大块吃肉！就说女人吧，那瘦的也不如胖的有滋味！肥胖的包大牙听闻此言，再看冯飚时，满眼都是水色了。

篝火燃烧起来了，它橘黄的光焰很快就把吊锅舔得吱吱叫了。包大牙舀了河水，把鱼洗干净后一条条顺进吊锅里，搁上盐，又采了一把野山葱丢进去。清水煮鱼的鲜香味把蚊蚋招来了，可是蚊蚋惧怕篝火散发的淡淡的白烟，所以在篝火两米之外的地方，蚊蚋一团团地纠集着，且进且退。

苏建和做完了分配给他的活儿后，开始摆弄鱼竿，打算去河边垂钓。他让包大牙切了一小块肉做饵，正准备穿到鱼钩上，发现鱼钩折了，只剩一截铁丝，无法使用，便扔掉鱼竿，埋怨黑眉粗心，坐到篝火旁吸烟去了。他的鼻翼随着香味的弥散一鼓一鼓的。冯飚启开一瓶酒，挨个杯子倒上。黑眉说，大家还是注意点，虽然防火期过了，野外生火还是违法的。要是引起山火，那我们几个可就有地方待了——都得进笆篱子！

冯飚说，放心，现在雨水旺，树和草通身的水，你就是放火烧林子，也着不起来的。

苏建和说，你懂什么？七三年的大火，就是夏天着的，十多里长的一条火龙，呜呜叫，看着才吓人呢。说完，他狠吸了一口烟，把它摁死在鞋帮上，起身提着那两个空塑料桶，去河边打了水回来，把它们一左一右地摆在篝火旁，振振有词地冲着篝火说，你就是只老虎我们也不怕了，旁边给你架着两杆枪呢！

正午了。鱼好了，肉也烤熟了几串。四个人围坐在火旁，就着大蒜和辣椒酱，开始吃喝了。黑眉举杯敬酒，代表林场的领导，感谢他们出来野炊座谈。冯飚一饮而尽，包大牙喝了半杯，苏建和身体差，只是沾了沾唇。

第一杯酒落肚后，黑眉起身，从车上拿来一个崭新的笔记本，又从裤兜里掏出笔，盘腿坐在林地上，说，我们边吃边座谈，你们谁先来谈？

还真的是座谈啊？包大牙说，这倒有人情味！以后再有这样的座谈，别忘了叫上我！她用那铜墙铁壁似的大板牙咬下一块肉，吧唧吧唧嚼着，叫着，真嫩！

苏老爷子先说吧。冯飚说，他那身奖章有优先发言权！

苏建和瞟了一眼冯飚，说，那我就从这身奖章说起吧。黑眉，你得一个不漏地给我登记上，这些奖章都代表了什么！

黑眉赶紧说，好，好，您说，我挨个记！

苏建和放下手中的烧饼和酒杯，先是拍了拍胸脯，把那些奖章拍得哗啦啦地一阵响，然后指着其中最大的一枚说，小子，这是我五九年得的，伐木劳动模范！

黑眉说，了不起，那时还没有我呢。

苏建和得意了，说，别说没有你了，那时长丰林场还没建起来呢！说完，他又低头指点着三枚一模一样的方形奖章说，六四、六五和六六年，我连续三年出席全区劳动模范，这算不算是奇迹？

奇迹，奇迹！黑眉大声说。

苏建和眉飞色舞地指着一枚绿色的椭圆奖章说，这是七一年抗洪得的。那年春天倒开江，江水冲上岸，把房屋都淹没了。我划着皮筏子，救了四个人！四条命啊。

英雄啊，英雄！黑眉停下笔，擦了擦汗。正午的阳光实在太炽烈了，他觉得自己的皮肤要晒冒油了。

冯飚开始启第二瓶酒了，他已喝得双手颤抖，面红耳赤。包大牙呢，她喝兴奋了，不时地捉起爬到她裙子上的蚂蚁，笑骂着，你们看老娘的肉好，想吃不是？我淹死你们这些色鬼！她把蚂蚁扔进酒杯中，让它们在琼浆中窒息。

苏建和最后指认的，是他一生中最大的荣誉——那枚铜制的、金光闪闪的全国五一劳动奖章。他点着它的时候手抖着，声音也抖着。他说，能得全国的五一劳动奖章，咱们这儿有过谁？我上了北京，进了人民大会堂，受到了中央首长的接见呢！说着，他的眼里涌起泪水。

光荣，光荣啊！黑眉说。

苏建和把奖章的来历依次讲完之后，就像一个慈善家刚安置完一批孤儿一样，面色平和了许多。他接着讲的，就是他近几年上访的主题了。他说他们这些创业的老林业工人，出了一辈子苦力，到老了坐了一身的病，却看不起，这太不公平了。

原来，医疗体制改革后，公费医疗取消了。像苏建和这样退休的老工人，都被纳入了医保的范畴。由于林场经济效益不好，他们参保后每年至多报销几百元的医疗费，这对于那些得了重病的人，无疑是杯水车薪。有的人为了看病，不仅折腾空了家底，还有负债的。有个老工人叫张德，患了前列腺癌，他老伴有严重的心脏病，两个儿子又都失去了工作，即便林场将来能够报销给他百分之七十的医疗费，他咨询了一下，自己也要负担两千多块，张德就没有做手术，任由癌细胞像有毒的花苞，在他体内一天天地强大，直至盛开。张德的死，深深刺痛了苏建和。苏建和患有高血压和糖尿病，顿顿饭都离不开药。一个贫穷的人得了富贵病，就是天大的灾难。有一段时间他吃不起药，就停了半年。结果脚开始溃烂，眼底也频繁出血，没办法，他只能借钱看病。想想自己年轻时爬冰卧雪，到老了却无人疼怜，他就开始组织材料上访。他的上访材料中连黑眉为了招待上级领导而买鹅买狗的数目，都一笔笔记录在案。他挂在嘴上的一句话是：他们见天地吃有钱，我们看病怎么就没钱了？

苏建和拎着半口袋大大小小的奖章，带着材料，这几年多次去了县里、市里，每次回来，他都要兴奋一段时日，说是上级部门答应解决他的问题。然而答应归答应，他还是过着老日子。绝望的他便进城买来一堆医书，说是老天爷是不会见死不救的，大自然中一定存在着神奇的草药，可以解除人的病痛，他要做转世的华佗！他开始停了一切药物，进山采药，并在院子里专垒了一个灶，煎熬草药。说来也怪，尽管有两次他误服草药而吐血，但都能死里逃生。他逢人就说，人不怕死，连阎王爷也得惧你三分啊！你看阎王爷每次一扯我的腿，都觉得扎手，就得放我生路啊！

苏建和的家人说，自从他服了草药后，精神常常处于一种亢奋状态。夏天的时候，他会连续几夜不睡，站在院子中数星星。冬天的时候，他会在下半夜时突然起身，把耳朵贴在窗子上，听北风呼号。

苏建和讲述着，黑眉记录着。他记录了些什么，连他自己也不知道。反正只要做出写字的样子就是了。苏建和停止讲述时，黑眉如释重负，连忙合上笔记本，给苏建和敬了一杯酒，说，您讲得精彩，多喝几口！苏建和说，你知道有病的人是不能喝酒的。黑眉说，您看上去气色好，病早就被吓跑了，喝吧，没事！

苏建和怯怯地问，我的气色真的好？

包大牙正用铁钎子挑着猪排，往篝火上放，她指着猪排对苏建和说，您的气色比它还新鲜！

此言无疑是一颗定心丸，苏建和神色大悦，将杯中酒一饮而尽！这一杯落肚后，竟然一发而不可收，又畅饮了一杯。而且他胃口大开，喝了一碗鱼汤，吃了两串烤牛肉。他嫌猪排熟得慢，说是火没干劲了，往篝火里添了一把柴，并且抢过包大牙握着的铁钎子，将猪排在火焰上绕来绕去，很快就把它烤得吱吱冒油，红润得像一片火烧云。这片火烧云最终落在林间草地上，几只手如鹰爪一样扑向它，很快就把它撕扯得七零八落的。青草泛着阳光赐予的油光，而人们的嘴上泛着猪排的油光。啃过的猪骨被撇在篝火外围，蚊子一哄而上，结果它们也是一身油光了。

太阳过了中天后，热气就不那么逼人了。黑眉打了个嗝，放下酒杯，将青草当作纸巾，把油乎乎的手放在上面，蹭了蹭，然后慢腾腾地打开笔记本，对包大牙说，该轮到你了。你要精练点，捡紧要的说啊。

包大牙刚把土豆埋在篝火的灰烬中，她不胜酒力，软着身子，懒懒地靠着一棵小树，老是要躺倒的样子。黑眉的话让她精神了一下，她抓起一个苹果，吭哧吭哧地把果肉啃光，将苹果核握在掌心，攥紧，使之流出几滴甘甜的汁液。然后她叹了一口气，哀怨地说，我们家邹英，当年比这苹果还水灵啊，不叫那个方矬子，她现在早该结婚了，我肯定当上姥姥了！

包大牙有两个孩子，邹强和邹英。邹强比邹英大三岁，大学毕业后分配在市供电局财务部工作。邹英呢，她初中毕业后上了县技工学校，学习烹饪，毕业后回到林场，在场办招待所当厨师。邹英五官并不出众，但她身材好，细高挑，加上爱说爱笑，喜欢穿大红大绿的衣裳，所以很招人眼。她是一个全能的厨师，红案白案都拿手。她做的清炖鲫鱼、红烧大鹅和黄酒煨猪大肠，远近闻名。而她烤的芝麻酥心饼、蒸的栗蓉小窝头，更会让城里的点心铺子的师傅都自愧不如。只要是上头的领导来，上灶的一定是邹英。

六年前吧，市财政局的方局长来长丰林场调研，陪同的有县长、主管林业的县委副书记和县财政局长。这个方局长五十多岁，生得黑瘦黑瘦的，个子矮极了，也就一米五八的样子，绰号"方矬子"。别看方矬子体积小，胃口倒是很大，鸡鸭鱼肉，飞禽走兽，不在话下。他不仅在饮食上好胃口，性欲上胃口也大。传说他走到哪儿，会睡到哪儿。他喜欢叫发廊的小姐，只需付钱，没有拖泥带水的后患。

那是个冬天，天黑得早，方矬子一行要在长丰林场宿一夜。酒足饭饱，方矬子提出要去发廊剃个头。随同他的秘书明白其意，连忙通告给场长。场长苦着脸说，我们这里闭塞，有理发铺倒不假，但不兴那个，人家早早就关门了！秘书把实情汇报给方矬子，他阴沉着脸说，这么大的林场连个夜间营业的发廊都没有，有什么发展前途？我看什么项目都不能在这里投资！秘书把这话转述回来，把

165

场长急得牙根疼，他知道得罪了这位财神爷，等于把县里的财神爷也得罪了。每年的财政补贴非但不能增加，反而会减少。正在情急之时，忽听厨房传来一阵热烈的笑声，原来是邹英提着一块肉，在逗引一只花猫。场长心生一计，去找邹英，悄悄对她说，你哥邹强毕业后不是想进市财政局吗？我跟你说，如今市财政局长就在这儿，你过去陪陪他，陪好了，他立马就能把你哥从供电局调到财政局。你哥是财经大学毕业的，要是调进那个衙门，是专业对口、前程无量啊。邹英那年二十岁，涉世不深的她很单纯地说，太好了，我去陪，他想吃瓜子我给他嗑出仁儿，他想打扑克我让他赢！

方矬子把邹英弄到床上，一定费了不少周折。邹英进了局长的房间半个小时后，招待所的走廊传来了邹英惊恐的叫喊和一阵"扑通扑通"的声响，两个人好像是在搏斗。不过扑通声很快被床的吱嘎叫声所取代，邹英不再叫喊了。又过了半小时，邹英从房间出来了。她看上去好像矮了一截，修长的腿弯曲着，走路一歪一斜的。

包大牙喝多了酒，往事又不堪回首，她越说越激动，最后泣不成声。黑眉递给她一块纸巾，她擦干眼泪，拍着腿，接着说，那晚上我的孩儿一进家，我就知道出了事了！她看人时两眼冒火，我家的白猫跳到她脚上亲她，她一把捉住，活活给掐死了！我问她怎么了，她不说话，只是把澡盆搬进屋子。大冬天的，她往澡盆灌的是凉水啊。她把衣裳脱到外面，足足洗了两个钟头！我一看她脱在外面的衣服，袄罩掉了一颗扣子，裤子的拉链豁嘴了，裤衩上又是血迹又是污痕的，我就知道她遭了强奸了！

你当时怎么不报警呢？黑眉问。

包大牙咧着大嘴哭着说，咱是怕闺女将来嫁不出去啊，你想想

166

啊，她被人破了瓜，哪个男人愿意要她啊，想想忍了吧！

哼，你要是一直忍着，你闺女也出不了事！苏建和数落道，还不是那个方矬子没把你儿子调到市财政局，你觉得闺女白白搭上了，咽不下这口气，去找场长闹，结果满世界的人都知道邹英让人给糟蹋了！她还能活吗？她不上吊谁上吊啊？

包大牙越发起劲地拍着大腿，咧着嘴号啕大哭。她凄凉地呼唤，我的英儿啊，妈的心头肉啊。好好的一个黄花大闺女，喂了一条狼啊。

包大牙确实是有心计的人，当年女儿用冷水洗澡时，她将那条短裤藏了起来，以备不测。邹英自尽后，她带着这条短裤，一次次上访，说不把那条色狼塞进笆篱子，誓不罢休！她要让方矬子赔她八条命：邹英是一条命，还有七条命集于一身——那只被邹英掐死的白猫，都说猫有七条命啊。结果八条命没一条赔回来，她倒是赔了不少上访的路费。方矬子虽然被包大牙手中当旗帜一样挥舞着的短裤折磨得狼狈不堪，但他官椅坐得很牢。那条短裤经过专业鉴定后，上面的污痕竟然消失了，只剩下了血迹。包大牙说这是方矬子买通了司法部门的人，把罪证洗刷了。

从那以后，只要长丰林场来了上级领导，包大牙就会提着一个花布兜，里面装着邹英那条残留着血迹的短裤，痛诉女儿的不幸。说是方矬子一日不下台，邹英在地下就一日不得安宁！她的男人邹丙汉是个老实巴交的人，平素对包大牙言听计从。邹英的死，使他对老婆生了怨恨，从此竟然不与她同床。包大牙的上访内容，便把这项内容也包含进去了，说是邹英的冤死使他们夫妻感情破裂，一个女人没了性生活，等于丢了半条命！所以后来她让方矬子赔的命，不是八条，而是八条半了。

包大牙哭累了，开始哆嗦着手去解花布兜，要展览那条短裤。黑眉赶紧制止说，物证就不要看了，您把它留好，将来放到法庭上用！

包大牙哀怨地说，原来那东西像乌云一样沾在上面，我是亲眼见了啊。等它被送去鉴定了呢，谁用闪电把这乌云给破了，让它化成了雨，没影儿了！我明白啊，那闪电是方矬子使的，那闪电就是他手中的权杖啊！过去是有钱能使鬼推磨，现在是有权能让鬼升天啊！

黑眉叹了一口气，不知该如何安慰她，六神无主时，想到了兜中的扑克，便把它掏出来，甩在包大牙怀中，说，婶子，摆个"八门"玩吧。

黑眉把目光转移到冯飚身上，他已喝得人事不省，倒在火旁呼呼大睡了。黑眉用脚踹了他一下，说，轮到你了，起来讲啊。冯飚毫无反应。黑眉起身，走近他，狠劲拍了他几下，说，醒醒，该你说了！冯飚没被惊醒，倒把他身上吸血的蚊子和蚂蚁给惊着了，它们飞的飞，窜的窜。

苏建和吐了一口痰，冲冯飚嚷嚷，你就挺尸吧，给机会不说话，将来有你后悔的！苏建和手持酒杯，越喝越精神，连说话的腔调都变得高亢了。

包大牙没有摆扑克牌，而是把它装在花布兜里了。她弓着身子，握着树枝，从灰烬中往出扒拉土豆。土豆结痂起皱了，看来已经熟透了。包大牙拿起一个，剥了皮，一缕热气飞旋而出，好像土豆里埋藏着阳光。包大牙急嘴子，照着雪白的肉就是一口，结果烫着了，"哎哟"大叫着，好像谁在她身上动针了。她的叫声惹得黑眉和苏建和笑起来，他们也一人骨碌过来一个土豆，小心翼翼地剥它的皮，就像给没出满月的小孩子脱衣服一样。待热气散尽，这才把它送到嘴里。土豆是饭后最美的点心了，享用了它的他们个个心满意足。

　　是午后三时许了。太阳翻滚在一带雪白的云中，把云浸染得通体透明。林地有了些微的阴凉，鸟儿也叫得欢了。苏建和毕竟年老体衰，他逞强了一阵子，终于支持不住，放下酒杯，说是去方便一下，然而人还没走出几步，就飘飘摇摇地倒在地上。黑眉吓了一跳，赶紧跑去，以为他没了气息。谁知他竟像冯飚一样，发出了香甜的鼾声。为这鼾声伴奏的，是一股潺潺水声——他尿了裤子！这泡尿真是长，断断续续地撒了足足有五分钟。黑眉呆呆地看着老人湿透的裤管和上衣别着的那些奖章，忽然一阵心酸。他蹲下来，轻轻分开老人的双腿，期望微风和阳光尽快把裤子给吹干了。

　　黑眉去了河边，他头晕目眩，想让清凉的河水给自己醒醒脑。他蹲在河边，捧起水，喝了几口，然后又洗了把脸，觉得内外清凉了，就躺倒在岸边，觑着眼，看蓝天上的云朵，听河水的温存之声。正在昏昏欲睡时，忽听包大牙喊他：黑眉——黑眉——

　　黑眉头重脚轻地站起来，判断出声音是从河畔树丛中发出来的。包大牙什么时候离开了野餐地，他并不知晓。她可真会找地方，那片树丛有一棵粗壮的白桦树，它四散的枝叶像一把巨伞，带来一大块阴凉。树丛中有胳膊粗的松树和手指粗的柳树，还有点缀在林地的青草和一片像星星一样盛开的野花。包大牙就像一只肥硕的花野鸡，卧在树丛中。她的长裙撩过膝盖，露出浑圆结实的小腿。一见黑眉过来，她"哎哟"叫着，说，黑眉，帮帮我，我刚才想采点红豆吃，谁知一个跟头栽倒了，起了好几次，就是坐不起来啊。我这是醉了，我喝这么多酒干什么啊，胳膊腿儿软得拿不成个儿了！黑眉，你扶我起来啊，我从来没这么没力气过啊。

黑眉走过去，把手伸向她。包大牙的胳膊就像一心要破纪录的跳高运动员面前横着的标志杆一样，抬一下，落一下，这样起起落落了几次后，她把手搭在胸口，带着冲纪录无望的失落口吻说，我的胳膊抬不起来了，怎么办啊，黑眉，我真丢人，你别管我了，把我扔在这儿喂狼吧，反正我也活腻了！

黑眉犹豫了一下，蹲下来，把胳膊伸向包大牙的脖颈。他刚刚搬起她的头，包大牙就嚷着头晕，一头扎到黑眉怀中。她接着说胸闷得慌，把手伸向上衣的拉链。拉链原本是牙关紧闭的，包大牙轻轻一拉，它就咧开嘴偷偷乐了。在这笑容背后，黑眉看见了包大牙丰满雪白的双乳，它们颤动着，温柔地触摸着他的胸脯，令他热血沸腾。黑眉将包大牙放倒，唰地一下把她的裙子拉到腰际，这才发现她没有穿短裤，省了一道周折。黑眉伏在她身上，等于是伏在棉花垛上，令他筋骨酥软。他也曾与女友有过这样的事，但没有一次这样享受过。从头至尾，包大牙都在哼着，间或叹息着说一句，啊，黑眉，我醉了，我醉了——

真正醉的是黑眉。他从包大牙身上下来，有如畅饮了琼浆，一路摇晃着来到河边。他吃力地蹲下身，捧着水，喝了几口，想想女友的干涩和年轻，再想想包大牙的润泽和可以做他母亲的年龄，百感交集，哭了起来。哭过后，他安静下来，躺倒睡了。

黑眉是被一只麻雀给啄醒的。他的颈窝爬上了一条肥美的毛毛虫，眼尖的麻雀跳上来吃虫子时，尖利的嘴划着了他的皮肤。黑眉耸动身子，受惊的麻雀连忙叼起未享用完的虫子，展翅飞走了。他坐起来，发现林地遍洒夕阳，归林的鸟儿三三两两地从他头顶掠过，发出婉转的叫声。他站起来，先去寻包大牙。她已不在原来的地方，那里只有他们狂欢后留下的一片倒伏的青草。黑眉不知道包大牙平素是不穿短裤呢，还是怕黑眉担心，在引诱他之前，提前在树丛中把它脱掉？反正没有什么物证留在她手上，还是让黑眉心底安宁。他朝篝火处走去。冯飚醒了，但他仍然躺着，一声声地打着哈欠。苏建和依旧睡着，他的裤子干了，但上面烙印着几道弯曲的白色尿痕。黑眉走到他身边，捅了他一下，说，该回家了，醒醒啊。没想到苏老爷子回答给他的是一个屁，令黑眉哑然失笑。

夕阳尽了，起风了，树木像被谁抓了痒似的，东摇西晃着。冯飚和苏老爷子坐起来的时候，包大牙回来了。她长裙飘飘，神色怡然，手中擎着一只装着红豆的酒杯，边走边吃着。黑眉只看了她一眼，就赶紧低下头，去收拾野炊用具了。

黑眉他们朝回走的时候，天色渐渐暗了。包大牙仍然坐在副驾驶的位置上，苏老爷子和冯飚坐在后面。他们似乎都很疲惫，一言不发。车子在山路上颠簸着，暮色也跟着颠簸着。黑眉从来没觉得眼前的路这样难行过。等车子终于驶上相对平坦的长林公路时，黑眉吁了一口气。

森林起雾了，路面轻纱笼罩，好像他们正行驶在烟波浩渺的水面上。黑眉的心，跟眼前的路一样迷蒙。他打开车灯，试图让光明驱散迷雾。两道锐利的光束一射向雾中，雾气就变成了橙黄色的，呈现一派云蒸霞蔚的气象，让黑眉觉得自己又从水路上了天路，他无限伤感。正在此时，手机的信息提示音滴滴响了，黑眉这才有回到人间的感觉。原来野炊地没有信号，手机等于哑巴了一天。现在接近了居民区，它又要开口说话了。黑眉停下车，看信息。一条是女友中午发来的：我想你，晚上来我这儿吧，我给你包你最爱吃的牛肉白菜馅饺子。另一条是林场办公室副主任在午后两点发来的：黑眉，早点回吧，领导不上咱这儿视察了，白他妈的忙活了一场，捉来的草蛇都让我放了！你路上小心点啊。

黑眉真是哭笑不得，他关掉手机，重新上路。也许是快到家的缘故吧，包大牙在一旁一会儿扯扯衣襟，一会儿欠着屁股拽拽裙子，一会儿又用手蘸着唾沫整理头发。她每动一下，黑眉的心都要抽搐一下。

顺路的缘故，黑眉先把冯飚送回家，然后去送苏建和。待他们都下车后，他才去送包大牙。车上只剩下他们俩时，黑眉的心咚咚乱跳着，脸颊发烫。车子到了包大牙家门口后，他刚要说上一句"忘了吧，我今天醉了"，不料这话被包大牙抢先说了，这让黑眉颤抖了一下。她在打开车门的时候，湿着眼睛看了一眼黑眉，用手在他肩膀上轻轻按了一下，说，黑眉，等你结婚时，婶子帮你缝被子啊。

2006 年

他们的指甲

1

如雪养了两条狗，一黑一白。她去集市卖馒头带的是白狗，一早一晚赶鸭子带的是黑狗。她怕领着黑狗卖馒头，人家会以为卖的是黑面的；而带白狗赶鸭子，它跳进河里，太像一朵水花了，万一站在岸上瞅不清，会疑心它被淹死了。这样，白狗身上的气息，总不如黑狗清爽——集市烟熏火燎的，什么味道没有呢！

黑狗和白狗一样高，一样的胖瘦，连模样都是一样的：圆鼻头，大耳朵，乌溜溜的黑眼珠。可是黑的显瘦，白狗看上去好像比黑狗大。如雪便将白狗排行在前，叫它们"大白二黑"。

大白二黑从不一起出门，如雪总要留一个看家。

春夏秋三季，如雪清晨把鸭子放到河上，便回家蒸馒头，午间到集市卖掉后，下午到园田劳作，傍晚把鸭子赶回来。而到了冬天，河水结冰，万木萧索，鸭子小姐似的待字闺中，不出鸭棚，她就中午蒸馒头，午后两三点钟去卖。昼短夜长时，人们早睡晚起，吃两顿饭的人家多了。

如雪不喜欢冬天，冬天时眼睛亏得慌，雪把世界漂白了，看的颜色太单调了。

而春天却不同，你会觉得眼睛不够使了。春风就像万花筒，将大地的植物，变幻出万千色彩。树和草绿了，河流变蓝了，野花成了一群闹人的丫鬟，花枝招展地咧着嘴乐，花间的蝴蝶和水边的蜻蜓，也是五彩缤纷。到了这时节，如雪就为大白二黑叫屈，因为狗眼只能看到黑白两色，不论冬春。

这个春天不同以往，波河的寂静被打破了，一条采沙船横在水上，由晨至昏轰鸣着，河坝下的人家不得安宁了。圈了一冬的鸭子，本来最喜欢暖融融的春水，可是河上机器轰鸣，柴油机冒出的黑烟弥漫在水面上，鸭子都不爱下水了。

可如雪还是坚持每天早晨把鸭子放到河边。河里的小鱼和水草，岸上柳丛下的蚯蚓和草间的虫子，是它们的美食。

五月的最后一天，如雪跟二黑去波河赶鸭子回家时，发现少了一只。她怕查错了，用手中的长竿，将聚堆儿的鸭子打散，让它们站成一排，一连查了三次。没错儿——对她亲人似的昂着脖子的鸭子，如今是二十一只，少了只最肥美的花母鸭！那只鸭子她记得很清楚，目光温柔，从不抢食，行动迟缓，总是落在鸭群的后面。

二黑也发现少了只鸭子。它不见得认识每只鸭子，但每天走在最后的那只鸭子，它是熟悉的，它奔向河边，希望能帮主人寻回，而它最终，只是叼回了两根粗壮的鸭毛。如雪一看，那是丢失的鸭子身上的羽毛，看来有人偷了鸭子，羽毛是鸭子被捉时，遗落在河滩上的。

河面上没有鸭子，有的是云彩的倒影。岸上的柳丛里也没有鸭子，有的是夕阳薄薄的余晖。采沙船在距离放鸭点二百多米的地方，"咣——咣——咣——"响着，像是害了痨病的人，一声声咳嗽着。河床那柔软的白沙，被它的铁舌头，给吞吃了不知多少！在如雪眼里，它就像一只来自地狱的老鹰，专门是为了撕裂波河心脏的。

如雪从没有接近过采沙船，她听说，一共有三个采沙工轮流作业。采出的沙子经过筛选和分离后，攒成堆儿，由卡车运往建筑工地。采沙工除了采沙，还要装车。他们在岸边支起帆布帐篷，垒锅埋灶，自己开伙。如雪一早一晚放鸭时，赶上他们炖肉，能从风中闻到香味，但这样的时候很少。在外打工的人，谁舍得那么吃呢！她在心里认定，一定是采沙工偷了鸭子！因为她在小城放过多年的鸭子，从未丢过一只。

鸭子显然是受了惊，它们在回家路上，一有风吹草动就抻挲起翅膀，做出逃跑的姿态。如雪把鸭子赶回家，喝了碗粥，想想那只花母鸭，心疼得慌。她想应该警告一下采沙人，万一他们偷上瘾了，鸭子还不得接二连三遭殃？她锁上门，带着二黑，越过堤坝，抄着茅草小道，走向采沙人居住的帐篷。

2

采沙船突然安静下来了，看来这是采沙人吃晚饭的时候了。喧器声止息了，大自然的美好就回来了。河岸的虫鸣，甚至微风掠过柳丛的声音，都听得见了。

太阳落山了。苍青色的西天，残留着几缕嫣红的晚霞，好像一个姑娘要赶赴一场约会，匆忙中没有把脸上的胭脂涂匀。如雪还没到帐篷，就听见一阵笑声，也不知他们讲了什么有趣的事情。

二黑率先出现在帐篷门口，像个温柔的信使，轻轻叫了两声。一旦离开自己的领地，狗就不那么理直气壮了，哪怕背后有主人撑腰。

"妈的，哪里来的野狗乱汪汪？再叫，老子勒死你吃肉！"帐篷里传来一个男人粗哑的骂声。

如雪生气了，她快步跟上二黑，走到帐篷口，跺着脚说："刚吃完我的鸭子，又要吃我的狗，还有没有人性？想吃肉自己掏钱，去集市买呀！偷鸡摸狗的，算什么男人！"如雪说这话时，看都不看帐篷里的人，以示不屑！她把目光放在波河上。在如雪眼里，采沙船身上那个衔接着沙斗的摇臂，像个吊死鬼。

"谁吃你的鸭子了！"这是另一个男人的声音，尖利，有颤音。

如雪说："我告诉你们，今天这只鸭，算我送你们白吃，就算做善事了！要是再少一只的话，我就去叫警察了！"如雪警告完，踢了一脚靠着帐篷的自行车，反身就走。

"小娘儿们站住！凭什么说我们偷你的鸭子？你进来看看我们吃的什么？有没有一块鸭肉？你再看看外面，有没有一根鸭毛？"如雪刚走两步，一个穿红背心的矮个男人冲出来，将她揪住，往帐篷里拽，说："进去看看，别诬赖好人！"如雪从声音里，听出这是声言要吃掉狗的那个男人。

二黑见主人受到威胁，猛扑到矮个男人身上。如雪怕它下口咬，还得领人家去医院打狂犬疫苗，倒搭一笔，呵斥它下来。二黑缩回了爪子，但它给那人的背心，留下了两个泥爪印。

虽然光线暗淡，但如雪进了帐篷，还是看清了用石头和木板搭起的简易饭桌上，所摆着的饭菜：一碗大酱，一盆生葱小白菜，一盆炖豆角，还有一盆馒头。馒头个大，圆润，在这座小城，卖这种足斤而漂亮馒头的，也就她如雪吧。二两一个的馒头，别人卖的都添加了增白剂、泡打粉或者馒头改良剂，虽然个大，稀暄雪白，但华而不实，没有面味；而她卖的馒头，是面粉的本色，不施任何添加剂，用面肥发面，蒸出的馒头暄腾而筋道，深受小城人的喜爱。采沙人买的，正是她蒸的馒头！而买馒头的那个人，她一眼就认出来了，就是坐在木墩上嚼着馒头的黑脸大汉！每隔两三天，他就会骑着自行车出现在集市。如雪留意到他，是因为他买什么都嫌贵，总跟不相识的摊贩抱怨现在的钱太毛了。他对食品价格的认知，似乎还停留在十年前。他买馒头每一次要买二十个。如雪问他买那么多干吗，他只回一个字："吃！"

黑脸大汉也认出了如雪，他梗着脖子问："一只鸭子多少钱？"

如雪说："普通鸭子得三四十块，这散养的正下蛋的鸭子，六七十块都下不来！"

黑脸大汉打了个嗝，像是噎着了，说："过去二十块钱就买只肥鸭！"

矮个男人嬉皮笑脸地对黑脸大汉说："黑哥，你那是啥行情呀。现在不光鸭子贵，鸡也贵了！这小娘儿们养的鸭子要是不值钱，也对不起她的俏模样呀！"他跟如雪挤眉弄眼的。

声音尖利如呼哨的马脸男人，更加下流地说："黑哥，小娘儿们这么想鸭子，不行你今晚去她家，当回鸭吧！"

如雪愣住了，听明白他们说的是什么了。想想荒郊野外的，万一三个男人对自己动粗，二黑也救不了她，不能因为一只鸭子因小失大。再说了，人家的饭桌上，确实也没有鸭肉啊。如雪有点胆怯，又有点心虚，觉得自己置身的帐篷是个炸药包，说不出的凶险，连忙吆喝二黑回家。她往出走时，马脸男人冲过来，伸手拦了她一下，龇牙咧嘴地说："我们仨，你相中哪一个？"

如雪恨恨地说："三只黑鸭，谁稀罕！"

"嗬，小娘儿们原来得意白鸭子啊！"矮个男人说完，放肆地笑起来。他的笑哑腔哑调的，听上去像公鸭叫。

3

一个微雨的正午，黑脸大汉骑着自行车现身集市。他披着的天蓝色雨披，明明有雨帽，可他不戴，弃婴似的甩在颈后，露着脑袋，好像他要借雨水，将那头浓密漆黑的头发洗个透。他个子高高，腿长，所以他买东西时，是不下自行车的，看中了什么，屁股离开车座，双腿跨在横梁上，轻巧地将右脚支在地上，停顿片刻，买完东西后将其挂在车把上，蹬起车子走人。这天他买了挂面、酱茄子和干豆腐卷，当他朝如雪这儿驶来时，如雪想起前日的遭遇，十分不爽，扭头看别处，想让他知趣走开。

"要二十个馒头！"黑脸大汉并没因受到怠慢而从如雪身边越

过去，虽说离她不远处，还有两家卖馒头的。

如雪没有看他，撒谎说："就剩十来个了，去别家买吧。"

"有多少要多少！"黑脸大汉说，"别人家的馒头不受吃！"

如雪说："不受吃就自己蒸！"

黑脸大汉"嘿嘿"笑了两声，说："还生气哪？"

如雪怕背后卖肉的刘四见她和一个男人斗嘴，会以为他们之间有什么，刘四的望风捕影，在集市是出了名的。她叹口气，转过头来，抽出一个食品袋，打开馒头箱，用自制的柳条夹子给他夹馒头。虽说还剩三十多个呢，为自圆其说，她只给他夹了十二个。装完馒头，她头也不抬地递过去，黑脸大汉很快递上钱来。如雪一看付的是七十块钱，以为他拿错了，欲把余下的找给他时，黑脸大汉蹬起自行车走了。如雪急了，冲着他的背影喊："哎——你给多了！回来——"

黑脸大汉回了一下头，大声说："剩下的是还你的鸭子钱！"

如雪怔住了，原来真是他们偷吃了那只花鸭子！可当时他们为什么不承认？他能把钱还上，说明这家伙还是有良心的。如雪久久地望着他的背影，直到他出了集市。

刘四从肉铺的窗口探出头来，露出一口黄牙，阴阳怪气地问："如雪，什么时候卖上鸭子啦？"

如雪说："有只鸭子不爱下蛋，我就卖了！"

刘四说："这人前段老来买我家的五花肉，也不知怎么的最近不来了！他是干什么的呀？"

如雪说："今年波河边不是来了条采沙船吗？他是挖沙子的。"

刘四又问："他哪里人？"

"我哪知道。"如雪说，"就是卖给他们一只鸭子，也没说上几句话。"

"妈的，他们挖沙忒霸道！也不知道远点挖，离居民区那么近，早晨他们开工早，轰轰轰的吵得人睡不踏实！"刘四家跟如雪家一样，就住在坝下，离采沙点不远。如雪淡淡地附和了一句"就是"，就招呼过来买馒头的人了。刘四悻悻地缩回头，用蝇甩子拂着肉案上的苍蝇。他练过魔术，手快，顾客选中的肉，在顾客浑然不觉的情况下，掺进去两块，当好肉一起卖掉。估计黑脸大汉发现了这把戏，才不来他的肉铺了。如雪觉得刘四很傻，贪小便宜吃大亏，做买卖最不能要的就是欺客，没了信誉，生意不冷清才怪呢。

如雪卖完馒头，雨住了，太阳出来了。她走出集市时，不少摊贩跟她打招呼，羡慕她是集市里每天最晚到，却最早收工的生意人。如雪的心境跟天一样明朗，大白也一样。它拉着空车，为了显示力气大吧，颠儿颠儿跑起来，故意把如雪落在后面，然后再停下来，转过身，远远地看着主人，绅士般地等她。大白拉的小车是如雪请木匠特意打造的，白桦木的材质，下面镶嵌着两个胶皮轮子，上面放置着松木馒头箱。有时候她累了，搭着车尾的横杆坐上去，大白能将她和馒头一起拉着走。不过这样的时候很少。如雪心疼大白，它能拉一箱馒头，已经很了不起了。这小城像它这般大的狗，除了看家，别的活儿一样不做。

雨后的阳光实在灿烂，如雪看见在前方等待着她的大白，通身雪白，闪闪发光，就像落在大地的一朵云。

4

波河从深山峻岭间流出，没有污染，水质清冽甘甜。河水含有丰富的矿物质和多种微量元素，大型的波河矿泉水厂已经开工建设，采沙船采的沙子，正是运往下游的施工现场的。往年住在坝下的人家，来这儿放鸭子放羊的，洗衣服刷鞋的，谈恋爱放风筝的，玩水洗澡的，打猪草钓小鱼的，以及男人间靠拳头解决纠纷的，比比皆是。然而采沙船一来，去河岸的人少而又少了。人们想避开喧嚣，就得到上游去。小城的人，都把波河当成了自家的，习惯了顺脚就到；出城去波河，谁都嫌麻烦，所以这个夏天，很多人失去了与波河亲昵的机会。人们抱怨采沙船停泊之地太阴毒，正在小城的心脏上，不受打扰的人家很少。还有人说波河有条七彩神鱼，正潜在那位置，采沙船在河床打了深坑，神鱼受了惊扰，游到别处去了，小城失去庇护，将不会太平了。

跟如雪一样坚持去波河的，还有住在她家前院的吴老侃，他每天把羊赶向河岸。那里的青草，是羊最爱啃吃的。

一般来说，如雪傍晚去河岸时，吴老侃已经把羊赶回家了。但这天她跟二黑到河岸时，吴老侃和他的羊还在。

吴老侃六十来岁，干瘦干瘦的人，是个热心人。他戴顶破草帽，离老远就对如雪说："你家的鸭子可真认人，我想帮你赶回去，可怎么撵它们都不听！你说我又不是老鹰，它们怕什么！"

原来，吴老侃来赶羊时，见一只巨大的老鹰从波河上空掠过，突然俯冲到柳丛，把鸭子撵得呱呱叫，四处奔逃，他连忙捡起岸边的鹅卵石驱赶老鹰。吴老侃眼力和手力真不错，鹅卵石击中老鹰，将它逐出柳丛。

"这老鹰肯定让我打晕了，它逃时，飞得低不说，还摇晃着，翅膀有点打不开。我估摸着，它也不敢再祸害鸭子了！"

如雪说："往年也有老鹰来，可没见它们叼鸭子吃呀。"

吴老侃说："你没听说吗？采沙船把波河里的五彩神鱼给惊走了，往后咱这里不会消停了。老鹰现在叼鸭子，没准儿过些天，山上的狼会下山来吃我的羊呢！"

鸭子见了主人和二黑，纷纷围聚过来。那只被老鹰啄伤了翅膀的鸭子，满腹委屈，它嫌二黑来晚了吧，用嘴狠狠地啄它的右前腿，二黑缩着爪，呜呜叫着后退。

吴老侃引导着如雪，去柳丛看老鹰叼鸭子的地方。战场有澡盆那般大，草大多被踏得倒伏了，一簇红柳也被压弯了。除了几撮鸭毛，还有老鹰遗落的羽毛，足见当时争斗之激烈。

"这么说，我前几天丢的鸭子，是老鹰给祸害的？"如雪自言自语着。

吴老侃瞪大眼睛，说："啊呀，都丢了只鸭子了？"

如雪说："可不是？二黑在河边捡到了鸭毛，我还以为是人偷的呢。"

吴老侃口无遮拦地说："你寡妇失业的，这小城的小偷也该知道你。他们再不济，也不好意思打你家鸭子的主意呀！这坏事在我看来，只有老鹰干得出来！"他说老鹰虽然力气大，但也不会把鸭子叼到很远的地方，估摸着它是在附近，找个僻静处吃掉鸭子的。

吴老侃赶着羊回家了。为了证明采沙人是被冤枉的，如雪带着二黑，沿着河岸向上游搜寻。一刻钟后，二黑闻到了血腥气，将主人引向波河转弯处的草丛。如雪走近时，夕阳正浓，她看见了一堆花花搭搭的鸭毛。如雪最喜欢的鸭子脖颈处的湖绿羽毛上，正爬着一堆蚂蚁。

5

　　进入六月以后，天气一天比一天热。

　　如雪怕老鹰惦记上鸭子，还会突袭，她带着大白去集市卖馒头时，就不让二黑看家，而是把它派到河岸守护鸭子。

　　这天如雪从集市回来，特意剩下二十个馒头。她下午到园田给柿子打完杈后，做了肉丁土豆疙瘩汤，美美吃了，之后梳洗一番，换上她喜欢的马蹄袖蓝色布衫，平底的船形黑皮鞋，拎着馒头去采沙人住的帐篷。

　　虽然经历过两次婚姻的重创，又风里雨里地忙碌，如雪容颜未损，如一枝风中的红百合，依然娇艳，泛着健康的生命底色。过了四十的她，谁见了都以为只有三十出头。她一米七二，这在女人中，算是高个子了。高个子女人太瘦了会显得轻佻，太胖了则显蠢，没有女人味儿，如雪刚好是不胖不瘦的那种。她胃口和睡眠好，常饮蜂蜜水和玫瑰花茶，喜食豆腐、鲜果、鱼虾、蔬菜，这都是女性保养的秘籍。她不施粉黛，皮肤紧致，少有皱纹，鹅蛋脸总是那么光洁滋润，白里透粉，好像老天将朝霞捣成胭脂，涂在她脸上了。人家问她怎么能保养这么好时，她会紧一下娇俏的鼻子，扑闪着那双撩人的丹凤眼，轻轻一笑，说："哪有心思保养呀，天生这皮子。"话语间，还是流露着骄傲。

如雪在婚姻上实在背运。她的第一个丈夫孟青是外科医生，公公孟达是这里的人大主任，在小城算是头面人物。没有工作的如雪，由于公公的关系，被安排到自来水厂做收费员。这个活儿轻巧，每月有两千多块的薪水。他们婚后的日子，最初是甜蜜的，两个人总是一起出门上班，孟青值夜班时，如雪会煲上鸡汤，送到医院。然而好景不长，如雪两次宫外孕，这等于持续踩响了婚姻的地雷，硝烟起来了。丈夫对她还好，公公婆婆嫌她没给孟家添丁进口，对她越来越冷淡。婚后第四年，医生判定如雪很难再怀孕了，如雪主动提出离婚，孟青也同意了。如雪前脚离婚，自来水公司后脚就把她裁员回家。如雪也没怨言，心想非法得来的东西，就得是暴毙的下场。她用离婚分到的钱，在波河坝下买了座平房，三大间，带院子，有大片的菜园。如雪种菜，养鸭，采山货，一年有万元左右的收入，日子说得过去。

如雪的第二个丈夫，是她离异三年后，吴老侃给介绍的。男人叫李猛，矮矮胖胖，四方大脸，杀猪的。他嗓门大，力气大，饭量大，脾气大，人家送他一个"四大"的绰号。他们第一次见面是在一家面馆，四大看到如雪，叹了口气，对吴老侃说："你这不是坑她吗？"掉头就走。他死了老婆，带着一个十一岁的男孩，原以为吴老侃介绍给他的，是个相貌平平的离异女人，没想到如雪那么漂亮，吴老侃追出去，问他怎么说坑了那女人，四大说："她个子比我高，年龄比我小，长得比我好，又不拖孩子带崽子的，跟了我不是糟蹋了吗？"吴老侃回面馆把这话学给如雪，如雪开始没吭气，待她吃完一碗炸酱面，撂下筷子后，对吴老侃说："他要是不嫌弃的话，下个礼拜就搬过来一块儿过吧。"吴老侃不相信地问："你真相中他了？"如雪笑笑，说："凡事先为女人考虑的男人，错不了。"李猛也真实在，吴老侃递过话，没出三天，他就雇台车，把简单的家当放在上面，带着儿子李小早搬过来了。他见着如雪，有些不好意思地挖挲着手，说："半路夫妻成个家不易，早一天在一块儿，就多享一天福！"如雪说："就是。"李猛一把拉过儿子，让他喊如雪"妈妈"。李小早虎头虎脑的，他盯着如雪，定定瞅了半晌，怯生生地叫了声："妈——"如雪激动得哭了。李猛雇的是台拉砖的车，他的家当进了如雪家，带着一层砖屑，就像镀上一层绚丽的晚霞，喜洋洋的。婚后的李猛声言要把媳妇养成一只白天鹅，脏活累活全抢着干，李小早跟如雪也越来越亲。如雪觉得自己命真不错，有个疼她的丈夫，还白捡了个儿子。可是这小城认识她的人，都觉得她嫁错了郎，说他们不般配。如雪想你们懂什么叫般配？般配就是两个人忙完一天的活计，睡在一个被窝时，嫌夜晚太短。虽然孟青再婚了，也有了孩子，但对如雪还是在意的。有一次李小早拉肚子，如雪带他去医院看病，碰见前夫，孟青忍不住责备她："嫁个杀猪的，真为你臊得慌！"未等如雪反驳，捂着肚子的李小早哎了一声，回敬道："杀猪的是你大爷！"

　　如胶似漆的李猛和如雪，只过了四年美满日子。李小早十五岁的那年端午，几个十六七岁的高中生在一家饭馆喝多了酒，发生口角，当街打起来，李猛路过，好心拉架，没想到那几个学生嫌他多管闲事，冲他来了。拳头雨点般地落在他身上，打得李猛晕头转向，当天晚上回到家，直喊心口疼，未等如雪把他送到医院，人就断气了。知晓事情原委的，都让如雪去告那几个孩子，说是他们的家长应该赔偿她。如雪想想几个孩子马上要考大学，未成年，断了人家的前程不好，再说要证明李猛是因挨打而引起的心肌梗死，还得尸检，她不舍得法医在丈夫身上动刀子。还有人建议她为李猛申请见义勇为，说是如果能得到那个称号，会有一笔奖励金。如雪想想真的申请起来，相关部门要来调查取证，百般周折，弄不好还是一场空，也就断了那念头。李猛去世后，李小早就被姑姑领走了。如雪等于失去了丈夫，又失去了儿子，她寂寞得慌，悲凉得慌，便养了两条狗。她带着白狗卖馒头，带着黑狗放鸭，不知不觉，六年的时光就过去了。

6

黑脸大汉歪着身子，屁股搭着自行车的后座，沐浴着向晚时分温柔的天光，"咔——咔——"地铰着指甲。采沙船停止工作了，挖沙斗里传出鸟鸣。鸟儿大概没见过这么大的窝，好奇地打探呢。但它们很快发现这个铁窝不舒服，又一哄而起，飞出挖沙斗。

黑脸大汉听见脚步声抬起头来。他看见如雪，尤其是看见她手中提着馒头时，明白她找到袭击鸭子的真凶了。

如雪把馒头挂在自行车的车把上，拍了拍手，说："我是把鸭子钱还你呢，还是留在我这儿，你买馒头时一点点扣除？"

黑脸大汉说："你的馒头短不了要吃的，留在你那儿吧，省得我买时掏钱了。"

如雪点了点头，问："不是你们偷的鸭子，怎么赔我鸭子钱？"

黑脸大汉低下头，继续剪指甲，没有回答如雪的话，而是问她："究竟是谁干的？"

"老鹰！"如雪说，"你们这采沙船把河里的七彩神鱼惊走了，这里不太平了。老鹰吃鸭子，狼也要下山来叼羊了！"

黑脸大汉看了一眼如雪，哈哈笑了，"七彩神鱼？我怎么没见过！"

如雪说："你没见过，不等于它没有。"

"那你见过？"黑脸大汉问。

"我听说过。"如雪说。

"那还不是没见过！"黑脸大汉问，"你家黑狗怎么没跟你来？"

如雪说："我让它在河边看鸭子呢。"

"万一老鹰把它也走叼了呢？"黑脸大汉跟她开起了玩笑。

"老鹰要是能叼走黑狗，七彩神鱼就能把你们的帐篷当蘑菇给采了！"如雪说完，忍不住笑起来，黑脸大汉也笑了。如雪注意到，他的指甲有点泛灰，看上去就像山野间的一种灰白色的芨芨草花，玲珑，不俗，惹人怜爱。

黑脸大汉对如雪说，老鹰的消化功能特别好，喜欢吃老鼠、蛇、野兔和小鸟。它吃鸭子，说明这一带可食的野物越来越少，它才会打鸭子的主意。老鹰只要得嘴了，还会再来。没有枪打它，就用粘网捕，他可以帮着下粘网。如雪恨恨地说："要是捉到老鹰，我就把它炖了吃了，谁让它吃了我的鸭子呢！"

如雪离开帐篷时，问他的两个工友哪儿去了，黑脸大汉说："今天收工早，他们去玉露街洗脚去了！"

玉露街是一条僻静的长街，靠近火车站。这小城那些不规矩的发廊、洗脚房、按摩院、洗浴中心、歌厅，凡是吃情色饭的场所，都在那里。人们私下都管玉露街叫"红灯区"。白天的时候，那里阒然无声，一到晚上，灯红酒绿的。虽然街面上看不到车和人，但里面却是热闹的。如雪听说，那些外来打工者，隔三岔五的，就会揣着血汗钱，到那儿痛快一下。价格高的暗娼在歌厅和洗浴中心，便宜的在洗脚房和发廊。

如雪问黑脸大汉为什么不去，他低着头，说："咱享受不起啊。"

如雪以为他心疼钱，哼了一声，说："享受得起也会去呗，男人都一样！"

如雪离开工棚，来到放鸭点，发现所有的鸭子都高昂脖颈，比往日兴奋，原来二黑咬死了一只老鹰！老鹰在河滩上，脖颈被咬断了，渗出的鲜血染污了羽毛，看上去像团抹布。如雪抚摸着二黑的头，夸完它，还是对老鹰起了怜惜。她起身拎起死鹰，将它扔进波河。心想河流中有天空的倒影，它会喜欢这个去处。

天色暗淡了，蚊子起来了。如雪赶着鸭子走出河滩，越过柳丛时，黑脸大汉从茅草小道斜插过来，老远就喊："刚才我在河边洗脚，看见一只死鹰漂过来，捞起来一看，不是枪打的，肉挺新鲜，是不是你家黑狗当的英雄？"

如雪大声回道："是啊，你就不用下粘网了！"

黑脸大汉说："白捡了一顿鹰肉，回头我犒劳黑狗俩馒头！"扭身回去了。

如雪望着他的背影，小声嘟囔着："这不是把我们波河当洗脚房了吗？"这话看似责备，实则欣赏，因为她的语气是亲切的、甜蜜的，连二黑都听出来了，主人说话的语气变了，二黑学着那语气，温柔地叫了两声。

7

如雪和黑脸大汉渐渐熟络起来。她跟他说好了，每隔三天，去工棚给他们送馒头，不用他去集市买了。这样，他骑着自行车采买肉蛋蔬菜时，看见如雪，只是笑一下，并不凑近，为的是享受馒头被送上门来的那份快乐。

黑脸大汉说如雪的馒头好吃，除了货真价实、手艺好之外，与用松木箱子盛着有关。他说如果不用金属帘子，换成柳条的，馒头的味道会更好！这样，他主动要帮如雪编帘子，说是夜长，收工后闲着也是闲着，让如雪把锅的口径告诉他，编时有个尺寸，心里有准儿。如雪说："我哪知道锅多大的口径呀，要不你跟我去家里瞅瞅那口锅？"

这样，黑脸大汉第一次踏进了如雪的家门。那口支在灶房东墙下的大铁锅，干干净净，光可鉴人。黑脸大汉看着锅说："你用它蒸馒头方便，可是做一个人的饭，不是太大了吗？"

如雪赶紧从炉台下的炊具架子上，拎出一口小巧的锅，说："我自己使这个。"

黑脸大汉"哦"了一声，说："油汪汪的，看来是个爱吃肉的！"

"我男人是个杀猪的，他爱吃肉，把我拐带的。"如雪说。

"他去世了？"黑脸大汉问。

"你怎么知道？"如雪盯着他问，"还有，谁告诉你我是一个人吃饭？"

黑脸大汉一边比量着锅的口径，一边说："一个女人为一只鸭子找上门来，看来家里没有主心骨。男人在家，是不会让女人出来掰扯这事的。还有，你没有孩子。有了孩子的女人，不会把两条狗当孩子看待，走到哪儿带到哪儿，亲成那样。没有男人，又有没有孩子，看来你是一个人吃饭的。"

如雪红了眼圈，她没想到黑脸大汉对她观察得这么细致，而且说话如此体贴周到。看来他当初赔给她鸭子钱，就猜到她是寡妇了。

黑脸大汉看完锅，心里有数了，他告辞如雪，要回工棚的时候，如雪留他喝杯茶。黑脸大汉说："茶就免了，要是留我吃肉还行！"

如雪说："我腌了一坛咸肉，你能吃辣椒吗？能吃的话，自己去园子里摘点辣椒，我现在就切咸肉，十来分钟就能让你吃上爆炒辣椒咸肉！"

黑脸大汉说："我要是走了，我肚子里的蛔虫今晚还不得闹死我呀！"他走向菜园，摘辣椒去了。

如雪和黑脸大汉在温柔的灯光下开始吃喝的时候，河边传来青蛙的叫声，毕竟是盛夏时节了。黑脸大汉对辣椒咸肉赞不绝口。两盅酒落肚，他的话渐渐多了起来。他告诉如雪，他家在河北，出狱不久。十二年前，他外出打工，家中留下妻儿。他们那个村子，土地贫瘠，没有其他副业，家家过着穷日子，所以身强力壮的男人，都选择了离家打工。他打工的第三年春节回到村子，发现老婆变了个人。邋里邋遢，面色青黄，到了饭时不知道做饭，整天睡不醒。而与他遭遇相似的，还有几个打工者，他们满心欢喜地回家过年，也发现老婆跟自己没有往日亲热了，个个精神恍惚。他们私下跟村里的老人一打听，才知道村委会主任每隔半个月，就会招那些男人不在家的妇女，去村委会打扫他的办公室，说这是村民的义务。一间办公室能有多大灰呀，每次她们打扫，总要一两个钟头。她们去村委会的时候，走路顺顺当当的，头抬着；可从那儿回来，走路磕磕绊绊的，低着头。黑脸大汉说，村主任对他们老婆干了什么，他们全明白了！他们几个密谋了，包下一家小酒馆，一起请村主任喝顿酒，把他裤裆里的玩意儿给摘了，让他再也不能动女人半根手指！村主任赴约后，酒过三巡，他们将他五花大绑起来，嘴用胶带封住。黑脸大汉说他年轻时劁过猪，所以动刀子的，就是他了！他们阉割完他，将他的玩意儿扔进茅厕。他们前脚走，村主任后脚就报案了。他和那几个男人被抓走。虽然调查结果确认村主任在两年多的时间里，先后奸污了九名妇女，但他们还是触犯了刑律。他的同伙都是判一缓二或判二缓三，他却因故意伤害，获刑八年。别人都说判他判得太重了，让他上诉，可他说为村子妇女除了一害，八年不冤！出狱后，他发现东西贵得离谱，什么都翻倍涨价。他儿子正在上大学，老婆一身的病，处处需要钱，他只好回到老路，再出来打工。他在狱中最不能忍受的，是天地太窄，所以他选择打工地点，一定要开阔。当个采沙工，最符合他的理想了！采沙船停泊之地，总是有山有水。

如雪说："你下雨天不把雨帽戴上，就是因为在狱里，连雨都淋不着吧？"

黑脸大汉说："你太聪明了！进了监狱，你才知道风啊雨啊的，都是好物！你看，我进去这些年，少见日头，指甲都变灰了。"黑脸大汉伸出十指，摊开给如雪看。在灯光下，那双手就像一只竹排，泛灰的指甲则如月亮投下的光影。如雪一阵激动，攥住了那双手。

黑脸大汉把如雪拉进怀里，紧紧抱了一下，亲吻着她的脸颊，说了句："也许是报应吧，我割了村主任的玩意儿，在狱中这八年待得也没那个能力了。"他歉意地松开她，叹口气，回工棚了。

8

有一桩秘密，除了如雪和她爱过的人，外人是不知晓的。

她喜欢给所爱的人剪指甲，把它们收藏起来，粘贴在一块涂着果绿油漆的木板上。男人的手指甲，跟他们的脾性一样，千差万别。孟青的指甲颜色偏白，甲质纤薄，有竖纹，半透明，较柔软，因为他的手常在消毒液中浸泡着，有股淡淡的消毒水气味；李猛的指甲粉红色，甲质厚，附着星星一样的小白点，易裂，由于杀猪，指甲总是油汪汪的，像涂着一层蜡。孟青的指甲长得慢，半个月才剪一回；而李猛的长得快，一个礼拜不剪，就跟猫爪一样尖利了。男人们被她剪指甲的时候，表情都跟婴儿一样，天真无邪，满面灿烂。孟青喜欢清晨起床后剪指甲；李猛则喜欢黄昏后。他们在温润的清水中洗过手，把手乖乖地伸向她怀里，如雪便陶醉了。指甲剪响着，她的心就仿佛被蜜浸透了。如雪初始以为那块绿板上，只会有孟青一人的指甲。她用透明胶和镊子镶嵌指甲时，随心所欲，想点到什么地方，就什么地方。指甲拼出的一朵朵小花，银白色，妖娆浪漫，晶莹剔透。她想这辈子只钟爱这样的指甲就够了，谁料它们有一天会突然从她的生活中消失。离婚以后，她偶尔想起孟青，不是他的形影，而是他那雪花般的指甲。李猛的指甲出现在绿板上时，她心里还想，以前用孟青的指甲镶嵌的小花，太素气了，所以他们的婚姻很快走到了尽头，李猛那粉红的指甲，喜气洋洋，他们应该有美满结局。她用那指甲，镶嵌了几朵桃花和杜鹃，待她拼莲花的时候，只拼出花心和一片花瓣，李猛便去世了。现在，黑脸大汉的灰指甲出现了，如雪知道，这指甲会是最少量的，因为冬天一到，采沙船就会走了，采沙船一走，黑脸大汉也会走了。他的指甲对她来说，寒星一般，美丽又凄清。所以只要他们在一起，像少男少女一样纯洁相拥后，如雪总要拿出指甲剪，想多拾得一缕这样的星光。黑脸大汉问她为什么喜欢剪他的指甲，如雪莞尔一笑，说："我怕你与人拌嘴，动起手来，再把人挠伤了。"

鸭子肥了，河水瘦了。草叶黄了，风转凉了。秋天悄无声息地来了。黑脸大汉和如雪，都知道在一起的日子越来越少了。他们怕难以承受突然间的告别，都有意识地疏远对方，做着天各一方的准备了。如雪不再去工棚送馒头，黑脸大汉也很少上门了。如雪一早一晚赶鸭子时，忍着不朝采沙船方向看；黑脸大汉去集市买馒头时，也不敢看如雪的眼，而是把目光放在白狗身上。以前听到采沙船的噪声，如雪会反感，现在对她来说则是天籁之音。她早晨起来，推开窗户，只要听见它在工作，就像听到了黑脸大汉的心跳，亲切而踏实。

这小城的秋天，比起春天和夏天，要短命多了。两场霜后，庄稼萎靡了，落叶满天飞。如雪有天赶鸭子回来，碰到吴老侃，他高兴地告诉她，前几天他上山采蘑菇，路过在建的矿泉水厂，看见工程已经收尾，估摸着采沙船马上就要离开波河了。如雪失魂落魄地回到家，圈好鸭子，喂了大白和二黑，无心吃喝，拿出储存在戒指盒里的黑脸大汉的指甲，开始了镶嵌。他的指甲实在太少了，她想来想去，把它们粘贴成两只蜻蜓。一只飞在孟青的雪白的指甲花上，一只飞在李猛的粉色的指甲花上。这两只灰蜻蜓，带着薄暮的气象，迷离，雅致，就像银河洒下的两滴水。

一个冷雾萦绕的清晨，如雪起床后打开窗子，感觉从未有过的寂静。她来到院子，大白二黑迎上来，一左一右地叼她的裤脚，把她往院门引。如雪走过去，发现院门的栅栏上，挂着两只柳条帘子。不用说，采沙船撤了，黑脸大汉走了。那两只帘子，绛红色，像是两团永不熄灭的火焰。

住在坝下的人家，注意到了如雪最近有点反常。河水快结冰了，岸上草木枯萎，虫鸣不再，可她还是把鸭子赶向波河，连馒头也不去卖了。采沙船消失之后，她把那里当作了放鸭点，天天待在那儿。鸭子嫌水冷，不爱下水，她就用长竿赶下去。它们游了一会儿，实在受不了那份凉，纷纷游回岸边的时候，如雪会用长竿将其挡回。有一天午后，鸭子下水后，游到河心，没有像以前一样折回，而是一直向着对岸游去。它们带着一股决绝的姿态，好像要彻底摆脱它们的主人。看着鸭群渐行渐远，如雪急了，让二黑下去把它们追回。

二黑下水后，一路奔向鸭子。它的身子浸在水中，可头却露在水面，好像谁遗落了一顶黑礼帽，在水面漂摇。二黑把鸭子赶回河心，它们便顽强地回转，又向对岸游去，似乎打定主意，要做一群野鸭子了。二黑没办法，一次次地阻挡它们。可那群鸭子就像起义者，义无反顾，只要返到河心，就像看到了囚笼，集体转身，仍然顽固地游回对岸。如雪眼见着精疲力竭的二黑一点点沉下去，直到那黑头颅不见了。

二黑不见了，鸭子也不见了，如雪哭了，她扔下长竿，去找吴老侃帮忙。吴老侃叫上一个打鱼的人，撑着小船，先把鸭子赶回来，然后打捞二黑。采沙船在河床深处留下了巨大的深坑，二黑就沉在那里了。吴老侃和打鱼人将二黑打捞上岸后，已是黄昏了。吴老侃说："我说七彩神鱼没了，波河该出事了吧？幸好这次淹死的是条狗，要是人，建筑公司还不得吃官司呀！"

如雪跪在冰凉的鹅卵石上，拍着二黑，痛痛快快地哭了一场。哭完，她用河水洗了脸，回家找把铁锹，把二黑埋在采沙人住过的地方。她把鸭子赶回温暖的棚舍后，喂给它们最喜欢的杂鱼，然后开始发面。

第二天早晨，如雪用黑脸大汉留下的柳条帘子蒸了馒头。她中午带着大白，去集市卖馒头了。人们都说她的馒头越来越好吃，多了股说不出的清香。

2012 年

夜行船

　　八两街原来是有一个极风雅的名字的，叫"沉雪榭"。只是由于近年来在这街上做生意的商贩很少有规矩的，千篇一律地短斤少两，久而久之，人们就把沉雪榭的名字给废了，都叫它"八两街"。你在这街上若买一斤油菜、一斤腌牛肉、一斤什锦小菜，如果每样不短上二两，那才叫奇怪呢！

　　奔波劳碌在这街上的商贩的名字，同这街的命运一样，渐渐地也把正经名字混丢了，只落得一个诨名，比如做酥饼的刘大江，人们都唤他"刘酥饼"；专做各式鸡杂的吴永明，叫"吴鸡杂"；洪正青开着粥铺，他的名字就成了"洪粥铺"；至于卖豆腐的马艳，大家想着她是个女人，诨名中也要有女人的味道，就叫她"艳豆腐"。

　　得了诨名的都是做着小本生意的成年人，可是李瓦罐的十岁的儿子李志远，竟没人知道他的本名，都叫他"小泥猪"。八两街做买卖的人，没有不知道他的。小泥猪从来没有穿过干净的衣裳，脸上总像鬼画符似的，鼻涕、灰迹、汗渍样样占着。由于他爱啃肉骨头，所以唇角总是油汪汪的。八两街的业主都怕看见他，他白吃人家的东西不说，还老是给人惹麻烦。比如他就把王油条家的一锅热油给掀翻过，白白糟蹋了人家二十多斤的油。他还撞翻过艳豆腐家整板的豆腐，豆腐落入土中，吹不得打不得，只能弃了。由于他整日面目糊涂着，脏得仿佛在泥里打滚的猪，大家就都唤他"小泥猪"。

小泥猪的爸爸李士风，五年前和妻子双双下岗回家，两人就朝各自的亲戚借了些钱，准备在人流密集的八两街做点小生意。

李士风当过伙夫，掂马勺的功夫十分了得，他就想开一家即炒即卖的小炒铺。铺子还没开，有一天他在八两街上走，忽然碰见一个老者问他："这街上哪家有鸭子卖？"他这一说，倒提醒了李士风，他仔细察看了一番，发现八两街没有做鸭肉生意的人，他茅塞顿开，决意在鸭子身上做文章。如今瓦罐很盛行，李士风决定做瓦罐鸭。因为酱鸭、卤鸭、盐水鸭和烤鸭已经为人熟知，屡见不鲜了。

在哈尔滨，鸭不像鸡那样上得了台面，不够普及，所以鸭源成了问题。正在他愁眉不展时，小泥猪的舅舅来家串门，他也刚刚失去工作，三十岁仍孑然一身的他正苦恼着。听姐夫说了难处，他说："鸭源不成问题，我认识太阳岛江桥下的一户人家，他家旁边有个苇塘，专养鸭子。"李士风喜出望外，连忙唤内弟去跟养鸭户联络，也合该李士风有财运，一说即成。

由于这鸭子在太阳岛上，往来必须经过松花江，所以，每周要由人去岛上挑了鸭子回来。李士风见内弟在家也是干闲着，就唤他来帮忙。李士风的妻子白秀英做得一手好凉皮，哈尔滨人又素喜吃凉菜，白秀英就让弟弟白士禄在八两街卖凉皮；每隔三四天再挑了箩筐，撑了船到岛上运鸭子。一年下来，白士禄的凉皮出了名，他的名字就被人替换为"白凉皮"；而李士风的瓦罐鸭更是风靡了八两街，食者甚众，成了一种品牌。他原有的名字也就在鸭肉的气息中被蚕食掉了，成了响当当的"李瓦罐"。

李瓦罐煨鸭子用的是大号瓦罐，里面宽绰得可容八只鸭子打滚。他先将清水盛入瓦罐，放上桂圆、红枣、枸杞、芝麻、黄芪等滋补品，再撒上姜、葱、蒜末，扔上几颗干辣椒、几片肉桂、一把麻椒，再用炒锅把黄酒、酱油、红糖煎得沸腾了，淋入瓦罐内，用文火煨上三四个小时，这鸭子就被煮得浓香扑鼻，令人闻之口水横溢。

一只鸭子的进价大约在十六元上下，每只鸭子二斤左右；李瓦罐将煨好的鸭子卖到每斤十五元，除去调料、煤气等费用，再加上在秤上做手脚，每只鸭子赚十元是极从容的。一天下来，少说也要卖上十只鸭子，可净得一百元。运气旺的日子，卖二十只鸭子的时候也是有的。

几年下来，李瓦罐的鸭子就入了八两街食品中的"正宫"，以其独一无二的风味，稳稳地占据了消费市场。

八两街在哈尔滨的道外区，濒临松花江。解放前，这里曾有一条著名的巷子，叫"桃花巷"，是青楼云集的地方。那时候，大烟馆也比比皆是。所以流匪、白俄、妓女、贩夫走卒、嫖客、瘾君子、手工艺人、拉车的、修脚的，在这街上都可以看到。至今，这一带的老人在黄昏纳凉时还常给孙儿们讲那个年代发生的旧事。什么拉车的把赚得的钱都扔在了大烟馆里，他的老婆拖着儿女跪在烟馆外号哭；什么妓女从良不成，吞了金子等等。那些旧事就像老房子上的青苔，是结了痂的岁月，由经年累月的风雨凝结而成的。

解放后，道外也是小业主聚集之地，所以房屋多是低矮破旧的民居。虽然近些年政府对这里进行了几次大规模的动迁改造，起了很多高楼，拓宽了一些马路，大型商场和酒店也相继出现，但仍有一些老房子尚没有得到改造，比如八两街，再比如十九道街等等。

八两街是一条东西向的长街。它既狭窄又有些歪斜。它的两侧有新开发的居民小区，也有破旧的等待拆迁的平房。这一带居民很多，八两街因而成了一条生意繁荣的街。

虽然市民对它的短斤少两颇多微词，报纸和电视追踪报道过，工商和物价部门也通力整治过，但八两街仍然是我行我素，能在监督下好上三天就是奇迹了。一副任尔东西南北风，我自岿然不动的无赖姿态。

然而它的顾客却从来没减少过。一则这街上物品丰富，主食中的切面、手工水饺、烙饼、馒头、糖包、馄饨、锅贴、窝头应有尽有；副食中的炸鸡、酱牛肉、荷叶排骨、瓦罐鸭、熏鹅头、辣子鸡丁、烤鲫鱼等更是各具风味；此外，各色蔬菜果品也一应俱全。在这街上走上一遭，该买到的都能买得到，确实让老百姓感到了方便。

再者说了，八两街的东西比大副食商场的要便宜得多，品质又好，业主用的都是自家的绝活来经营生意。如雷家的豆芽从来没有用过化肥"速生"；马艳家的豆腐用的是纯天然的黄豆，绝对不用石膏；王家的酸菜也是用缸经过漫长的传统发酵腌制出来的。所以一遇到顾客对八两街说三道四时，业主就会振振有词地辩驳说：

"这街上卖的东西可都是绿色食品，多花点钱等于少吃了药，划得来！"

所以，在这儿做买卖的人又自诩它为"绿街"，这"绿"当然不是说它的绿化好，事实上，这街上没有多少树，仅有的十几棵榆树也由于终日饱受油烟的熏炙，看上去满面尘灰，叶子蔫软着，像是十几个衣衫褴褛的乞丐老态龙钟地弯弓在那里。

八两街的路面没有铺方砖，还是土路，且有些凹凸不平，所以一到雨季，路面很泥泞。这个时候的小泥猪在这街上走上一趟，总要跌到泥水里一回。他喜欢像小马驹一样跳着走路，而且从来不看路，两眼撒目着两侧的店铺，脚也就没个准，随时就会躺倒在泥坑里。他倒地后总要兀自骂一声这泥坑："×！你这坑里盛的是烂泥，又不是燕窝，拉你大爷干屁！"

他五岁时即被李瓦罐带到这街上做买卖，学得一口的俚语和脏话。李瓦罐觉得儿子将来会比自己有出息，他的判断标准很简单，一则儿子有闯劲，天不怕地不怕；二则小泥猪聪明，当他发现新开的五香猪蹄的铺子影响了他家瓦罐鸭的生意的时候，他就使出了个坏招，从瘫痪在床的刘老汉家的炕上，捉了几只蟑螂，把它们捏死，悄悄放在那家铺子的猪蹄上。顾客见了，自然要大呼小叫，指责他家的食品卫生太差，这样一传十、十传百，五香猪蹄就无人问津了，生意自是一落千丈。还有的时候，他会抓着一把盐，神不知鬼不觉地把它们投到别人家炸鸡的油锅里，使本已腌渍过的鸡经过油锅后咸得发苦，炸鸡铺子自然是门庭冷落了。业主不知是小泥猪作祟，竟是吃了哑巴亏也浑然不觉，这令小泥猪分外得意。

他每每干完这些事，回家总要炫耀一番，李瓦罐不但不责备他，还夸奖他，更使得他有恃无恐，得寸进尺地在八两街上横冲直撞，愈发像个小无赖了。

小泥猪早过了上学的年龄，可他讨厌去学校，李瓦罐也就不强求他，说让他再玩个两三年，等他自己乐意了，再去学校也不迟。

为了这，李瓦罐常和妻子发生口角。白秀英执意让小泥猪去学校，有两次她牵猴子似的用绳子要把他拖到学校的入学报名处，可小泥猪又哭又叫地抗议，以死相胁，惹得路人围观，臊得白秀英只得松开他，由他去了。她不止一次跟李瓦罐说："孩子不读书，将来有什么前途？"可李瓦罐却说："上了学又有个屁用！没见很多大学生毕业后找不到工作，倒叫爹娘养活着，还不如我个卖鸭子的！"噎得白秀英无话反驳。

白秀英虽然不用到八两街出摊，但她在家里比谁都累，她每天除了要宰杀鸭子之外，还要为弟弟制作凉皮。弟弟白士禄很内向，嘴拙手也拙，学什么都笨，她教他做凉皮，他没有一回能做得如意的。那凉皮不是由于搅拌不均匀而起了癣点似的淀粉块，就是滤出来厚得跟海带根一样。所以他卖的那些又白又薄色泽又均匀的凉皮，都出自白秀英之手。

李瓦罐渐渐地有些看不惯小舅子，觉得他在生活上很低能。他不止一次对妻子说："就你这个弟弟，我看他五十岁了也讨不上老婆！干什么都死心眼，还不如咱家小泥猪脑筋活泛！"

也的确，他在八两街是唯一不吆喝生意的人，他的凉皮卖得好，除了仗着品质上乘之外，还得依赖小泥猪为他招徕顾客。小泥猪能把凉皮说得天花乱坠，说什么他家的凉皮能治小儿的蛔虫，能让姑娘吃了俊俏，能祛除小伙子脸上的粉刺，能治老太太的咳嗽。

听得人都笑，都说小泥猪天生就是个做买卖的。白凉皮呢，他听见小泥猪把凉皮说得神乎其神，还会抢白小泥猪："别瞎说，凉皮要是那么灵验，它就该进了药铺子了！"

白凉皮个子很高，头发微微卷曲，宽额头，小眼睛，很浓的眉，鼻子挺直，可惜嘴巴有些歪，不知道的，还以为是他得过脑血栓落下的后遗症。他走路喜欢垂着头，爱穿藏蓝色的衣裳。

自从在八两街做了小业主后，他就住在姐姐家里。姐姐家住在平房里，有一个堆满杂物的院子，窗前有三棵沙果树。白凉皮喜欢树，只要是夏秋时节，他就端着碗蹲在果树下吃饭。他和小泥猪睡一间屋子，小泥猪嫌他不活泛，很爱捉弄他。有时从路上捡了一只死老鼠，把它塞到舅舅的被窝里，白凉皮夜里用脚蹬着了老鼠，吓得直叫，小泥猪就会笑得肚子都疼了。

有一次，白秀英给弟弟介绍了一个对象，三十二岁，是环卫工人，矮矮的个子，眼角下倾，唇角也下倾，随时随地要咧着嘴哭的样子。小泥猪回家后只看了她一眼，就咯咯地笑了。他跑到灶房对正忙活着待客的饭的白秀英说："这个女的长得像个哭巴精，我舅舅跟了她还不得倒霉啊！"这话被里屋的姑娘听见了，气得人家抬腿就走，白秀英苦留不住，免不了要埋怨小泥猪，说他把一门好亲事给搅黄了。小泥猪跟个小大人似的分析说："她的脾气这么大，一句都说不得，将来还不得骑在我舅舅脖颈上拉屎啊，趁早黄了净心！"

小泥猪最厌烦的就是舅舅给他讲大道理，什么为人要善良了，不能干损人利己的事情；做生意要规矩，不可对自己经营的东西夸大其词；学一定是要上的，没知识的人让人瞧不起等等。小泥猪听了嘻嘻地笑，他嘲讽舅舅说："我要是不帮你吹嘘，你从天亮站到日头落了，也卖不掉一张凉皮！"

有一次，李瓦罐跟小泥猪抱怨，说是一个远道而来的新疆人开张的烤羊肉铺子的生意太红火了，抢了他家不少食客，他连续一周一天只能卖掉四五只鸭子，他问儿子有什么高招没有。白秀英数落丈夫说："你自己财迷心窍倒也罢了，别把孩子也拐带坏了！"李瓦罐说："这世道，有奶便是娘！我刚下岗时，过去的同学谁联络过我？好家伙，这两年都知道我卖鸭子发了财，三天两头同学聚会时会叫上我。他们吃喝我干什么？还不是为了钱？让我买单时出大头！我明知道吃亏，可也愿意去，图的就是个痛快！我一个月能赚三四千，就说我们那个在水利局工作的同学，他还是个正处级干部呢，一个月才开九百块！"白秀英说："反正你以后怎么的我不管，不能拉儿子下水！"

正当他们争执时，小泥猪已想好了策略，他唤李瓦罐给他二十块钱，他用两天时间准能把那家的生意给毁了。

结果第二天那家烤羊肉的铺子前出了桩奇事，一个戴着锅盔似新疆帽的高鼻深目的小男孩，穿着一身破衣裳，站在铺子前不停地哭，说他失去了父母，这个开铺子的叔叔不管他，害得他到处流浪。

其时正值正午，八两街人流很密集，这小男孩一哭，大家都围聚过来，纷纷指责他那莫须有的"叔叔"黑心烂肺；而铺子的主人还不明就里，也隔着铺子瞧热闹。于是，八两街附近的居民都认定这个新疆人品德败坏，好像买他的羊肉就是助纣为虐一样，去的人寥寥无几，一连多日都是如此。最后他看自己在八两街的生意难以为继，就把店铺兑掉，做别的去了。

　　直到他离开这里，也不明白自己栽在一个毛头小孩身上。小泥猪只不过花五元钱在一家民俗风情用品店买了一顶新疆帽，把余下的钱给了一个从外乡流窜来讨饭的小孩，给他装扮了一番，让他当了一天的演员。结果这小孩把戏演得惟妙惟肖。别看这一带的人爱斤斤计较，但他们却有强烈的道德感，对遗弃儿童的行为自是无法容忍、同仇敌忾。

　　新疆人灰溜溜地离去后，李瓦罐给儿子买了一个电动轨道玩具车犒劳他，令白秀英无可奈何，只能摇头叹气。就为这件事，白凉皮狠狠地教训了一顿小泥猪，这使得他和李瓦罐之间产生了隔阂。

　　白凉皮每周大约要上太阳岛两次收购鸭子。冬天的时候，他挑着箩筐直接就从冰封的江面上走过；而春夏秋三季，他必须要乘船过江。

　　白凉皮常走这条水路，与渡口的张来庆混熟了，他四十来岁，有一个上小学的儿子，如今由张来庆的母亲照管着。六年前张来庆死了老婆，他很爱她，回家后看着妻子用过的物件都要撕心裂肺地哭上一场，精神十分萎靡。船务公司的领导见他终日像掉了魂似的，不再适合在机关当司机了，就把他调到渡口工作。他来到渡口以后，精神状态大为改观。他喜欢黑夜时坐在江畔望水上的月光，喜欢那湿润而清新的晚风。

　　白凉皮与他认识后，他也同情白凉皮的遭遇，觉得他三十多岁还没有女人来心疼，是十分可怜的，于是免费为他提供渡船。不过只限于他夜间来用，不会引起别人的注意。

　　白凉皮自幼在松花江边长大，水性好，划船的本领也好。他通常是在渡口解下一条小船，把箩筐担子放上去，轻松地划到岛上。到了养鸭人的家里后，把鸭子装好，付过钱，挑了箩筐再回到太阳岛的渡口，划船归来。

小泥猪很喜欢跟着舅舅去运鸭子，他爱坐在夜下的船头望风景。看见流星他会叫："舅舅，流星肯定是挨了老天爷的揍，从天宫逃出来了！"看见月亮沉在江心颤颤抖动着，他会说："舅舅，月亮挺干净的嘛，怎么还要下水里洗脸？"看见江桥上的火车轰轰隆呼啸而过，他会说："舅舅，火车的脚是铁脚，跑上几千里都不累！"只有在这时，白凉皮看到的才是少年的小泥猪，所以乐意带他出来。

小泥猪除了爱在船上望风景之外，还喜欢去见养鸭人的女儿——叶蜻蜓。她比小泥猪小两岁，生得十分伶俐可爱，一双明净的大眼睛忽闪忽闪的，弯弯的唇角总是漾着笑意，两条细细的辫子就像两支充满生机的芦苇飘荡在耳际，小泥猪一见了她话就格外多。

在白凉皮往箩筐装鸭子的时候，小泥猪会跟她讲一些好玩的事情，比如有一个人吃饭时吃出了苍蝇，饭馆赔了人家好几百块钱，小泥猪称那只苍蝇是银子做的；比如一个出租车司机捡了一个乘客的手提包，打开一看，里面的钱夹里除了装着钱之外，还有一张他老婆的照片，气得他差点没昏倒。叶蜻蜓对他讲的有些话不明白，就问："司机老婆的照片怎么跑到人家的钱夹里去了？"小泥猪就会撇着嘴角嘲笑叶蜻蜓，"这还不懂，司机的老婆让人给搞了呗！"叶蜻蜓仍是糊涂，她继续问："什么叫'搞'啊？"小泥猪就会笑得前仰后合的，说她："你可真笨！"

叶蜻蜓当然比小泥猪纯洁多了，她在岛上除了帮父母喂鸭子，大部分时间在鸭塘子周围玩耍，接触的自然是植物和动物，所以她给小泥猪讲的，都是花呀草呀飞鸟的事情。什么鸭塘子来了野鸭子了；房子的柱子让蚂蚁给钻了一个洞；她捉了两只大肚蝈蝈，它们在阳光下叫得特别亮堂。

小泥猪听她的故事时总有些不屑一顾的样子，他觉得故事里要是没有人的因素就没意思。往往他们还没说完，白凉皮就要向回返了，小泥猪就会和叶蜻蜓告别。

白凉皮记得，有一次叶蜻蜓说小泥猪："你怎么总跟泥猴似的，你不洗脸啊？"从那以后，小泥猪在上了渡船后，就会俯身撩起江水来洗脸。等他上了岸，看上去就显得面目清秀多了。

就在小泥猪导演了那场驱逐新疆人的闹剧之后，白凉皮和小泥猪到岛上运鸭子。上了渡船后，白凉皮一言不发，把船飞快地划到江心。那时正值雨季，松花江的水很丰满，江心的水位总在五六米深。小泥猪坐在船尾，仰头对着月亮旁的一朵云彩发感慨，他说那云彩是片荷叶，月亮是个蛋，由此断定天公晚上吃的是荷叶包蛋。白凉皮想教训一下小泥猪，便趁他不备，弃了桨跃入水中。小泥猪听得水面"扑通"一声响，低头一看，舅舅不见了，他慌了。小泥猪不会游泳，他孤零零地坐在渡船上，左一声"舅舅"，右一声"舅舅"地唤着白凉皮。白凉皮不动声色地凫游着，并不回应小泥猪。

船开始随着波浪摇摆起来，小泥猪哭了起来，他的哭声就像江面的微风一样，让白凉皮听了心臆舒畅。他在八两街上听到的总是小泥猪那缺乏童真的笑声，而从小泥猪的哭声中，他才可以感受到他还没有消泯的天真。

小泥猪见船不是朝对岸的岛上荡去，而是斜着身子顺水而下，他更加惊恐了，哭得更加凶了。大约他认定白凉皮已落水而死，他不再呼唤舅舅，而是对着空荡荡的江面呼救："来人哪！救救我呀！"一阵疾风漫过，船越来越颠簸了，小泥猪喊得嗓子都嘶哑了，白凉皮就像一条鱼一样始终静悄悄尾随在船尾。

小泥猪四顾无人，他就颤抖着走到船中央，拾桨划起来。可他从来没有碰过桨，不得要领，力气又弱，船反而让他摆布得更加摇晃了。偏偏这时那片云彩遮住了月亮，江面骤然暗淡了，阴森森的，小泥猪绝望到了极点，他再次声嘶力竭地呼救。

这时对岸驶过来一条船，划船的人听见了求救声，就朝小泥猪这儿靠过来。当船主发现船上只有一个孩子时，就问小泥猪："你家大人呢？"小泥猪说："我舅舅掉水里去了，就剩我一个了！"好心的船主就把小泥猪接到自己的船上，并把那装了箩筐的船的缆绳拴到自己的船的尾部，打算连人带船一并带回岸上。

白凉皮正是在这个时候露出头来的，他吆喝小泥猪："舅舅在这里呢！"白凉皮麻利地爬上船，谎称自己一不留神落了水，呛了好几口水，差点没丧了命。他谢过那个船主，解下缆绳，把小泥猪接到自己船上。那个船主埋怨白凉皮："带着小孩出来，怎么还这么大意？"白凉皮向船主讨要地址和姓名，说择日一定登门道谢。船主说："有什么好谢的，这世上谁还没有个求人的时候？你们要谢，就谢我老母亲吧，她害了咳嗽，夜夜都睡不安稳。我在岛上得到一个偏方，给她煎了一罐汤药，这是给她送药去。我白天在公园上班没时间，就得晚上出来，这不是赶巧吗？"白凉皮说："你心眼这么好使，你母亲的咳嗽一定会好的！"船主笑着说了句："借你吉言吧！"就划船急急地走了。

白凉皮调正船头，依然朝太阳岛而去。小泥猪惊魂未定，他打着寒战，跟白凉皮说："舅舅，你要是淹死了，那个人不来救我，我是不是就死了？"白凉皮说："那是啊。所以说呀，人活在世上，不能学得太自私了，人是需要别人帮助的！"

小泥猪到了岛上，把江上那惊险的一幕对叶蜻蜓说了，叶蜻蜓说："你要落了水也好，能洗个干净澡！"小泥猪说："我不会水，我要是被淹死呢？"叶蜻蜓说："那你就托生只鸭子吧，我把你放在苇塘里，天天给你捉蜻蜓吃！"小泥猪说："那我不是把你给吃了吗？"叶蜻蜓抿嘴笑着说："我叫叶蜻蜓，那个蜻蜓没有姓！"小泥猪叹口气说："我可不想托生成鸭子，到时我还不得进了我家的大瓦罐，给煮开花了啊！"白凉皮和养鸭人听了都笑了。小泥猪从岛上回家后，又跟李瓦罐描绘了一番他在江上的遭遇。李瓦罐是个聪明人，他知道这是白凉皮故意教训小泥猪的，他就对小泥猪说："以后别跟着舅舅去岛上了，你又不会水，不像你舅舅，藏在水里几个小时也死不了！"白凉皮没有吱声。

等到小泥猪睡了，李瓦罐把白凉皮叫到院子里，对他说："儿子是我养的，轮不到你教训他！他要是有个好歹，我跟你没完！"白凉皮垂头丧气地回到屋里，他很伤感。他和小泥猪住一间屋子，隔着灶房，常能听见姐姐屋子里的动静。那个夜晚他听见李瓦罐气呼呼地对白秀英说："赶快给你弟弟说个媳妇吧，一个男人三十多岁了还没尝着女人的滋味，不变态才怪呢！"接着，翻云覆雨的声音就传来了，白凉皮觉得心里很凄凉，他披衣下床，来到院子，看着墙角处鸭舍里那些离开了苇塘的待宰的鸭子，忍不住落泪了。

自此之后，他和李瓦罐很少说话，小泥猪要跟着他乘夜船去岛上时，他总找借口甩下他，小泥猪为此不再跟他说话，也不帮他吆喝凉皮生意了。白凉皮知道小泥猪惦记着叶蜻蜓，最后心还是软了，依然如从前一样带上他，只是再不敢把他孤零零地撇在夜下的渡船上了。

　　八两街一天之中最热闹的时候，就是黄昏时分。下了班的职工，遛街的老头老太太，放了学的孩子，都喜欢来这街上逛一逛。家庭主妇最爱光顾的就是蔬菜和水果摊；老头老太太牙口不好，他们最爱流连的就是豆腐摊、粥铺、包子铺；孩子们呢，他们喜欢吃烧烤，于是烤羊肉串和烤鱿鱼的摊床就拥挤着许多背书包的学生。小泥猪最讨厌背书包的孩子，他常凑过去嘲笑人家，说："你包里背着的书本能当钱使吗？"如果人家不搭腔，他就悻悻走开了；但如果有孩子反驳他，小泥猪就非要停下来跟人家争个面红耳赤不可。所以经营烧烤生意的人最怕小泥猪来挑衅，一见他溜过来了，连忙赏他几串烧烤，叫他一声"小祖宗"，让他拿别处吃去。

　　这天的黄昏小泥猪朝卖泥鳅的刘四讨要了一条活泥鳅，用布袋提了，打算捉弄谁一下。他踅到烤鱿鱼的摊床前，见有一个孩子背着的书包非常漂亮，它是金红色的，上面印着一台很威风的飞驰的黑色摩托车的图案，而且左右两个肩带旁各吊着一根金黄的穗，十分惹眼。他就钻到这个孩子身后，把泥鳅塞进书包，然后若无其事地走到人家面前，说："我听见你的书包里有蛇叫。"那个孩子正吃在兴头上，他说："你骗傻子去吧！"小泥猪说："我跟你打赌，要是你的书包里有蛇，你请我吃五串烤鱿鱼；要是没有，我请你吃十串！"那孩子觉得打这个赌自己必赢无疑，就答应了。

他当即卸下书包，在一群围观的孩子面前打开书包。他翻着翻着，手就触着了滑溜溜的泥鳅，这孩子吓得"啊"的大叫一声，撇下书包就跑。只见那泥鳅已经探出了如蛇一样的柔韧的身子，别的孩子也叫嚷着："有蛇！有蛇！"纷纷跑了。

　　摊主知道是小泥猪搞的恶作剧，正要揪着他去李瓦罐那里理论，却见一个老女人慌慌张张地跑来了。她一见小泥猪，就上气不接下气地说："快喊你爸去，你妈让人砍了！"那老女人姓姜，是小泥猪家的邻居，开裁缝铺子的，人称"姜裁缝"。小泥猪家人的衣裳都由她来免费做，白秀英也常送瓦罐鸭给她家，两家处得很和睦。

　　李瓦罐、白凉皮和小泥猪跟着姜裁缝赶到医院时，天已昏暗了。白秀英面色苍白地躺在病床上，一见了亲人眼泪就唰地流下来了。她受袭击的部位在右肩胛，别处倒是没有伤痕，李瓦罐这才长吁一口气。

　　白秀英说，她下午时正宰着鸭子，忽然从院外走进来一高一矮两个孩子。他们问："这是小泥猪家吗？"白秀英刚说了声"是"，他们就同时掏出一把刀子，一前一后地逼着她，说："你家趁钱，赶快把家里的钱都拿出来，不然就让你去见阎王爷！"

　　白秀英见他们年龄不大，矮个的也就小泥猪那般大，高个的看上去也不过十五六岁的模样，就劝阻他们，说："你们要是缺什么，我给你们。你们年纪轻轻地就出来打劫，不是毁自己吗？"白秀英的话音刚落，高个男孩就用刀在她的右肩胛上划了一下，说："少他妈的啰唆！愿意上政治课，给你家小泥猪上去！"白秀英就说："好，那我进屋里给你们拿钱去。"两个孩子尾随着她进了屋子，她把家里的八百多元现金都拿了出来。两个孩子嫌少，非说她还昧着钱，高个孩子就伸出刀朝白秀英的右肩连刺数刀。

白秀英一边大声呼救，一边和那两个孩子厮打。就在此时，姜裁缝来了。她一进院子就嚷嚷："秀英，风华商场的布料大减价，咱看看去呀？"两个孩子一见事情不妙，就夺门而逃。

白秀英是个左撇子，由于常年做家务，手劲很大，她用左手一把扯住那个矮个的孩子，对姜裁缝喊道："抓住那个人！"姜裁缝见一个半大孩子提着刀跑了出来，早已吓软了腿，哪有追他的力气，就眼睁睁地看着他溜掉了。不过那个矮个的孩子最终没有挣脱掉，姜裁缝和白秀英报了警。

两天之后，白秀英出院回家了，她的伤不重，可以在家养着。只是她无法宰鸭子了。白凉皮除了去岛上运鸭子之外，还要负责宰鸭子和做凉皮，忙得昏了头了。

公安局很快把伤害白秀英的那个逃掉的孩子捉到了。原来那矮个孩子就是小泥猪花钱雇他演戏的小孩，他听说小泥猪家是八两街的富户，就伙同那个高个孩子，来勒索李瓦罐家。他们探听到，李瓦罐、白凉皮和小泥猪在黄昏时都会在八两街上，家里只有白秀英，而且他家从不闭门，两个人觉得他家简直就是一个敞开的银行，就买了两把刀，实施计划了。没想到让姜裁缝把事情给冲了。

两个少年犯的犯罪事实作为特殊案例上了电视和报纸。这两个孩子，都没有上过学。高个儿孩子的父母在他七岁时离异，他被判给了父亲，可父亲再婚后对他非打即骂，也不供他上学，他就在社会上游荡，结识了一些不三不四的人，染了一身的恶习。矮个孩子呢，他长得很漂亮，家在外乡，父亲是个种地的，他们听说在大城市要饭能发家致富，就来到哈尔滨，在道外租了一间平房，每日化装成乞丐，沿街乞讨。他们每个月少说也能要到一千块钱，除去房租和日常开销，每年净剩一万元左右。那孩子的父亲见这营生如此好，也不顾让孩子上学了，所以他满十岁了，连"日月人手"这样简单的字都不认识。

他在接受审讯时，交代了小泥猪雇他去八两街"演戏"的事情，此事一经媒体披露，李瓦罐的铺子在八两街立刻就门庭冷落了。李瓦罐自觉颜面无光，他就怪罪小泥猪，"都是你，做事情留尾巴，把贼引进家了，把我这几年赚来的好名誉给毁了！"小泥猪觉得很委屈，他对李瓦罐说："我又不是神仙，哪能知道他们惦记咱家？是你让我这样干的，到头来还埋怨我，有你这样当爸的吗？"

小泥猪对父亲的责难使白凉皮听了心里格外舒服，所以即使他姐姐受了伤，他的凉皮生意和姐夫的瓦罐鸭生意都很寡淡，白凉皮却觉得从未有过的舒畅。他常在夜晚时站在沙果树下对着星星哼小曲，气得李瓦罐对白秀英说："你瞧你这傻弟弟，家里事事不顺了，他倒高兴了，真是没心没肺！"

小泥猪已经好久不跟白凉皮乘夜船去岛上运鸭子了。瓦罐鸭生意的冷清也使他上岛的次数减少了。白凉皮每次挑着箩筐下了渡船，都会看到迎候在渡口的小泥猪。小泥猪会拐弯抹角地打听叶蜻蜓，她在家做什么，问没问他？白凉皮知道小泥猪是没有勇气去岛上，因为那两个少年犯的事家喻户晓，他一手导演的那出闹剧也连带着被公开了，他怕叶蜻蜓知道后，会不理睬他。白凉皮明明见着了叶蜻蜓，却总是说："我只顾着装鸭子，没看着她。"小泥猪就会显得很沮丧，垂着头闷闷地跟在白凉皮身后，一声不吭。

秋天的一个晚上，白凉皮挑着箩筐来到渡口，见小泥猪已经等在那里了。张来庆见了白凉皮，对他说，小泥猪给他送来了一座金箔纸做成的房子，那里面有牛马猪羊、金银财宝、丫鬟马夫、绫罗绸缎、锅碗瓢盆、桌椅箱柜、瓜果梨桃，真的是吃的用的样样齐全。

原来，小泥猪每次和白凉皮来渡口，张来庆都要凄惶地诉说他在梦中见到亡妻的情景，不是说她没鞋穿了，就是说她衣裳破了，再不就是出门没车坐了。小泥猪留意了这话，听说有一家寿衣铺子专给死人做东西，就为张来庆的老婆定做了一座富丽堂皇的纸房子，让他夜晚时烧了，他老婆夜里再来他梦中时，就会穿戴新鲜、喜笑颜开。张来庆感动得眼泪汪汪，他对白凉皮说："这孩子仁义啊，是块好料，让他赶快上学去吧，不然可惜了！"

小泥猪上了渡船。船一离岸，他就俯身撩起一捧捧水，一遍一遍地洗脸。白凉皮一边听着桨声，一边听着"哗啦哗啦"的撩水声，内心有一股格外温存的感觉。月亮半圆着，但江面很明亮。秋夜的晴朗总是给人一种雄浑、开朗的感觉。白凉皮情不自禁地哼起一首歌。歌声如星光一样在江面弥漫，白凉皮觉得自己正行进在一幅画中。那渡船是粗的画笔，而两支桨是细的画笔，至于那白的江水和柠檬色的星光，就是散发着芬芳气息的颜料。

叶蜻蜓见小泥猪来了，先是故意撅了一下嘴，然后就抿着嘴笑了。白凉皮见叶蜻蜓有了笑容，就放心地去鸭塘子装鸭子去了。等他回来，发现小泥猪正在抹眼泪。原来，叶蜻蜓要上学了，她把新书包里的本子和文具盒一样一样地展览给小泥猪看，并指着那本子封皮上写着的名字对小泥猪说："看，'叶蜻蜓'这三个字是我写的。

你会写自己的名字吗？"小泥猪说："我不会写'小泥猪'，我会写'一二三四五'。"叶蜻蜓嘲笑他："你要是上学，就不能叫'小泥猪'，你要写学名，你的学名是什么？"小泥猪想了好久，却想不起自己的名字来，叶蜻蜓就愈发挖苦他了，说："你连自己的学名都不记得了，你要是再不上学，一辈子只能叫'小泥猪'了！"小泥猪就哭了。

白凉皮挑着箩筐荡悠悠地走在前，小泥猪像条惹人哀怜的小狗一样跟在后面，他们朝太阳岛的渡口走去。

夜色越来越浓了，岛上的树丛看上去就像一团一团的墨迹，而江水宛若一幅洁白的画纸。他们走到渡船旁，把箩筐放上去，解开缆绳，划桨离开岸边。小泥猪依然坐在船尾，他手把船帮，一动不动的。船至江心时，江风迎面呼呼吹来，水面被月光浸润的地方，就起了一层乳黄的波光，好像这江受了伤，结了疤痕似的。

小泥猪打了一个冷战，问白凉皮："舅舅，你能想起我的学名吗？我怎么一点都不记得了？"白凉皮也打了一个冷战，他不唯想不起小泥猪的学名，连自己的学名也想不起来了，就像八两街附近的居民忘记了沉雪榭的街名一样。白凉皮的头脑里，充斥的都是八两街那些业主的诨名：刘酥饼、吴鸡杂、艳豆腐、王酸菜、葛炸糕、魏猪蹄、张血肠等等。小泥猪见舅舅不出声，就说："我想上学去了，我也要像叶蜻蜓一样，把我的学名写在本子的封皮上。"

渡船在夜的江面上缓缓行进着，风越来越大了。小泥猪突然对白凉皮说："舅舅，你现在要是把我一个人扔在渡船上，我不会害怕了。"白凉皮愣了一下，然后就像一条鱼似的迅疾地一跃而下，隐匿在江水中了。

小泥猪在剧烈的颠簸中离开船尾，拾起双桨，奋力划着。有一刻船倾斜得厉害，船舱涌进来一股水，漫向箩筐，使那些湿了脚的鸭子叫了起来。鸭子的叫声使小泥猪格外心疼，他丢开桨，摇摆着把箩筐盖挪开，将两只筐里的鸭子纷纷放入水中。那些鸭子入水后优雅地凫游着，看上去就像画中的一片盛开的墨莲。白凉皮突然从那群鸭子当中露出头来，他大声问小泥猪："怎么把鸭子都放了？"小泥猪说："我不想让它们再进咱家的大瓦罐了！"

2003 年

葫芦街头唱晚

金光灼人的太阳逼进山坳的一瞬，当是葫芦街头称得上繁华的时刻了。

这繁华首先来自天光的辉映。两条土灰色的路交叉成一个小小的十字街头，于是街头就庄重了起来。不要说新建的圆顶形交通岗让路人嗟讶不已，就是街头的老摆设，如喜子娘响亮的豆腐脑店和老于发辉煌的煎饼铺，以及瘦仔日益昌盛的修鞋店，也一样会让人们觉出都市之外的一种喧闹而平和的生活气象。

明华一走出校门口，就看见祖父提着鸟笼子站在灰色的门柱前等他。爷孙二人隔着夕阳极会意地相视一笑，谁也不打招呼，小的替老的接过笼子提到脸前逗鸟，老的就把小的书包搿在肩上。不过，老的用的姿势完全是部队急行军时背包的样子。

他们跨着大步一齐向葫芦街头走去。

土灰色的路上铺遍了夕阳。他们踏着无限的光辉，全然一副神仙相。笼中的画眉恰恰又像梦回了林中，怪撩人地打起了婉转的哨

216

声。一串又一串的鸟鸣和着行人的脚步声，同葫芦街头徐徐飘来的叫卖声和煎饼香味，交融在一起。

葫芦街头就在眼前了。瞧它今儿的模样，可真够惹人了。用盛装的新娘来比喻它是不过分的。喜子娘的豆腐脑店前的幌儿同她的发髻一样精神。店里一定已满员，店外凉棚的几条长凳，一伙男女已点染得一派五彩缤纷。喜子娘的说话声同笑声总不离分，你远远就可听到。

老的脸上即刻就像泡木耳似的松弛开来。尽管是年逾七十、两鬓如霜的人了，一到葫芦街头，还如同孩子一样地激动、脸红。小的笑笑，露出一口被夕阳镀成了金色的牙齿，宛若嘴里含进了一朵野菊花。

"又晚了吧？"老的略略埋怨。

"今天的模拟题总也做不完，各科老师对我们进行轮番轰炸。"小的幽默得够自然。

"紧急战备。"老的补充了一句，算作对孩子那句话的总结。

他们到了豆腐脑店门口。人人碗里都游着一团白雪，像晶莹的珊瑚。六分钱一把的小勺把这又香又嫩的东西一点点地碰得颤颤抖动，惹动了所有人的胃口。

点头微笑而不说话，是他们遇见熟人的常礼了。人人的胃口都像天空一样晴朗，他们也马上觉得饥不可耐了。

喜子娘从门帘的缝隙里觑见了他们，声音马上就透过竹帘千丝万缕地泻了出来，"喜子，看座！"

"哎——"清脆得像凿冰的声音，除了十岁的喜子外，不会是别人发出的。他生得细脚伶仃，却长着一个威武的脑袋，就像一棵孱弱的植物奇迹般地结了一颗硕大的果实，总给人一种半是喜悦半是惊恐的感觉。那脑袋仿佛夕阳一样大，一样圆。

明华已经先于祖父进店里了。喜子一边用抹布擦灶间的桌子，一边嘻嘻地歪头冲明华笑。桌子上的酱油瓶子招摇着几只妓女样的苍蝇，喜子的动作疏散了它们同瓶子的一阵亲密，纷纷闪着黑影上了窗台。

"喜子——端碗！"喜子娘的声音仿佛是由热烘烘的汗珠融成的。

"哎——来啦——"喜子扔下抹布，把两只圆凳摆好，拍打着手去接碗了。

"这么慢？"

"我擦完桌子又搬凳子来着。"

"你要先端碗后搬凳子才对。"

"后搬凳子他们要站好一会儿。"

"你总有理。"喜子娘笑了。

他们在喜子娘的豆腐脑店里经常受到这种好待遇。只要是满员了，他们就会被让到尽里面，可以静下心安然地吃。

"明华，你要多吃几碗，豆腐脑养脑子，你用脑子用得太费了！"喜子娘站在他们背后，透彻地笑着。

明华回过头笑笑。这一笑就把喜子勾得大脑袋在小细脖上摇来晃去的，并且抽了风似的笑得发抖了。

"你看这俩孩子。"老的吞了口豆腐脑，鼻尖上冒了几粒汗。

"谁知道呢？"喜子娘把蓝底白花的围裙从腰上解下来，顺手往喜子的脑袋上一罩，"你一天到晚傻笑个啥？"

"明华哥上学上傻了。"原来，他看见明华用握笔的姿态来掌小勺子。

"你就不知道你自己是个大傻蛋。"

喜子已经把围裙从头上扯下，扔到案板上了。澎湃的夕阳在玻璃窗上汹涌着。店内宁和极了。

"你去买张煎饼。"老的在没吃到兴头的时候，就吩咐明华了。喜子娘听说要煎饼，就觉得老于发的干核桃脸在千万张煎饼中明朗起来，那些又圆又黄的煎饼像巨轮似的太阳一样焦炙了她的心。她的眼皮很轻微地一挑，嘴角不易察觉地蹙了一下，用一种鼻音很重的拖腔插言道："要我们的喜子去吧。"

"不要，我去，我去。"明华的身子已经拨动了竹帘，竹帘发出碎了似的窸窣声。

老于发的煎饼铺是应了喜子娘的豆腐脑店而生的。大凡吃豆腐脑的人，总要弄一些馍和点心来掺就着。喜子娘的店面门脸小，人手不足，没有能力去做，于是老于发的煎饼铺就像天边飘来的一朵彩霞，很动人地展现在葫芦街头了。

老于发其实不老，不过五十岁，比喜子娘整整大一旬。他原来在一个生产队当车老板子，干了大半辈子还没有成家，手头也就有了一些积蓄。

他没有家，这跟他的相貌和性格都有关。他只有一米五三的个子，短短的腿，圆圆的肚子，腰和上肢却极滚圆，脑袋像是一个大铁球陷进了泥潭中，好像没有长脖子。一眼望去，倒让人觉得他是一个闷葫芦。别看他这副模样，心倒是灵巧。为了开这个煎饼铺，他买了匹枣色的驴，置了几盘青石磨。一天当中最繁忙的时候是傍晚，一到这个时刻，他就神采飞扬得如同新郎官。

站在天底下的一间小棚子里，夕阳这般好，许许多多的人围绕在你身边，那才是人世间少有的风流倜傥呢。老于发现在算是领足了风骚。听他说话的口气，看他摊煎饼的动作，谁会不认为他生活得够滋味呢。

"明华，你照例要吃火候大一些的？"

"哎！"明华答应道。

"你要考状元了，夜里梦见过明锃锃的大太阳了吗？"

"没有，不过我梦见过星星。"

"啊，星星！"老于发大叫着，用铲子去揭那张煎饼，"星星主官运，你会有大出息的！"

周围的人发出一阵阵啧啧的笑声。煎饼叠好了，又香又酥又软又热的一方长条，像块米色的方巾吊在明华的脖子下，他大口大口地酥起嘴来。

老于发由于刚刚激动了一番，脸色更加红润。他又要打发别的顾客了。明华见状，赶忙对他说："再煎一张火小的。"

"又是给你爷爷？"老于发的眼珠一鼓，勺子在锅面上猛地一跳荡。

"嗯，给我爷爷。"

"他又在喜子娘那儿吃豆腐脑？他可真有福气！"说着，老于发把满满一勺子稀面磕在锅面上，用木推子把这面摊平，然后用力地推来推去。锅面上忽地长出一团云样的白气。

"莫要这么多面，煎饼要薄薄的才好七（吃）。"有一个上了岁数的老太婆一边舔着手掌上的煎饼渣，一边说。

"你老太太可就不知道县太爷的肚子有多么大！"

"哈哈哈哈——"

明华接过给祖父的那张煎饼，揉着眼睛里迷人的黄昏，向豆腐脑店一路逛去。这时，在葫芦街口交通亭的空场上，传来了一阵"咣咣咣"的金黄色的锣声。

瘦仔又开始耍猴了。

男女老少围成个圆圈，有的吃东西，有的立马等着看。那猴子乖巧得很，它穿着一件卓别林式的幽默的黑色马甲，一条最能引起滑稽感的草绿色的丝绒裤子。瘦仔修了一天的鞋，到这时候，就把洗得发白的牛仔裤裹在腿上，并且将大花上衣紧紧地掖在裤腰里，风光十足地逗着猴子玩。

猴子敲够了锣，就把它交到瘦仔手中，然后拿起一块彩霞般的红布，蒙在头上羞羞答答扭扭摆摆地扮新娘子。人们发出惬意舒心的笑声后，猴子的身上就摔过来许多银白的镍币，这些镍币极暧昧地从猴子的屁股上抚摸下去，很满足地叹息在青白色的水泥路面上。

明华祖父一生的辉煌就凝固在这片十五米长的水泥甬路上。

"还要一碗吗？"

"够了。"

"晚上要少吃酒，上岁数了，一噎食，人会受不住。"

"不碍事，我走了。"

"怎么就走？"喜子娘的声音忽而像傍晚的天光一样黯淡下来，"明华和喜子都在看瘦仔耍猴呢。"

这时的黄昏碎裂了，先前弥漫在天边的流苏一样的金光顿时飞逝。小店却异样地温暖、宁静起来。而葫芦街头看耍猴的人也越拥越多，最后，交警不得不疏散密集的人群。

"明华哥，你别考学了，像金三上了两年学，回来站大街，还不如瘦仔哥修鞋耍猴挣钱呢。"

"喜子，你这么小就钻钱眼儿。"

"我妈说的嘛。"

"你妈妈就是个老脑筋，目光短浅。我爷爷说过多少次了，你该上学了，十岁了，还在店里当小伙计，你愿意当一辈子掌柜的？"

"我也不知道。"喜子有些茫然。

"你这样下去，下辈子也娶不上个媳妇。"

"我妈说有钱就不愁。"

"那你娶的媳妇一定是个傻瓜！"

喜子听罢，嘻嘻地笑了。他笑的时候像小女孩一样，用小拇指勾住嘴丫，就像一颗星星牵引着一弯月牙。

猴子开始给围观的人作揖了，于是猴子的屁股上又迸射出无数枚银白的镍币。这些镍币把灰白的水泥甬路点染得熠熠生辉，就像暴雨过后留在洼地上的被阳光照得晶亮的水泡一样。

瘦仔哈哈地笑。瘦仔的牙是茶色的，一种让人感到污浊和不愉快的颜色。他的眼角淤着泪水搬运出来的眼屎，软弱而肮脏。

喜子看见瘦仔笑得像棵歪脖子的老柳树，便也笑得鼻涕纵横。明华捏着喜子的耳朵骂他"傻笑"。

老于发收了煎饼摊，下了板窗，将黄昏隔在外面，一个人在屋内扒光了衣服，用毛巾蘸着凉水擦起身子。他很卖力地对耳根、脖子和腋下发动了进攻。邻舍们总嫌他埋汰，说他身上有股酸味。不管怎么说，今天晚上他一定来场大扫除，然后穿上干干净净的裤子和喜子娘看《白蛇传》去。他在晌午时就让喜子把票带过去了，并且反复叮嘱他："你娘要是不去，就把票送回来。"

现在太阳歇脚好一阵子了，喜子还没有把票还回来，看来，喜子娘是答应他了。

喜子娘的丈夫是得肺癌死的。得癌症，对居住在葫芦街头的居民来讲，不啻为一颗划破夜空的电光雷，既让人恐惧，又让人惊叹它死灭时那永恒的一瞬光华。老于发就是怀着这种心情看待他的死亡的。他眼见着喜子娘的丈夫像月亮在满月之后一天天消瘦下去，然后还目睹了他躺在抢救室里咽气后的那张灰白的脸，和鼻孔里生长出来的一根忧愁而冷酷的氧气胶管。当时，他把氧气管从死者的鼻孔里扯出来时，喜子娘就号啕着扑上去撕扯老于发的脸和脖子。她骂他心狠手毒，命令和乞求他把氧气管再插进丈夫的鼻孔里。那是他第一次感受到女人又粗暴又温柔的气息，可惜是在抢救室，没能给他留下惊心动魄的回忆，但每每想起当时的一刻，那缠绵也够深沉的了。

人们都说喜子娘的眼神太旺，太亮，她男人抵不住她情欲的诱惑，给活活地消耗死了。老于发虽然没有尝过女人的滋味，但想象男女之间花柳事情的能力也同周围的人一样非凡。从那后，他见着喜子娘生气勃勃的脸和微波荡漾着的眼睛，就忍不住再看几眼她掩伏在衣衫下的颤颤耸动的乳房和圆润而宽阔的屁股，以此来印证别人的判断和自己的想象。

此时此刻，他正是怀着这种复杂的心理来擦洗身子的。他一边把胸脯间的黑泥球搓落到地上，一边低低地打起了口哨。那是他当车老板子时学会的一首歌：

> 一驾马车一条长鞭，
>
> 一条孤影一把酒壶。
>
> 风来了我迎着，
>
> 雪来了我吃着。
>
> 只求蹄声传到山那边，
>
> 叫声妹妹，
>
> 夜晚把门闩闩紧。

热风从板窗的缝隙里像毛毛虫一样软绵绵地爬进屋子里来，煎饼的香味依然浓烈。为着这富足而甜香的气味，老于发的眼前马上闪现了一片深秋的麦地，那一派凝重的金黄直铺展到天边，直到卷进夕阳为止。在麦地的中间有一个黄泥小屋，喜子娘在里面安分地忙碌着。他从田里晚归时远远就可看见一缕炊烟温情脉脉地漫向天际，同时嗅到一股他体内所渴欲的气息。

有人在敲板窗。

"煎饼！"来人高声地尖叫。

"在呢！"老于发马上应道，好像他自己就是煎饼一样。

"我的肚子快饿瘪了！"这是抗议的声调，末尾还夹着一丝不满和疑惑，"你在干什么勾当呢？这么早下了板窗？"

"我没干什么见不得人的事！"老于发生怕别人刺探他内心的秘密，所以，赶忙为自己辩解。

他拧干毛巾，擦了擦身子，慌不迭地穿上裤衩，三步并作两步开了门闩。

"耍完了？"

"完了。"

"猴呢？"

"喜子领着呢。"

"有一盆钢镚儿？"

"吃煎饼是够的了。"瘦仔舔着漫到嘴角的汗水说。

"够给你哥说媳妇的了。"老于发笑着。

"够什么？又涨价了，今早要七千块了！"

"天！她又不是什么七仙女下凡，倒——"

"女人就是祸水嘛。"瘦仔不断地摇着头，那样子好像他受过无数女人的无数次欺骗。

老于发把包在一块白纱布中的煎饼给了瘦仔，问他是否要黄瓜吃。黄瓜用盐刚腌过，不很咸，极清香爽口。瘦仔说声"要"，那一只鸡爪似的手就顾自去盆里抓了。

瘦仔有个哥哥，是瘫子，三十五岁了还没成家。瘦仔爹过世时指着瘫子连眼睛都没有合上。瘦仔的妈妈也愁得白发丛生。现在，瘦仔干起了修鞋的行当，虽称不上是什么大事业，但总归是使破败的家里涌进了一束阳光。为瘫子娶个媳妇，是瘦仔妈妈后半生唯一的愿望。

"银花开始是要两千，过了一年就涨到五千。现在，要七千块了，看来是不想和我哥成了。"

"也是，那银花跟了你哥，不算守活寡吗？"

"我哥只是腿没了。"

"嘿嘿，反正不好，一个瘫子，你想想，还要……"

"银花也不是什么好货！"

"不就是怀过一回孩子吗？那也不是她要的，都怪她没看准男的，反倒让人撇了。"老于发不想再跟瘦仔争执下去，现在他心里只是想着早些跟喜子娘坐在电影院里听戏，那要比干什么都过瘾。

"你要有章程，把喜子娘从县太爷手心里挖出来。"

"我挖她做啥？"

"做饭、收拾屋子、生孩子呗！"

"她太能坑男人的身子骨。"

"那还不是听人传？"瘦仔一脚跨出门外，回过头说，"要比能耐，你可不是县太爷的对手。"

"我是他的祖宗！"老于发怒火骤起，愤愤地骂了一句。但话刚出口，他就飞快地用手捂住嘴巴，怯怯地暗想："亏得没外人听见，那县太爷那般的威信，是能随便让人骂的吗？"

老于发算是吃透了县太爷的脾气。那条青白色的水泥甬路，就通向原任县长耿铭家。那时老于发为了铺这段路，赶着一挂马车到白石砬子下挖最好的沙石。路刚刚修好，就被出外开会归来的明华爷爷知道了。他当时是县检察院的检察长。于是，老于发亲眼目睹了老头子如何在太岁头上动土。耿铭最后被撤了职，调离了这个县。这条水泥甬路不但成为耿铭权力的象征，也成了检察长执法如山的见证。

他开着一个小小的煎饼铺，这丁点的心机怎配和县太爷使劲？他自己不过是车上的驽马，而人家则是驾车的驭手。这是命。老于发哀叹着，连看戏的兴趣也淡了，一个人兀自呆立着。

　　瘦仔回到修鞋铺，刚刚做起营生，喜子就哇啦哇啦喊着进来了。

　　"猴子吃香蕉了！"

　　"吃谁的？"

　　"公家的。我捡地上的钱，没管它，它就跳到公家的菜亭子里吃香蕉去了，吃了一地的皮！"

　　"那公家菜亭子的售货员呢？"

　　"都进大百货买减价皮鞋去了。"

　　"该吃！"瘦仔暗笑。

　　"人家要赔钱呢。"

　　"赔个屁！"瘦仔不理。

　　"真的要赔，猴子都给捉住了！"

　　"妈的。"瘦仔骂着，关了修鞋铺，问喜子："明华的爷爷在哪儿？"

　　"跟我妈唠嗑儿呢。"

　　"让他出来断个公案吧。"

　　瘦仔想着，就朝喜子娘的豆腐脑店走去。

　　天光已经昏暗了，大地上夕阳的余晖也像潮水一样地退去。人们身上感觉不到了暖洋洋的气息，但一股清爽却别有一番滋味地回荡在心头。

　　他们正走着，老于发迎面把喜子拦到一边。瘦仔看见一老一少叽叽咕咕了半晌。最后，老于发从喜子的衣袋里摸出一张票，在微风中撕个粉碎，又气又喜地拍了一下喜了的脑壳，一个人竟唱着什么飘然而去了。

"老东西。"瘦仔嘀咕。

"嘻嘻，好玩。"喜子笑了。

"你笑什么？"

"我笑我自己的记性真不好使。"喜子像猴子一样地挠了挠腮帮子。

葫芦街头又喧闹起来了。街上的车辆少了，但聚集一起谈天说地的老人们却像隆冬的雪花一样银白地纷扬了一地。他们手里端着茶缸、板凳，有的怀抱外孙。他们的额上弥漫着吃晚饭时流下的热汗。而天上的巧云淡了又淡，疏了又疏，最后辨不成形，看不出色，使人们也疑云为天了。

这时，从县城的河边忽然跑过来一个捡野鸭蛋的男孩子，孩子向人们报告着："银花投河了！"

葫芦街头这个宛如吃醉了酒的大罗汉，也被这消息惊吓得一抖了。

1988 年

清水洗尘

　　天灶觉得人在年关洗澡跟给死猪燎毛一样没什么区别。猪被刮下粗粝的毛后显露出又白又嫩的皮，而人搓下满身的尘垢后也显得又白又嫩。不同的是猪被分割后成了人口中的美餐。

　　礼镇的人把腊月二十七定为放水的日子。所谓"放水"，就是洗澡。而郑家则把放水时烧水和倒水的活儿分配给了天灶。天灶从八岁起就开始承担这个义务，一做就是五年了。

　　这里的人们每年只洗一回澡，就是在腊月二十七的这天。虽然平时妇女和爱洁的小女孩也断不了洗洗涮涮，但只不过是小打小闹地洗。譬如妇女在夏季从田间归来路过水泡子时洗洗脚和腿，而小女孩在洗头发后就着水洗洗脖子和腋窝。所以盛夏时许多光着脊梁的小男孩的脖子和肚皮都黑黢黢的，好像那上面匍匐着黑蝙蝠。

　　天灶住的屋子被当成了浴室。火墙烧得很热，屋子里的窗帘早早就拉上了。天灶家洗澡的次序是由长至幼，老人、父母，最后才是孩子。爷爷未过世时，他是第一个洗澡的人。他洗得飞快，一刻钟就完了，澡盆里的水也不脏，于是天灶便就着那水草草地洗一通。每个人洗澡时都把门关紧，门帘也落下来。天灶洗澡时母亲总要在外面敲着门说："天灶，妈帮你搓搓背吧？"

"不用！"天灶像条鱼一样蜷在水里说。

"你一个人洗不干净！"母亲又说。

"怎么洗不干净。"天灶便用手指撩水，使之发出哗啦哗啦的声响，仿佛在告诉母亲他洗得很卖力。

"你不用害臊。"母亲在门外笑着说，"你就是妈妈生出来的，还怕妈妈看吗？"

天灶便在澡盆中下意识地夹紧了双腿，他红头涨脸地嚷："你老说什么？不用你洗就是不用你洗！"

天灶从未拥有过一盆真正的清水来洗澡。因为他要蹲在灶台前烧水，每个人洗完后的脏水还要由他一桶桶地提出去倒掉，所以他只能见缝插针地就着家人用过的水洗。那种感觉一点也不舒服，纯粹是在应付。而且不管别人洗过的水有多干净，他总是觉得很浊，进了澡盆泡上个十几分钟，随便搓搓就出来了。他也不喜欢父母把他的住屋当成浴室，弄得屋子里空气湿浊，电灯泡上爬满了水珠，他晚上睡觉时感觉是睡在猪圈里。所以今年一过完小年，他就对母亲说："今年洗澡该在天云的屋子里了。"

天云当时正在叠纸花，她气得一梗脖子说："为什么要在我的屋子？"

"那为什么年年都非要在我的屋子？"天灶同样气得一梗脖子说。

"你是男孩子！"天云说，"不能弄脏女孩子的屋子！"天云振振有词地说，"而且你比我大好几岁，是哥哥，你还不让着我！"

天灶便不再理论，不过兀自嘟囔了一句："我讨厌过年！年有个什么过头！"

家人便纷纷笑起来。自从爷爷过世后，奶奶在家中很少笑过，哪怕有些话使全家人笑得像开了的水直沸腾，她也无动于衷，大家都以为她耳朵背了。岂料她听了天灶的话后也使劲地笑了起来，笑得痰直上涌，一阵咳嗽，把假牙都喷出口来了。

天灶确实不喜欢过年。首先不喜欢过年的那些规矩，焚纸祭祖，磕头拜年，十字路口的白雪被烧纸的人家弄得像一摊摊狗屎一样脏，年仿佛被鬼气笼罩了。其次他不喜欢忙年的过程，人人都累得腰酸背痛，怨声连天。拆被、刷墙、糊灯笼、做新衣、蒸年糕等等，种种的活儿把大人孩子都牵制得像刺猬一样团团转。而且不光要给屋子扫尘，人最后还得为自己洗尘，一家老少在腊月二十七的这天因为卖力地搓洗掉一年的风尘而个个都显得面目浮肿，总是使他联想到屠夫用铁刷嚓嚓地给死猪煺毛的情景，内心有种隐隐的恶心。最后，他不喜欢过年时所有人都穿扮一新，新衣裳使人们显得古板可笑、拘谨做作。如果穿新衣服的人站成了一排，就很容易使天灶联想起城里布店里竖着的一匹匹僵直的布。而且天灶不能容忍过年非要在半夜过，那时他又困又乏，毫无食欲，可却要强打精神起来吃团圆饺子，他烦透了。他不止一次地想若是他手中有了至高无上的权力，第一项就要修改过年的时间。

奶奶第一个洗完了澡。天灶的母亲扶着颤颤巍巍的她出来了。天灶看见奶奶稀疏的白发湿漉漉地垂在肩头，下垂的眼袋使突兀的颧骨有一种要脱落的感觉。而且她脸上的褐色老年斑被热气熏炙得愈发浓重，仿佛雷雨前天空中沉浮的乌云。天灶觉得洗澡后的奶奶显得格外臃肿，像只烂蘑菇一样让人看不得。他不知道人老后是否都是这副样子。奶奶嘘嘘地喘着粗气经过灶房回她的屋子，她见了天灶就说："你烧的水真热乎，洗得奶奶这个舒服，一年的乏算是全解了。你就着奶奶的水洗洗吧。"

母亲也说："奶奶一年也不出门，身上灰不大，那水还干净着呢。"

天灶并未搭话，他只是把柴火续了续，然后提着脏水桶进了自己的屋子。湿浊的热气在屋子里像癞皮狗一样东游西窜着，电灯泡上果然浮着一层鱼卵般的水珠。天灶吃力地搬起大澡盆，把水倒进脏水桶里，然后抹了抹额上的汗，提起桶出去倒水。路过灶房的时候，他发现奶奶还没有回屋，她见天灶提着满桶的水出来了，就张大了嘴，眼睛里现出格外凄凉的表情。

"你嫌奶奶——"她失神地说。

天灶什么也没说，他拉开门出去了。外面又黑又冷，他摇摇晃晃地提着水来到大门外的排水沟前。冬季时那里隆起了一个肮脏的大冰湖，许多男孩子都喜欢在冰湖下抽陀螺玩，他们叫它"冰嘎"。他们抽得很卖力，常常是把鼻涕都抽出来了。他们不仅白天玩，晚上有时月亮明得让人在屋子里待不住，他们便穿上厚棉袄出来抽陀螺，深冬的夜晚就不时传来"啪——啪——"的声音。

天灶看见冰湖下的雪地里有个矮矮的人影，他弓着身，似乎在寻找什么，手中夹着的烟头一明一灭的。

"天灶——"那人直起身说，"出来倒水啦？"

天灶听出是前趟房的同班同学肖大伟，便一边吃力地将脏水桶往冰湖上提，一边问："你在这儿干什么？"

"天快黑时我抽冰嘎，把它抽飞了，怎么也找不到。"肖大伟说。

"你不打个手电，怎么能找着？"天灶说着，把脏水"哗——"地从冰湖的尖顶当头浇下。

"这股洗澡水的味儿真难闻。"肖大伟大声说，"肯定是你奶奶洗的！"

"是又怎么样？"天灶说，"你爷爷洗出的味儿可能还不如这好闻呢！"

肖大伟的爷爷瘫痪多年，屎尿都得要人来把，肖大伟的妈妈已经把一头乌发侍候成了白发，声言不想再当孝顺儿媳了，要离开肖家，肖大伟的爸爸就用肖大伟抽陀螺的皮鞭把老婆打得身上血痕纵横，弄得全礼镇的人都知道了。

"你今年就着谁的水洗澡？"肖大伟果然被激怒了，他挑衅地说，"我家年年都是我头一个洗，每回都是自己用一盆清水！"

"我自己也用一盆清水！"天灶理直气壮地说。

"别吹牛了！"肖大伟说，"你家年年放水时都得你烧水，你总是就着别人的脏水洗，谁不知道呢？"

"我告诉你爸爸你抽烟了！"天灶不知该如何还击了。

"我用烟头的亮儿找冰嘎，又不是学坏，你就是告诉他也没用！"

天灶只有万分恼火地提着脏水桶往回走，走了很远的时候，他又回头冲肖大伟喊道："今年我用清水洗！"

天灶说完抬头望了一下天，觉得那迤逦的银河"唰"地亮了一层，仿佛是清洌的河水要倾盆而下，为他除去积郁在心头的怨愤。

奶奶的屋子传来了哭声，那苍老的哭声就像山洞的滴水声一样滞浊。

天灶拉开锅盖，一舀舀地把热水往大澡盆里倾倒。这时天灶的父亲过来了，他说："看你，把奶奶惹伤心了。"

天灶没说什么，他往热水里又兑了一些凉水。他用手指试了试水温，觉得若是父亲洗恰到好处，他喜欢凉一些的；若是天云或者母亲洗就得再加些热水。

"该谁了？"天灶问。

"我去洗吧。"父亲说，"你妈妈得陪奶奶一会儿。"

这时天云忽然从她的房间冲了出来，她只穿件蓝花背心，露出两条浑圆的胳膊，披散着头发，像个小海妖。她眼睛亮亮地说："我去洗！"

父亲说："我洗得快。"

"我把辫子都解开了。"天云左右摇晃着脑袋，那发丝就像鸽子的翅膀一样起伏着，她颇为认真地对父亲说，"以后我得在你前面洗，你要是先洗了，我再用你用过的澡盆，万一怀上个孩子怎么办？算谁的？"

父亲笑得把一口痰给喷了出来，而天灶则笑得撇下了水瓢。天云嘟着丰满的小嘴，脸红得像炉膛里的火。

"谁告诉你了用了爸爸洗过澡的盆，就会怀小孩子？"父亲依然"嗬嗬"地笑着问。

"别人告诉我的，你就别问了。"

天云开始指手画脚地吩咐天灶："我要先洗头，给我舀上一脸盆的温水，我还要用妈妈使的那种带香味的蓝色洗头膏！"

天云无忌的话已使天灶先前沉闷的心情为之一朗，因而他很乐意地为妹妹服务。他拿来脸盆，刚要往里舀水，天云跺了一下脚一迭声地说："不行不行！这么埋汰的盆，要给我刷干净了才能洗头！"

"挺干净的嘛。"父亲打趣天云。

"你们看看呀？盆沿儿那一圈油泥，跟蛇寡妇的大黑眼圈一样明显，还说干净呢！"天云梗着脖子一脸不屑地说。

蛇寡妇姓程，只因她喜欢跟镇子里的男人眉来眼去的，女人背地说她是毒蛇变的，久而久之就把她叫成了"蛇寡妇"。蛇寡妇没有子嗣，自在得很，每日都起得很迟，眼圈总是青着，让人不明白她把觉都睡到哪里了。她走路时习惯用手捶着腰。她喜欢镇子里的小女孩，女孩们常到蛇寡妇家翻腾她的箱底，把她年轻时用过的一些头饰都用甜言蜜语泡走了。

"我明白了——"天云的父亲说，"是蛇寡妇跟你说怀小孩子的事，这个骚婆子！"

"你怎么张口就骂人呢？"天云说，"真是！"

天灶打算用肥皂除掉污垢，可天云说用碱面更合适，天灶只好去碗柜中取碱面。他不由对妹妹说："洗个头还这么啰唆，不就几根黄毛吗？"

天云顺手抓起几粒黄豆朝天灶撒去，说："你才是黄毛呢。"又说："每年只过一回年，我不把头洗得清清亮亮的，怎么扎新的头绫子？"

他们在灶房斗嘴嬉笑的时候，哭声仍然微风般地从奶奶的屋里传出。

天云说："奶奶哭什么？"

父亲看了一眼天灶，说："都是你哥哥，不用奶奶的洗澡水，惹她伤心了。这个年她恐怕不会有好心情了。"

"那她还会给我压岁钱吗？"天云说，"要是没有了压岁钱，我就把天灶的课本全撕了，让他做不成寒假作业，开学时老师训他！"

天云与天灶一团和气时称他为"哥哥"，而天灶稍有一点使她不开心了，她就直呼其名。

天灶刷干净了脸盆，他说："你敢把我的课本撕了，我就敢把你的新头绫子铰碎了，让你没法扎黄毛小辫！"

天云咬牙切齿地说："你敢！"

天灶一边往脸盆哗哗地舀水，一边说："你看我敢不敢？"

天云只能半是撒娇半是委屈地噙着泪花对父亲说："爸爸呀，你看看天灶——"

"他敢！"父亲举起了一只巴掌，在天灶面前比画了一下，说，"到时我揍出他的屁来！"

天灶把脸盆和澡盆一一搬进自己的小屋。天云又声称自己要冲两遍头，让天灶再准备两盆清水。她又嫌窗帘拉得不严实，别人要是看见了怎么办？天灶只好把窗帘拉得更加密不透光，又像仆人一样恭恭敬敬地为她送上毛巾、木梳、拖鞋、洗头膏和香皂。天云这才像个女皇一样款款走进浴室，她闩上了门。隔了大约三分钟，从里面便传出了撩水的声音。

父亲到仓棚里去找那对塑料红色宫灯去了，它们被闲置了一年，肯定灰尘累累，家人都喜欢用天云洗过澡的水来擦拭宫灯，好像天云与鲜艳和光明有着密不可分的联系似的。

天灶把锅里的水填满，然后又续了一捧柴火，就悄悄离开灶台去奶奶的屋门前偷听她絮叨些什么。

奶奶边哭边说："当年全村的人数我最干净，谁不知道哇？我要是进了河里洗澡，鱼都躲得远远的，鱼天天待在水里，它们都知道身上没有我白，没有我干净……"

天灶忍不住捂着嘴偷偷乐了。

母亲顺水推舟地说："天灶这孩子不懂事，妈别跟他一般见识。妈的干净咱礼镇的人谁不知道？妈下的大酱左邻右舍的人都爱来要着吃，除了味儿跟别人家的不一样外，还不是因为干净？"

奶奶微妙地笑了一声，然后依然带着哭腔说："我的头发从来没有生过虱子，胳肢窝也没有臭味。我的脚指盖里也不藏泥，我洗过澡的水，都能用来养牡丹花！"

奶奶的这个推理未免太大胆了些，所以母亲也忍不住"扑哧"一声乐了。天灶更是忍俊不禁，连忙疾步跑回灶台前，蹲下来对着熊熊的火焰哈哈地笑起来。这时父亲带着一身寒气提着两盏陈旧的宫灯进来了，他弄得满面灰尘，而且冻出了两截与年龄不相称的清鼻涕，这使他看上去像个捡破烂儿的。他见天灶笑，就问："你偷着乐什么？"

天灶便把听到的话小声地学给父亲。

父亲放下宫灯笑了，"这个老小孩！"

锅里的水被火焰煎熬得吱吱直响，好像锅灶是炎夏，而锅里闷着一群知了，它们在不停地叫嚷"热死了，热死了"。火焰把天灶烤得脸颊发烫，他就跑到灶房的窗前，将脸颊贴在蒙有白霜的玻璃上。天灶先是觉得一股寒冷像针一样深深地刺痛了他，接着就觉得半面脸发麻，当他挪开脸颊时，一块半月形的玻璃本色就赫然显露出来。天灶擦了擦湿漉漉的脸颊，透过那块霜雪消尽的玻璃朝外面望去。院子里黑魆魆的，什么都无法看清，只有天上的星星才现出微弱的光芒。天灶叹了一口气，很失落地收回目光，转身去看灶坑里的火。他刚蹲下身，灶房的门突然开了，一股寒气背后站着一个穿绿色软缎棉袄的女人，她黑着眼圈大声地问天灶："放水哪？"

天灶见是蛇寡妇，就有些爱理不睬地"哼"了一声。

"你爸呢？"蛇寡妇把双手从袄袖中抽出来，顺手把一缕鼻涕撸下来抹在自己的鞋帮上，这让天灶很作呕。

天灶的爸爸已经闻声过来了。

蛇寡妇说："大哥，帮我个忙吧。你看我把洗澡水都烧好了，可是澡盆坏了，倒上水哗哗直漏。"

"澡盆怎么漏了？"父亲问。

"还不是秋天时收饭豆，把豆子晒干了放在大澡盆里去皮，那皮又干又脆，把手都扒出血痕了，我就用一根松木棒去捶豆子，没承想把盆给捶漏了，当时也不知道。"

天灶的妈妈也过来了，她见了蛇寡妇很意外地"哦"了一声，然后淡淡打声招呼："来了啊？"

蛇寡妇也淡淡地应了一声，然后从袖口抽出一根桃红色的缎子头绳，"给天云的！"

天灶见父母都不接那头绳，自己也不好去接。蛇寡妇就把头绳放在水缸盖上，使那口水缸看上去就像是陪嫁，喜气洋洋的。

"天云呢？"蛇寡妇问。

"正洗着呢。"母亲说。

"你家有没有锡？"父亲问。

未等蛇寡妇作答，天灶的母亲警觉地问："要锡干什么？"

"我家的澡盆漏了，求天灶他爸给补补。"蛇寡妇先回答女主人的话，然后才对男主人说："没锡。"

"那就没法补了。"父亲顺水推舟地说。

"随便用脸盆洗洗吧。"天灶的母亲说。

蛇寡妇睁大了眼睛，一抖肩膀说："那可不行，一年才过一回年，不能将就。"她的话与天云的如出一辙。

"没锡我也没办法。"天云的父亲皱了皱眉头，然后说，"要不用油毡纸试试吧。你回家撕一块油毡纸，把它用火点着，将滴下来的油弄在漏水的地方，抹均匀了，凉透后也许就能把漏的地方弥住。"

"还是你帮我弄吧。"蛇寡妇在男人面前永远是一副天真表情，"我听都听不明白。"

天灶的父亲看了一眼自己的女人，其实他也用不着看，因为不管她脸上是赞同还是反对，她的心里肯定是一万个不乐意。但当大家把目光集中到她身上，需要她做出决断时，她还是故作大度地说："那你就去吧。"

蛇寡妇说了声"谢了"，然后就抄起袖子，走在头里。天灶的父亲只能紧随其后，他关上家门前回头看了一眼老婆，得到的是一个不折不扣的白眼和她随之吐出的一口痰，那道白眼和痰组成了一个醒目的惊叹号，使天灶的父亲在迈出门槛后战战兢兢的，他在寒风中行走的时候一再提醒自己要快去快回，绝不能喝蛇寡妇的茶，也不能抽她的烟，他要在唇间指畔纯洁地葆有他离开家门时的气息。

"天云真够讨厌的。"蛇寡妇一走，母亲就开始心烦意乱了，她拿着面盆去发面，却忘了放酵母，"都是她把蛇寡妇招来的。"

"谁叫你让爸爸去的。"天灶故意刺激母亲，"没准她会炒俩菜和爸爸喝一盅！"

"他敢！"母亲厉声说，"那样他回来我就不帮他搓背了！"

"他自己也能搓，他都这么大的人了，你还年年帮他搓背。"天灶"咦"了一声，母亲的脸便刷地红了，她抢白了天灶一句："好好烧你的水吧，大人的事不要多嘴。"

天灶便不多嘴了，但灶坑里的炉火是多嘴的，它们用金黄色的小舌头贪馋地舔着乌黑的锅底，把锅里的水吵得嗞嗞直叫。炉火的映照和水蒸气的熏炙使天灶有种昏昏欲睡的感觉。他不由蹲在锅灶前打起了盹。然而没有多一会儿，天云便用一只湿手把他揉醒了。天灶睁眼一看，天云已经洗完了澡，她脸蛋通红，头发湿漉漉地披散着，穿上了新的线衣线裤，一股香气从她身上横溢而出，她叫道："我洗完了！"

天灶揉了一下眼睛，恹恹无力地说："洗完了就完了呗，神气什么。"

"你就着我的水洗吧。"天云说。

"我才不呢。"天灶说，"你跟条大臭鱼一样，你用过的水有邪味儿！"

天灶的母亲刚好把发好的面团放到热炕上转身出来，天云就带着哭腔对母亲说："妈妈呀，你看天灶呀，他说我是条大臭鱼！"

"他再敢说我就缝他的嘴！"母亲说着，示威性地做了个挑针的动作。

天灶知道父母在他与天云斗嘴时，永远会偏袒天云，他已习以为常，所以并不气恼，而是提着两盏灯笼进"浴室"除灰，这时他听见天云在灶房惊喜地叫道："水缸盖上的头绫子是给我的吧？真漂亮呀！"

那对灯笼是硬塑的，由于用了好些年，塑料有些老化萎缩，使它们看上去并不圆圆满满。而且它的红颜色显旧，中圈被光密集照射的地方已经泛白，看不出任何喜气了。所以点灯笼时要在里面安上两个红灯泡，否则它们可能泛出的是与除夕气氛相弗的青白的光。天灶一边刷灯笼一边想着有关过年的繁文缛节，便不免有些气恼，他不由大声对自己说："过年有个什么意思！"回答他的是扑面而来的洋溢在屋里的湿浊的气息，于是他恼上加恼，又大声对自己说："我要把年挪到六月份，人人都可以去河里洗澡！"

天灶刷完了灯笼，然后把脏水一桶桶地提到外面倒掉。冰湖那儿已经没有肖大伟的影子了，不知他的"冰嘎"是否找到了。夜色已深，星星因黑暗的加剧而显得气息奄奄，微弱的光芒宛如一个人在弥留之际细若游丝的气息。天灶望了一眼天，便不想再看了。因为他觉得这些星星被强大的黑暗给欺负得噤若寒蝉，一派凄凉，无边的寒冷也催促他尽快走回户内。

父亲还没有回来，母亲脸上的神色就有些焦虑。该轮到她洗澡了，天灶为她冲洗干净了澡盆，然后将热水倾倒进去。母亲木讷地看着澡盆上的微微旋起的热气，好像在无奈地等待一条美人鱼突然从中跳出来。

天灶提醒她："妈妈，水都好了！"

母亲"哦"了一声，叹了口气说："你爸爸怎么还不回来？要不你去蛇寡妇家看看？"

天灶故作糊涂地说："我不去，爸爸是个大人又丢不了，再说我还得烧水呢，要去你去。"

"我才不去呢。"母亲说，"蛇寡妇没什么了不起。"说完，她仿佛陡然恢复了自信，提高声调说："当初我跟你爸爸好的时候，有个老师追我，我都没答应，就一门心思地看上你爸爸了，他不就是个泥瓦匠嘛。"

"谁让你不跟那个老师呢？"天灶激将母亲，"那样的话我在家里上学就行了。"

"要是我跟了那老师，就不会有你了！"母亲终于抑制不住地笑了，"我得洗澡了，一会儿水该凉了。"

天云在自己的小屋里一身清爽地摆弄新衣裳，天灶听见她在唱："小狗狗伸出小舌头，够我手里的小画书。小画书上也有个小狗狗，它趴在太阳底下睡觉觉。"

天云喜欢自己编儿歌，高兴时那儿歌的内容一派温情，生气时则充满火药味。比如有一回她用鸡毛掸子拂掉了一只花瓶，把它摔碎了，母亲说了她，她不服气，回到自己的屋子就编儿歌："鸡毛掸是个大灰狼，花瓶是个小羊羔。我饿了三天三夜没吃饭，见了你怎么能放过！"言下之意，花瓶这个小羊羔是该吃的，谁让它自己不会长脚跑掉呢。家人听了都笑，觉得真不该用一只花瓶来让她受委屈。于是就说："那花瓶也是该打，都旧成那样了，留着也没人看！"天云便破涕为笑了。

天灶又往锅里添满了水，他将火炭拨了拨，拨起一片金黄色的火星像蒲公英一样地飞，然后他放进两块比较粗的松木杆。这时奶奶蹒跚地从屋里出来了，她的湿头发已经干了，但仍然是垂在肩头，没有盘起来，这使她看上去很难看。奶奶体态臃肿，眼袋松松垂着，平日它们像两颗青葡萄，而今日因为哭过的缘故，眼袋就像一对红色的灯笼花，那些老年斑则像陈年落叶一样匍匐在脸上。天灶想告诉奶奶，只有又黑又密的头发才适合披着，斑白稀少的头发若是长短不一地披下来，就会给人一种白痴的感觉。可他不想再惹奶奶伤心了，所以马上垂下头来烧水。

"天灶——"奶奶带着悲愤的腔调说，"你就那么嫌弃我？我用过的水你把它泼了，我站在你跟前你都不多看一眼？"

天灶没有搭腔，也没有抬头。

"你是不想让奶奶过这个年了？"奶奶的声音越来越悲凉了。

"没有。"天灶说，"我只想用清水洗澡，不用别人用过的水。天云的我也没用。"天灶垂头说着。

"天云的水是用来刷灯笼的！"奶奶很孩子气地分辩说。

"一会儿妈妈用过的水我也不用。"天灶强调说。

"那你爸爸的呢？"奶奶不依不饶地问。

"不用！"天灶斩钉截铁地说。

奶奶这才有些和颜悦色地说："天灶啊，人都有老的时候，别看你现在是个孩子，细皮嫩肉的，早晚有一天会跟奶奶一样皮松肉散，你说是不是？"

天灶为了让奶奶快些离开，所以抬头看了一眼她，干脆地答道："是！"

"我像你这么大时，比你水灵着呢。"奶奶说，"就跟开春时最早从地里冒出的羊角葱一样嫩！"

"我相信！"天灶说，"我年纪大时肯定还不如奶奶呢，我不得腰弯得头都快着地，满脸长着癞？"

奶奶先是笑了两声，后来大约意识到孙子为自己规划的远景太黯淡了，所以就说："癞是狗长的，人怎么能长癞呢？就是长癞，也是那些丧良心的人才会长。你知道人总有老的时候就行了，不许胡咒自己。"

天灶说："哎——！"

奶奶又絮絮叨叨地询问灯笼刷得干不干净，该炒的黄豆泡上了没有。然后她用手抚了一下水缸盖，嫌那上面的油泥还待在原处，便责备家里人的好吃懒做，哪有点过年的气氛。随之她又唠叨她青春时代的年如何过的，总之是既洁净又富贵。最后说得嘴干了，这才唉声叹气地回屋了。天灶听见奶奶在屋子里不断咳嗽着，便知她要睡觉了。她每晚临睡前总要清理一下肺脏，透彻地咳嗽一番，这才会平心静气地睡去。果然，咳嗽声一止息，奶奶屋子的灯光随之消失了。

天灶便长长地吁了口气。

母亲历年洗澡都洗得很漫长，起码要一个钟头。说是要泡透了，才能把身上的灰全部搓掉。然而今年她只洗了半个小时就出来了。她见到天灶急切地问："你爸还没回来？"

"没。"天灶说。

"去了这么长时间，"母亲忧戚地说，"十个澡盆都补好了。"

天灶提起脏水桶正打算把母亲用过的水倒掉，母亲说："你爸还没回来，我今年洗的时间又短，你就着妈妈的水洗吧。"

天灶坚决地说："不！"

母亲有些意外地看了眼天灶，然后说："那我就着水先洗两件衣裳，这么好的水倒掉可惜了。"

母亲就提着两件脏衣服去洗了。天灶听见衣服在洗衣板上被激烈地揉搓的声音，就像饿极了的猪吃食一样。天灶想，如果父亲不及时赶回家中，这两件衣服非要被洗碎不可。

然而这两件衣服并不红颜薄命，就在洗衣声变得有些凄厉的时候，父亲一身寒气地推门而至了。他神色慌张，脸上印满黑灰，像是京剧中老生的脸谱。

"该到我了吧？"他问天灶。

天灶"嗯"了一声。这时母亲手上沾满肥皂泡从里面出来，她看了一眼自己的男人，眼眉一挑，说："哟，修了这么长时间，还修了一脸的灰，那漏儿堵上了吧？"

"堵上了。"父亲张口结舌地说。

"堵得好？"母亲从牙缝中迸出三个字。

"好。"父亲茫然答道。

母亲"哼"了一声，父亲便连忙红着脸补充说："是澡盆的漏儿堵得好。"

"她没赏你一盆水洗洗脸？"母亲依然冷嘲热讽着。

父亲用手抹了一下脸，岂料手上的黑灰比脸上的还多，这一抹使脸更加花哨了。他十分委屈地说："我只帮她干活，没喝她一口水，没抽她一颗烟，连脸都没敢在她家洗。"

"哟，够顾家的。"母亲说，"你这一脸的灰怎么弄的？钻她家的炕洞了吧？"

父亲就像一个做错了事的孩子似的仍然站在原处，他毕恭毕敬的，好像面对的不是妻子，而是长辈。他说："我一进她家，就被烟呛得直淌眼泪。她也够可怜的了，都三年了没打过火墙。火是得天天烧，你想那灰还不全挂在烟洞里？一烧火炉子就往出燎烟，什么人受得了？难怪她天天黑着眼圈。我帮她补好澡盆，想着她一个寡妇这么过年太可怜，就帮她掏了掏火墙。"

"火墙热着你就敢掏？"母亲不信地问。

"所以说只打了三块砖，只掏一点灰，烟道就畅了。先让她将就过个年，等开春时再帮她彻底掏一回。"父亲傻里傻气地如实相告。

"她可真有福。"母亲故作笑容说，"不花钱就能请小工。"

母亲说完就唤天灶把水倒了，她的衣裳洗完了。天灶便提着脏水桶，绕过仍然惶惶不安的父亲去倒脏水。等他回来时，父亲已经把脸上的黑灰洗掉了。脸盆里的水仿佛被乌贼鱼给搅扰了个尽兴，一派墨色。母亲觑了一眼，说："这水让天灶带到学校刷黑板吧。"

父亲说："看你，别这么说不行吗？我不过是帮她干了点活。"

"我又没说你不能帮她干活。"母亲显然是醋意大发了，"你就是住过去我也没意见。"

父亲不再说什么，因为说什么也无济于事了。天灶连忙为他准备洗澡水。天灶想父亲一旦进屋洗澡了，母亲的牢骚就会止息，父亲的尴尬才能解除。果然，当一盆温热而清爽的洗澡水摆在天灶的屋子里，母亲提着两件洗好的衣裳抽身而出。父亲在关上门的一瞬小声问自己女人："一会儿帮我搓搓背吧？"

"自己凑合着搓吧。"母亲仍然怨气冲天地说。

天灶不由暗自笑了，他想父亲真是可怜，不过帮蛇寡妇多干了一样活，回来就一副低眉顺眼的样子。往年母亲都要在父亲洗澡时进去一刻，帮他搓搓背，看来今年这个享受要像艳阳天一样离父亲而去了。

天灶把锅里的水再次添满，然后又饶有兴致地往灶炕里添柴。这时母亲走过来问他："还烧水做什么？"

"给我自己用。"

"你不用你爸爸的水？"

"我要用清水。"天灶强调说。

母亲没再说什么，她进了天云的屋子了。天灶没有听见天云的声音，以往母亲一进她的屋子，她就像盛夏水边的青蛙一样叫个不休。天云屋子的灯突然被关掉了，天灶正诧异着，母亲出来了，她说："天云真是的，手中拿着头绫子就睡着了。被子只盖在腿上，肚脐都露着，要是夜里着凉拉肚子怎么办？灯也忘了闭，要过年把她给兴过头了，兴得都乏了……"

天灶笑了，他拨了拨柴火，再次重温金色的火星飞舞的辉煌情景。在他看来，灶炕就是一个永无白昼的夜空，而火星则是满天的繁星。这个星空带给人的永远是温暖的感觉。

锅里的水开始热情洋溢地唱歌了。柴火也烧得毕剥有声。母亲回到她与天灶父亲所住的屋子，她在叠前日洗好晾干的衣服。然而她显得心神不定，每隔几分钟就要从屋门探出头来问天灶："什么响？"

"没什么响。"天灶说。

"可我听见动静了。"母亲说，"不是你爸爸在叫我吧？"

"不是。"天灶如实说。

母亲便有些泄气地收回头。然而没过多久她又探出头问："什么响？"而且手里提着她上次探头时叠着的衣裳。

天灶明白母亲的心思了，他说："是爸爸在叫你。"

"他叫我？"母亲的眼睛亮了一下，继而又摇了一下头说，"我才不去呢。"

"他一个人没法搓背。"天灶知道母亲等待他的鼓励，"到时他会一天就把新背心穿脏了。"

母亲嘟囔了一句"真是前世欠他的"，然后甜蜜地叹口气，丢下衣服进了"浴室"。天灶先是听见母亲的一阵埋怨声，接着便是由冷转暖的嗔怪，最后则是低低的软语了。后来软语也消去，只有清脆的撩水声传来，这种声音非常动听，使天灶的内心有一种发痒的感觉，他就势把一块木板垫在屁股底下，抱着头打起盹来。他在要进入梦乡的时候听见自己的清水在锅里引吭高歌，而他的脑海中则浮现着粉红色的云霓。天灶不知不觉睡着了。他在梦中看见了一条金光灿灿的龙，它在银河畔洗浴。这条龙很调皮，它常常用尾去拍银河的水，溅起一阵灿烂的水花。后来这龙大约把尾拍在了天灶的头上，他觉得头疼，当他睁开眼睛时，发觉自己磕在了灶台上。锅里的水早已沸了，水蒸气袅袅弥漫着。父母还没有出来，天灶不明白搓个背怎么会花这么长时间。他刚要起身去催促一下，突然发现一股极细的水流悄无声息地朝他蛇形游来。他循着它逆流而上，发现它的源头在"浴室"。有一种温柔的呢喃声细雨一样隐约传来。父母一定是同在澡盆中，才会使水膨胀而外溢。水依然汩汩顺着门缝宁静地流着，天灶听见了搅水的声音，同时也听到了铁质澡盆被碰撞后间或发出的震颤声，天灶便红了脸，连忙穿上棉袄推开门到户外去望天。

夜深深的了。头顶的星星离他仿佛越来越远了。天灶大口大口地呼吸着寒冷的空气，因为他怕体内不断升腾的热气会把他烧焦。他很想哼一首儿歌，可他一首歌词也回忆不起来，又没有天云那样的禀赋可以随意编词。天灶便哼儿歌的旋律，一边哼一边在院子中旋转着，寂静的夜使旋律变得格外动人，真仿佛是天籁之音环绕着他。天灶突然间被自己感动了，他从来没有体会过自己的声音是如此美妙。他为此几乎要落泪了。这时屋门"吱扭"一声响了，跟着响起的是母亲喜悦的声音："天灶，该你洗了！"

天灶发现父母面色红润，他们的眼神既幸福又羞怯，好像猫刚刚偷吃了美食，有些愧对主人一样。他们不敢看天灶，只是很殷勤地帮助天灶把脏水倒了，然后又清洗干净了澡盆，把清水一瓢瓢地倾倒在澡盆中。

天灶关上屋门，他脱光了衣服之后，把灯关掉了。他蹑手蹑脚地赤脚走到窗前，轻轻拉开窗帘，然后反身慢慢地进入澡盆。他先进入双足，热水使他激灵了一下，但他很快适应了，他随之慢慢地屈腿坐下，感受着清水在他的胸腹间柔曼地滑过的温存滋味。天灶的头搭在澡盆上方，他能看见窗外的隆隆夜色，能看见这夜色中经久不息的星星。他感觉那星星已经穿过茫茫黑暗飞进他的窗口，落入澡盆中，就像课文中所学过的淡黄色的皂角花一样散发着清香气息，预备着为他除去一年的风尘。天灶觉得这盆清水真是好极了，他从未有过的舒展和畅快。他不再讨厌即将朝他走来的年了，他想除夕夜的时候，他一定要穿着崭新的衣裳，亲手点亮那对红灯笼。还有，再见到肖大伟的时候，他要告诉他，我天灶是用清水洗的澡，而且，星光还特意化成皂角花撒落在了我的那盆清水中了呢。

1998 年

图书在版编目（CIP）数据

清水洗尘 / 迟子建著 .—北京：作家出版社，2022.9（2024.6 重印）
（迟子建作品）
ISBN 978-7-5212-1797-1

Ⅰ.①清…　Ⅱ.①迟…　Ⅲ.①短篇小说－小说集－
中国－当代　Ⅳ.① I247.7

中国版本图书馆 CIP 数据核字（2022）第 014822 号

清水洗尘

作　　者: 迟子建
责任编辑: 省登宇　周李立
装帧设计: 好谢翔
出版发行: 作家出版社有限公司
社　　址: 北京农展馆南里 10 号　　　**邮　　编:** 100125
电话传真: 86-10-65067186（发行中心及邮购部）
　　　　　　86-10-65004079（总编室）
E-mail:zuojia @ zuojia.net.cn
http://www.zuojiachubanshe.com
印　　刷: 北京盛通印刷股份有限公司
成品尺寸: 145×210
字　　数: 180 千
印　　张: 8
印　　数: 13 001—16 000
版　　次: 2022 年 9 月第 1 版
印　　次: 2024 年 6 月第 3 次印刷
ISBN 978-7-5212-1797-1
定　　价: 49.80 元（精）